MEIN FREUND, DER EIFFELTURM UND ICH

Conni

Dagmar Hoßfeld

MEIN FREUND, DER EIFFELTURM UND ICH

CARLSEN

KAPITEL 1

**Er ist wieder da
und ich bin hin und weg.**

Hätte mir irgendwann eine süße kleine Glücksfee ins Ohr geflüstert, dass ich noch vor meinem 16. Geburtstag mit der Liebe meines Lebens auf dem Eiffelturm stehen und ganz Paris mir zu Füßen liegen würde, hätte ich das arme Ding vermutlich an die Wand geklatscht.

Okay, vielleicht nicht ganz so martialisch. Sagen wir, ich hätte die Fee verscheucht. Geglaubt hätte ich ihr auf jeden Fall NICHT. Höchstwahrscheinlich hätte ich sie nicht mal als Glücksbotin erkannt, sondern für ein gewöhnliches Insekt gehalten. Wer glaubt in meinem Alter noch an Feen?

Im letzten Jahr bin ich fünfzehn geworden. Ich bin es immer noch. Das Jahr hat nämlich gerade erst angefangen und ich habe am 30. April Geburtstag. Außerdem greife ich vor, denn nicht nur mein nächster Geburtstag, sondern auch der Eiffelturm liegt noch in weiter Ferne. Und zwar buchstäblich, geografisch, zeitlich – und überhaupt.

Heute ist der 6. Januar. Der Tag, an dem mein Freund aus Kalifornien zurückkehren wollte, wo er ein halbes Jahr auf Schüleraustausch war. Ungefähr jetzt sollte ich im Ankunftsgebäude des Flughafens an einem *Meeting Point* stehen und auf Phillip beziehungsweise sein Flugzeug warten.

Ich sehe mich direkt vor mir, wie ich nervös nach ihm Ausschau gehalten hätte; einen pinken Luftballon, Konfetti oder einen Blumenstrauß in den Händen haltend (wenn ich so darüber nachdenke, vielleicht sogar alles zusammen?), total hibbelig und angespannt bis zum Gehtnichtmehr vor lauter Sehnsucht, Liebe und Wiedersehensglück.

Die Betonung liegt auf *sollte, wollte* und *hätte*, denn Phillip ist schon wieder da. Ich musste ihn gar nicht abholen. Er hat von ganz allein zu mir zurückgefunden. In der Silvesternacht stand er mit einem Mal vor mir, als hätte ihn eine Rakete mit Überschall von Kontinent zu Kontinent geschossen. Er hat den riesigen Ozean überquert und sich direkt vor meine Füße gebeamt.

Es war eine Punktlandung. Mitten in mein Herz.

Phillip kann so was.

Er hat es nicht mehr ausgehalten, hat er gesagt. Und dass er mich liebt.

Das beruht eindeutig auf Gegenseitigkeit. So viel steht fest. Aber zurück in die Gegenwart …

Es ist noch ziemlich früh am Morgen, der letzte Ferientag ist gerade angebrochen und ich musste aus den genannten Gründen nicht zum Flughafen düsen, weshalb ich es mir in meinem Zimmer gemütlich gemacht habe. Im Hintergrund singt Zaz mit schmelzender Stimme „*Sous le ciel de Paris s'envole une chanson* …".

Wir haben das Lied kurz vor Weihnachten in Französisch durchgenommen. Ich summe die Melodie mit, während ich noch im Schlafanzug an meinem Schreibtisch hocke, einen Stift zwischen den Fingern hin und her drehe und mich bei der Frage, woher Schriftsteller ihre Ideen nehmen und wie sie es schaffen, daraus ein ganzes Buch zu machen, fast verknote.

Ich würde auch gerne so gut schreiben können, dass man daraus ein Buch machen kann. Es ist so viel passiert in meinem Leben. Nur leider weiß ich nicht, wo und wie ich überhaupt anfangen soll.

„Schreibe den ersten Satz so, dass der Leser unbedingt den zweiten lesen will."

Das ist ein Zitat von William Faulkner, einem berühmten amerikanischen Schriftsteller. Er hat vor Urzeiten den Nobelpreis für Literatur bekommen. Im Gegensatz zu mir wusste der Typ also genau, wovon er sprach und wie er zu schreiben hatte, um seine Leser einzufangen.

Der Anfang ist wirklich wichtig, finde ich. Wenn der erste Satz stimmt – na gut, sagen wir die erste Seite –, packt es dich und lässt dich nicht wieder los. Wenn es nur nicht so verdammt schwer wäre!

Ein Ende zu schreiben kommt mir dagegen wesentlich einfacher vor. Da wüsste ich sogar schon was Passendes für meinen imaginären Roman. Die letzten Sätze würden ungefähr so lauten:

„Sie saßen eng umschlungen am Meer und warteten darauf, dass die Sonne unterging. Der warme Wind streichelte ihre Haut. Sie lehnte ihren Kopf an seine Schulter. Er küsste sie zärtlich, nahm ihre Hand und sie wusste, dass er sie nie, nie wieder loslassen würde."

Ich höre Violinen, sehe pinke Herzchen und Rosenblätter vom Himmel flattern. Ja, ich weiß ... Es ist noch nicht ganz druckreif und außerdem ganz schön kitschig, aber es ist zumindest ein

Anfang. Beziehungsweise ein Ende. Was davor passiert, weiß ich wie gesagt noch nicht so genau.

Vielleicht sollte ich einfach Phillips und meine Story aufschreiben? Immerhin haben wir schon eine gemeinsame Geschichte. Eine Vergangenheit, eine Gegenwart und eine Zukunft natürlich auch. Ich stelle mir eine Art romantisch-kitschigen Liebesroman unseres Lebens vor. Ein bisschen Fantasy müsste auch mit rein. Und Spannung natürlich, logo. Dazu etwas Drama und extra viele pinkfarbene Herzchen (siehe oben). Möglicherweise würde ich ein ganz und gar neues Genre erschaffen. Ich könnte es *Fantacrimeromance* nennen. Oder gibt es das schon? Keine Ahnung …

Auf jeden Fall hab ich vor ein paar Tagen einen Bericht über ein Mädchen in meinem Alter gelesen, das gerade sein erstes eigenes Buch veröffentlicht hat. Da fing es bei mir an zu kribbeln. Was die kann, möchte ich auch können, hab ich mir gesagt. Unbedingt!

Wenn ich doch nur wüsste, womit ich anfangen soll!

Gibt es nicht irgendeine liebenswürdige Gottheit, die speziell für Autoren zuständig ist? Falls ja, darf er oder sie mich gerne mal besuchen und mich ein bisschen inspirieren.

Moment, mein Handy düdelt …

Ohne hinzusehen, weiß ich, dass es Phillip ist. Ich weiß es einfach. Vielleicht liegt es an den unsichtbaren Schwingungen? Die sendet mein Handy wirklich nur aus, wenn er dran ist.

„Guten Morgen“, melde ich mich und lasse den Kuli zwischen Zeige- und Mittelfinger kreisen. Es gelingt mir ungefähr so gut wie der Anfang meines Romans, nämlich gar nicht.

Der Stift fällt auf den Boden. Kater Mau springt aus seinem Körbchen und freut sich über das neue Spielzeug, das er mit einem gezielten Hieb seiner Vorderpfote unter die Kommode befördert, wo es sich mit Wollmäusen, Haargummis und anderen verlorenen Dingen paaren kann.

„Tschüss, Kugelschreiber", murmele ich ihm hinterher.

„Hi!" Phillips Stimme klingt sehr süß und sehr verschlafen. Als würde er noch im Bett liegen und sein erster Gedanke nach dem Aufwachen hätte ihn nach dem Telefon greifen und meine Nummer wählen lassen. „Was machst du so?"

„Ich schreibe ein Buch. Beziehungsweise versuche ich es", antworte ich wahrheitsgemäß. „Das Ende hab ich schon."

Phillips Reaktion ist ein Kichern. Das ist nicht ganz das, was ich erwartet hatte.

„Etwas mehr Respekt, bitte!", sage ich streng.

„Sorry", brummelt er, immer noch kichernd.

Geht doch.

„Wann planst du, mit deinem Buch fertig zu sein?", will er wissen. „Dauert das den ganzen Tag oder sehen wir uns heute noch?"

Ich puste mir eine Haarsträhne aus dem Gesicht und nicke.

„Klar sehen wir uns. Ich glaub, ich kann gut eine kreative Pause vertragen. Vielleicht hab ich eine Schreibblockade."

„Dagegen kann man bestimmt was tun", meint Phillip. „Ich bin so eine Art Zen-Meister im Lösen von Blockaden aller Art."

So wie er das sagt, glaub ich ihm aufs Wort.

„Willst du herkommen?", fragt er.

Wieder nicke ich, was am Telefon zugegebenermaßen etwas blöd ist.

„Aber ich bin noch im Pyjama“, wende ich ein.

„Der mit den kleinen Katzenbabys?“, will Phillip wissen.

„Ja.“

„Sexy“, lautet sein Kommentar.

Ich beschließe, nicht darauf zu antworten, sondern sage stattdessen: „Gefrühstückt hab ich auch noch nicht.“

„Kein Problem“, erwidert mein blond gelockter Zen-Meister und Blockadelöser. „Setz dir 'ne Mütze auf und schwing dich rüber. Möchtest du Tee, Kaffee oder Kakao? Weizen- oder Körnerbrötchen? Rosen oder Gänseblümchen? Beethoven, Adele oder Lenny Kravitz? Croissants? Honig oder Marmelade?“

„Alles!“, krächze ich. „Ich bin in einer Viertelstunde bei dir.“

„Perfekt!“

Phillip legt auf. Okay, wenn er innerhalb der nächsten fünfzehn Minuten ein romantisches, blumengeschmücktes, musikalisch untermaltes Frühstücksbüfett für mich zaubern möchte, hat er mehr als genug zu tun. Ich frag mich nur, woher er die Gänseblümchen nehmen will. Wir haben wie gesagt Anfang Januar.

Mist, ich hab ganz vergessen, dass ich gegen Mittag mit Lena verabredet bin! Egal, der Tag ist lang. Der Vormittag gehört Phillip, der Nachmittag Lena. Sie will irgendeine Winterzeremonie mit mir veranstalten. Irgendetwas, das weise Frauen in dieser Jahreszeit so machen. Lena behauptet, eine alte Seele zu besitzen und in einem ihrer zahlreichen früheren Leben eine Schamanin gewesen zu sein. Für mich ist sie in ihrem jetzigen Leben auch eine. Ganz klar.

Ich springe auf, schnappe mir ein paar von den im ganzen Zimmer verstreuten Klamotten in der Hoffnung, dass sich darunter etwas Akzeptableres als mein kuscheliger Katzenbabyschlafanzug befindet, und verschwinde in der nächsten Sekunde im Bad.

Wäre mein Leben ein Kinofilm, würde es an dieser Stelle einen schnellen Schnitt geben. In der folgenden Szene wäre ich perfekt geschminkt. Mein Teint wäre rosig und meine Haare würden glänzen, als hätte ich sie in flüssige Perlen getaucht. Und natürlich hätte ich statt eines zerknautschten Wollpullis und einer ausgebeulten Jeans mit Saftfleck auf dem linken Oberschenkel irgendein schickes Oberteil und eine farblich darauf abgestimmte Hose an. Ganz sicher hätte ich keine Pickel von zu vielen Süßigkeiten auf der Stirn. Und ich müsste mich auch nicht auf mein altersschwaches Fahrrad schwingen, sondern würde an der Straße stehen, lässig mit einem Coffee-to-go-Becher winken und in ein heranrauschendes Taxi steigen, das mich zu meinem Prinzen bringt. Haha …

Weil mein Leben kein Kinofilm, sondern harte Realität ist, brauchen die Pickel und ich etwas länger als die angepeilte Viertelstunde, bis wir bei Phillip sind. Schließlich musste ich auch noch einen Zettel schreiben, damit meine Eltern und Jakob wissen, wo ich bin. Meine Eltern sind bei der Arbeit, Jakob ist bei einem Freund. Auch Maus Fressnapf musste ich noch auffüllen. Mein Kater ist sehr sensibel, wenn es um seine Ernährung geht. Sobald der Futterpegel in dem Schälchen unter ein gewisses Level fällt, glaubt er, dass er verhungert. Der Kater, nicht der Napf.

*

„Sorry, mein Vorderreifen war platt“, schnaufe ich zur Begrüßung, als ich endlich bei Phillip bin. Ich wickele mich aus meinem Dreimeterschal, wobei ich das Gleichgewicht verliere und mich an der Hauswand abstützen muss, um nicht in ein mit Tannenzweigen abgedecktes Rosenbeet zu stolpern. Kann es sein, dass man mit zunehmendem Alter tollpatschiger wird? Manchmal hab ich das Gefühl.

Phillip steht in der Haustür, beobachtet mich und grinst.

Wenigstens kichert er nicht. Das rechne ich ihm hoch an.

Im Vorbeigehen werfe ich einen Blick auf das glänzend polierte Messingschild neben der Tür.

Dr. Michael Franck & Dr. Julius Graf – Fachkanzlei für internationales Recht ist dort eingraviert. Darunter hängt ein etwas kleineres Schild mit der Aufschrift: *Katharina Goltz – Anwältin und Notarin.*

Julius ist Phillips Vater. Dr. Franck ist ein Anwaltskollege und Partner in der Kanzlei. Katharina Goltz lautet der Name von Julius' Freundin. Julius und sie haben sich vor Jahren bei einer komplizierten Gerichtsverhandlung kennengelernt und ineinander verliebt. Ihr Schild ist erst später hinzugekommen – genauer gesagt, nachdem sie in die Villa eingezogen ist und ihre Kosmetiksachen strategisch im Elternbadezimmer platziert hat. Das habe ich zufällig entdeckt, als ich mich mal in der Tür geirrt habe.

Ich folge Phillip in den Flur, steige dort aus meinen Stiefeln und stelle sie auf eine Matte. Weil ich inzwischen so hungrig bin, dass mein Magenknurren vermutlich im ganzen Haus zu hören ist, schlägt Phillip mir vor, sofort zu frühstücken.

„Wenn du weiter so komische Geräusche von dir gibst“, sagt er, „denkt mein Dad, dass unsere Heizung kaputt ist.“

„Ist er in seinem Büro?“, frage ich.

„Sind alle bei der Arbeit.“ Phillip nickt und zeigt auf eine Tür, die den Wohnbereich der Villa von der Anwaltskanzlei trennt. Ich halte die Luft an und tappe auf Zehenspitzen daran vorbei.

Erst auf der Treppe wage ich wieder normal zu atmen. Phillips Vater ist nett. Ich möchte nicht, dass er, Katharina oder Dr. Franck sich in ihrer wichtigen Anwaltsarbeit gestört fühlen, mein Magenknurren mit einer defekten Heizung verwechseln und vorschnell einen teuren Monteur rufen.

Oben angekommen lasse ich Schal und Steppjacke fallen und schaue mich neugierig im Zimmer um.

Alles ist picobello aufgeräumt. Das Bett ist gemacht, auf dem Fußboden ist kein Krümel zu sehen, nicht mal eine Socke. Darin unterscheidet sich mein Freund deutlich von anderen Jungs, die ich kenne. Wenn ich nur an Jakobs Zimmer denke … Ein Erdbebengebiet ist nichts dagegen.

Auf dem Schreibtisch steht ein Tablett mit Brötchen, Joghurt, Croissants, Schokocreme, Käse und Kakao.

Aha, denke ich. Das soll dann wohl das Büfett sein. Aber wo sind die Gänseblümchen?

Vergiss die blöden Blumen, knurrt mein Magen. Ich hab Hunger!

Phillip macht chillige Musik an. George Michael und Mary J. Blige singen im Duett. Dann hocken wir uns auf den Teppich vor dem Bett und stellen das Tablett zwischen uns. Weil Phillip schon gefrühstückt hat, ist der Löwenanteil für mich. Das gefällt mir. Meinem Magen anscheinend auch. Als ich irgendwann satt bin, schweigt er zufrieden. Dafür macht nun der Kakao gluckernde Geräusche. Egal.

Mit einer Hand schiebe ich das Tablett weg, strecke mich lang aus, bette meinen Kopf auf Phillips Oberschenkel und seufze behaglich. Er lehnt sich zurück und erzählt mir zum hundertsten Mal von seinem Lieblingsthema: San Francisco.

„In der Bucht hängt oft Nebel“, sagt er, „aber wenn der sich verzieht und die Sonne aufgeht, sieht es aus, als würde die Golden Gate Bridge glühen. Total spektakulär! Das kannst du dir nicht vorstellen.“

Während er mit Begeisterung sämtliche Farbnuancen des kalifornischen Sonnenaufgangs beschreibt, spielt er mit meinen Haaren. Es fühlt sich gut an, kribbelig und schön zugleich. Ich möchte fast schnurren. Wir liegen inzwischen kreuz und quer auf dem Teppich – er kreuz, ich quer –, hören George und Mary J. zu und unterhalten uns über die vergangenen Monate. Das heißt, genau genommen unterhalten wir uns nicht wirklich. Das Gespräch verläuft ziemlich einseitig. Er schwärmt die meiste Zeit nur von seinem halben Jahr im Ausland, das er in Berkeley verbracht hat. Ich höre mehr oder weniger andächtig zu.

Phillip hat recht: Ich kann mir die Golden Gate Bridge bei Sonnenaufgang nicht vorstellen. Auch nicht bei Sonnenuntergang. Und im Morgennebel schon mal gar nicht. Wie denn auch? Ich kenne die Brücke bisher nur von Fotos und aus Filmen. Und aus Phillips Erzählungen natürlich.

Nachdem er mir den rostroten Beweis höchster Brückenbaukunst in aller Ausführlichkeit beschrieben hat, sind die Cable

Cars an der Reihe. Cable Cars – das sind doch diese altmodischen Straßenbahnen, die sich im Fernsehen immer die Straßen von San Francisco rauf- und runterquälen und dabei so lustig bimmeln, oder?

„Kann man da wirklich während der Fahrt einfach auf- und abspringen?" Ich hebe meinen Kopf und blicke direkt in Phillips wunderschöne Schokoladentaleraugen.

„Wenn man sich traut." Er grinst.

„Hast du dich getraut?"

„Klar."

Ich lasse meinen Kopf wieder sinken, fange an zu träumen und rufe mir die magische Silvesternacht ins Gedächtnis, in der er so plötzlich vor mir stand, als wäre er vom Himmel gefallen, während unsere Freunde ringsherum gejubelt, getanzt und das neue Jahr begrüßt haben. Ich hoffe, dass ich später nicht irgendwann dement werde. Diesen Augenblick und die damit verbundene Gefühlsexplosion in meinem Herzen möchte ich bitte nie, niemals vergessen!

Seit Phillips Rückkehr versuchen wir, so viel Zeit wie möglich zusammen zu verbringen. Schließlich haben wir einigen Nachholbedarf, was sich unter anderem darin äußert, dass wir kaum die Augen, geschweige denn die Finger voneinander lassen können. Ständig müssen wir uns anschauen und uns berühren. Fast so, als wären wir magnetisch. Dass wir noch Ferien haben, ist wirklich günstig. Ich glaube kaum, dass die Lehrer unseren ausgeprägten Magnetismus während des Unterrichts tolerieren würden. Oder vielleicht doch? Schließlich weiß jeder an unserer Schule – auch die Lehrer –, dass Phillip ziemlich lange weg war.

Vielleicht bekommen wir ja eine Art Sonderstatus, der es uns erlaubt, weiterhin magnetisch zu sein? Schön wär's.

„Woran denkst du?" Phillip gibt mir einen Stups.

„An die Schule", antworte ich seufzend.

„Echt jetzt?"

„Ja. Morgen ist das schöne Leben vorbei." Ich drehe mich um und kitzele ihn. Phillip windet sich wie ein Wurm und winselt um Gnade. Dann streicht er mir die Haare aus dem Gesicht und schaut mich an. Ich sehe die goldenen Einschlüsse in seinen Augen und verspüre schon wieder den Drang zu schnurren. Gleichzeitig fällt mein Blick auf einen Fotokalender. Er hängt über dem Schreibtisch und ist noch genauso neu wie das Jahr. Das Januarbild zeigt eine Straßenszene mit riesigen Reklametafeln, eiligen Menschen, Wolkenkratzern und knallgelben Taxis.

„Das ist aber nicht San Francisco, oder?"

„Nö. Das ist der Times Square in New York."

„New York?", wiederhole ich fragend. Der Schnurrdrang in meinem Innern erlischt. Wenn ich geglaubt habe, dass Phillip sein Fernweh mit den paar Monaten Kalifornien auskuriert hätte, hab ich mich gründlich geschnitten. Er möchte so schnell wie möglich wieder in die USA, das hat er mir gleich an Neujahr gesagt. Wie es aussieht, steht das Ziel bereits fest. Dabei ist das Gepäck seiner letzten Reise noch nicht mal da! Irgendwie ist es bei der spontanen Umbuchung des Rückflugtickets verloren gegangen und wer weiß wo gelandet. Hofft er vielleicht, dass seine Reisetasche durch einen glücklichen Umstand in New York City gestrandet ist und dort auf ihn wartet, damit er sie demnächst persönlich abholen kann? Ich traue es ihm zu.

„Hast du schon was von der Airline gehört?“, frage ich nicht ganz selbstlos. Immerhin stecken nicht nur seine Socken und T-Shirts in der Reisetasche, sondern auch mein Weihnachtsgeschenk. Er hat es in San Francisco gekauft und weigert sich beharrlich, mir zu verraten, was es ist.

„Nö. Die rufen an, sobald mein Gepäck auftaucht. Anscheinend macht es eine Weltreise. Aber so wichtig sind meine schmutzigen Klamotten schließlich nicht. Alles wirklich Wichtige hatte ich zum Glück als Handgepäck in meinem Rucksack.“

„Und was ist mit meinem Geschenk? Ist das etwa nicht wichtig?“ Ich richte mich empört auf.

„Seit wann bist du so materialistisch drauf?“, kontert Phillip. „Genügt dir meine Anwesenheit etwa nicht?“

„Doch, klar. Aber meine Überraschung hätte ich trotzdem gern.“ Ich stehe auf und blättere den Kalender durch. Lauter Hochglanzansichten von New York. Ich unterdrücke ein Seufzen.

Phillip steht nun auch auf und stellt sich hinter mich. Seine Arme umschlingen mich. Ich lehne mich gegen ihn.

„Ohne dich fahr ich nirgendwo mehr hin“, murmelt er in mein linkes Ohr. „Kommst du mit?“

„In den großen Apfel?“

„Jepp.“ Er nickt. „Wir mieten uns ein schäbiges Apartment in Brooklyn und suchen uns einen Job in einem Fast-Food-Laden.“

„Wieso schäbig?“, erkundige ich mich. „Schäbig kommt nicht in die Tüte! Wenn ich auswandere, dann mit Stil!“

„Die nicht schäbigen Wohnungen sind in New York leider unbezahlbar“, klärt Phillip mich auf.

„Ach so, das hätte ich mir denken können. Meine Eltern sind

bestimmt begeistert, wenn sie uns dann irgendwann in unserem total schäbigen Apartment besuchen."

Ich drehe mich um und schaue ihn an. Plötzlich fällt mir etwas ein. Nicht nur sein Gepäck ist immer noch verschwunden, sondern auch das Päckchen, das ich nach Berkeley geschickt habe. Mitsamt einem seitenlangen Liebesbrief und einer selbst gehäkelten Beanie als Weihnachtsgeschenk. Ich hatte es rechtzeitig vor Weihnachten abgeschickt, aber durch seine vorzeitige Rückkehr hat Phillip es nicht bekommen. Wir wissen zwar, dass es bei seinen Gasteltern angekommen ist, aber die sind in Urlaub und konnten es noch nicht zurückschicken. Bis es wieder in Deutschland ist, ist garantiert Frühling und Phillip braucht keine Mütze mehr. Aber wenigstens steht es dadurch zwischen uns unentschieden: kein Geschenk für mich, kein Geschenk für ihn. Finde ich absolut gerecht.

Dass Phillip wesentlich entspannter damit umgeht, wurmt mich trotzdem ein bisschen. Bin ich wirklich materialistisch eingestellt? Nö, eigentlich nicht. Höchstens extrem neugierig.

„Ups, ich muss los. Ich hab Lena gesagt, dass ich auf dem Rückweg bei ihr vorbeischaue." Ich versuche, mich aus Phillips Umarmung zu lösen, aber er denkt nicht daran, mich loszulassen. Ich will es ja eigentlich auch nicht, aber ich hab's Lena versprochen. Außerdem bin ich gespannt auf die merkwürdige Zeremonie. Sie hat etwas von Kräutern und Tee gebrabbelt und dass sie Salbei verbrennen will. Damit sollen die Geister des alten Jahres verjagt und die Schicksalsgöttin für das nächste Schulhalbjahr milde gestimmt werden. Lena hat für jede Lebenslage den passenden Tee und das entsprechende Räuchermaterial.

„Na gut." Phillip gibt mich endlich frei. „Ich bin sowieso noch mit den Jungs im Sportheim verabredet. Wir wollen die kommende Saison besprechen. Trainingspläne und so."

Was er mit „und so" meint, lässt er offen. Ob sie auch eine geheime Zeremonie abhalten wollen? Vielleicht buddeln sie auf dem Fußballplatz ein kleines Stück Grasnarbe aus und verbrennen die verdorrten Halme in einem Silberpokal, den sie bei einem wichtigen Turnier gewonnen haben. Auch Jungs können mystische Wesen und alte Seelen sein.

Ich bemühe mich sehr, nicht zu grinsen, als Phillip mich nach unten bringt.

„Hab viel Spaß!" Ich stelle mich auf die Zehenspitzen, um ihm einen Kuss zu geben.

„Du auch." Phillip streift mir eine Strähne aus dem Gesicht und guckt mich sehr verliebt an. Mir wird ganz warm, was möglicherweise weniger an seinem Blick als an dem Schal liegen könnte, den ich mir ein bisschen zu fest um den Hals geschlungen habe. Ich lockere ihn mit einer Hand und steige in meine Stiefel.

„Wir sehen uns in der Schule", sage ich zum Abschied.

„Ich kanns kaum erwarten." Phillip lächelt sein spezielles Phillip-Lächeln und winkt. „Ich ruf dich nachher noch mal an. Gegen zehn?"

„Perfekt. Dann hab ich auch wieder meinen Kätzchenschlafanzug an."

„Versprochen?"

Ich winke zurück, ohne zu antworten, und stapfe zu meinem Rad, das treu und brav an der Hauswand lehnt. Dass der Reifen schon wieder Luft verloren hat, ignoriere ich. Ich hab blöderweise die Luftpumpe zu Hause liegen lassen, aber bis zu Lena wird es hoffentlich reichen. Vielleicht kann die mir mit einer Pumpe aushelfen. Oder ihre Mütter. Falls nicht, hab ich ein Problem. Es sei denn, Lena beherrscht einen magischen Fahrradreifenaufpumpzauber. Ich könnte natürlich auch Phillip fragen. Aber nee, ich will jetzt los.

„Ciao, Süße!", ruft er mir nach, als ich mich in den Sattel geschwungen habe und mehr oder weniger elegant losrolle.

„Bis später am Telefon!", rufe ich und bin schon weg.

*

Eine halbe Stunde später sitzen Lena und ich in ihrer Küche (bzw. der ihrer Mütter), schlürfen blassen Apfeltee aus hauchzarten Schalen, verdrücken die zweite Packung Mandelkekse und bereiten uns mental auf das Weise-Frauen-verbrennen-stinkende-Kräuter-Ritual vor. Okay, vielleicht stinkt weißer Salbei gar nicht. Ich hab keinen Schimmer. Aber der Tee ist lecker und die Mandelkekse sind es auch.

Lena ist allein zu Hause, weshalb wir die Anlage in ihrem Zimmer so laut aufgedreht haben, dass wir die Musik in der Küche hören können. Der Soundtrack der Gilmore Girls dringt vermutlich sogar bis ins Treppenhaus des Altbaus. Sünje und Hannah, Lenas Mütter, sind Fans der Serie. Lena und ich auch seit Neuestem. Außerdem mag ich alte Songs, bei denen mein linker Fuß automatisch anfängt zu wippen, ob ich will oder nicht.

„Weißer Salbei – lateinisch Salvia apiana – wächst im Südwesten Amerikas. Er wird auch indianischer Räuchersalbei genannt“, doziert die kleine Kräuterhexe neben mir, während ich meinen Tee schlürfe. „Er gehört zur selben Gattung wie normaler Gartensalbei, aber der Duft ist ganz anders, viel intensiver. Da kann kein normaler Salbei mithalten.“

Ich will gerade fragen, wozu wir das Zeug überhaupt verbrennen wollen, da kommt Lena mir zuvor.

„Weißer Salbei ist ein geniales Reinigungskraut“, plappert sie weiter. „Störende Energien und negative Gefühle verschwinden, böse Geister werden krank.“

„Aber ich hab gar keine negativen Energien“, wende ich vorsichtig ein und füge noch „Die armen Geister!“ hinzu.

Lena mustert mich mit hochgezogenen Augenbrauen.

„Natürlich hast du negative Energien“, widerspricht sie mir. „Die spüre ich bis hierher!“

„Das muss daran liegen, dass morgen die Schule wieder anfängt“, murmele ich ertappt und greife nach einem weiteren Keks. „Außerdem hab ich eine Schreibblockade.“

„Siehste!“, trumpft Lena auf. „Aber keine Panik. Dagegen können wir was tun.“

Sie deutet auf das silbergraue Blätterbündel, das von einer Paketschnur zusammengehalten vor uns auf dem Tisch liegt. Es sieht hübsch aus, interessant, aber nicht besonders spektakulär oder gar magisch.

„Wart’s ab!“, sagt Lena, als hätte sie meine respektlosen Gedanken gelesen. Es wäre ihr durchaus zuzutrauen. „Gesundheit, Langlebigkeit, Weisheit, Klarheit und Schutz“, zählt sie auf. „Alles Alte wird fortgeschickt, Platz für Neues geschaffen und Pechsträhnen durchbrochen."

„Wow, klingt cool", murmele ich beeindruckt, obwohl ich nicht finde, dass ich eine Pechsträhne habe. „Wirkt das Zeug auch vorausschauend? Kannst du damit in die Zukunft blicken? Ich wüsste zu gerne, wie es mit Phillip und mir weitergeht."

„Nein. Dafür gibt's andere Mittelchen." Lena grinst. „Kaffeesatz zum Beispiel, oder Teeblätter."

„Na, dann …" Ich nicke ihr zu. „Worauf wartest du noch? Räucher endlich los!"

„Wo wir gerade von *Mr California* reden …", sagt Lena, während sie eine dicke Kerze anzündet. „Wie läuft's denn so zwischen dir und Phil? Habt ihr euch schon wieder aneinander gewöhnt?"

„Ja, klar", bestätige ich nickend. „Alles läuft super. Es ist so toll, dass er wieder da ist! Hin und wieder kneife ich mich, weil ich's nicht glauben kann."

Lena lächelt. Ihre Finger spielen mit dem Salbeibündel.

„Und bei dir so?", frage ich. „Ich hab Krischan lange nicht mehr gesehen."

„Der ist mit Freunden zum Skilaufen in Österreich. Im Moment ist auf seinem Hof nicht viel zu tun. Der Winter ist die einzige Jahreszeit, in der er sich mal ein paar Tage am Stück freinehmen kann. Nächste Woche kommt er wieder."

„Er ist mit seinen Freunden weggefahren?", wiederhole ich erstaunt. „Wieso nicht mit dir?"

„Ich hasse Wintersport. Allein schon dieser ganze Schnee, den man dazu braucht", antwortet Lena. „Außerdem fängt die Schule morgen wieder an."

„Danke, dass du mich daran erinnerst“, knurre ich. Wir lachen. Lena hält das Blätterbündel an die Kerzenflamme, bis es anfängt zu glimmen, und wedelt anschließend damit herum. Es riecht würzig, herb, nach Baumharz und verbranntem Laub.

„Das ist aber keine psychedelische Droge, oder?“, frage ich und halte spontan die Luft an. „Wir kriegen jetzt keine Halluzinationen und können plötzlich Farben schmecken oder so?“

„Nein“, beruhigt Lena mich. „Keine Panik. Du kannst ruhig weiteratmen.“

„Aber musst du nicht irgendwas sagen? Einen Zauberspruch vielleicht?“, flüstere ich. Ich flüstere, um das Ritual nicht zu stören. Lena sieht total konzentriert aus. Sie schüttelt den Kopf und wedelt wortlos weiter mit dem Kräuterbündel.

Weichet von uns, ihr bösen Geister, brumme ich im Stillen. Keine Ahnung, ob's was bringt. Auf jeden Fall ist mir schwindelig, als ich irgendwann am späten Nachmittag aufbreche. Lena und ich umarmen uns zum Abschied. Sie murmelt mir ein wohlklingendes „Ohmm“ ins linke Ohr. Schwindelig ist mir trotzdem noch. Vielleicht liegt es am Salbei. Vielleicht hab ich zu viele Mandelkekse verdrückt. Vielleicht kommt der Schwindel aber auch daher, dass ich so lange kopfüber gebeugt neben meinem Rad stehen musste, um den platten Reifen mit einer Luftpumpe aufzupusten, die Lena bei einem freundlichen Nachbarn ausgeliehen hat. Auf jeden Fall tut mir die frische Luft gut. Ich atme tief ein und aus, während ich durch den stillen Park nach Hause rolle.

*

Meine Eltern und Jakob sitzen schon beim Abendessen. Früher als sonst, vielleicht weil morgen die Schule wieder anfängt und Jakob und ich noch unsere Schulsachen zusammensuchen müssen. Ich höre meine Familie sprechen, als ich die Haustür aufschließe und in den Flur trete. Mau kommt mir entgegen und streift schnurrend um meine Beine. Bevor ich ihn kraule, knülle ich Jacke, Schal, Mütze und Handschuhe zu einem Bündel zusammen und werfe es auf die Garderobe. Meine Mutter kriegt regelmäßig die Krise, weil ich nie Kleiderbügel und/oder Haken benutze, aber Zusammenknüllen und Werfen ist nun mal viel praktischer. Besonders wenn man's eilig hat, weil man kurz vorm Verhungern ist. Die Kalorien der Mandelkekse hab ich beim Radfahren verbraucht. Ich hab wirklich Hunger.

„Hallo, Klawitters!", rufe ich und biege schwungvoll um die Ecke ins Wohnzimmer, wo die Sippe um den Essplatz versammelt ist. „Hoffentlich habt ihr mir was übrig gelassen!"

„Wer ist das?", fragt Paps, der Scherzkeks im Ironiemodus, als ich mich neben ihn setze und nach dem Brotkorb greife.

„Unsere Tochter", antwortet meine Mam. „Sie wohnt hier."

„Ach, ja. Ich erinnere mich." Mein Vater nickt.

Jakob verdreht die Augen. Ich grinse.

„Schön, dass du dich auch mal wieder blicken lässt", sagt meine Mutter. „In den letzten Tagen haben wir dich ja kaum gesehen."

„Ich hatte Ferien, Mama", antworte ich und säbele ein großes Stück von dem Camembert ab, der mich so verführerisch anlächelt. „Da schläft man lange und ist tagsüber unterwegs. Aber gewöhnt euch schon mal an meinen Anblick. Ab morgen seht ihr mich wieder regelmäßig. Sogar schon beim Frühstück!"

„Mich auch, leider." Mein kleiner Bruder lässt seinen Kopf auf die Tischkante sinken und stöhnt auf. „Uah, Schule …"

Der Rest des Abendessens verläuft dann ganz fröhlich und normal wie bei anderen Familien. Wir erzählen uns, was wir so erlebt haben. Meine Eltern erkundigen sich, wie es Phillip geht, und wollen wissen, ob er sich schon wieder eingelebt hat.

„Ganz gut, glaub ich", lautet meine Antwort. Was soll ich auch sonst sagen? Dass wir gekuschelt und geknutscht haben, um den Rückstand der vergangenen Monate aufzuholen?

Schließlich räumen wir gemeinsam den Tisch ab. Als die Spülmaschine läuft, verschwinden meine Eltern im Wohnzimmer. Jakob, Mau und ich flitzen nach oben.

„Schlaf gut, kleiner Bruder", sage ich, als wir vor unseren Zimmertüren stehen.

„Du auch, große Schwester", sagt Jakob. Obwohl es noch nicht wirklich spät ist, gähnt er herzzerreißend.

Ich schlüpfe schnell in mein Zimmer, bevor er mich mit seiner Müdigkeit anstecken kann. Bis Phillip anruft, hab ich noch einiges zu erledigen. Meinen Kram für die Schule zusammenpacken, ein neues Tagebuch einweihen und vielleicht noch zwei, drei Seiten an meinem Roman schreiben.

Kann es sein, dass das Salbei-Ritual schon wirkt? Ich fühle mich so beschwingt, beflügelt und energiegeladen wie schon lange nicht mehr. Aber vielleicht liegt es weniger am Salbei als daran, dass ich mich auf Phillip freue. Auf seine Stimme am Telefon und darauf, dass wir uns ab morgen wieder jeden Tag in der Schule sehen. Genau wie vor seinem Trip nach Berkeley. Ich kann es kaum erwarten.

KAPITEL 2

Dinge, die mit F anfangen

Über den nächsten Morgen möchte ich nicht sprechen. Nur so viel: Es war noch dunkel, als mein Wecker geklingelt hat. Irgendwie habe ich es dank übergroßer Willensanstrengung aber doch in die Schule geschafft, wo ich nun sitze und über die Dinge des Lebens nachdenke. Wie den Buchstaben F zum Beispiel.

Fast alles, was mir wichtig ist, fängt mit F an. Ist das nicht erstaunlich? Ich hab's vorhin zufällig festgestellt. Bei dem Adjektiv *zufällig* würde Lena mir mit Sicherheit sofort widersprechen. Für sie gibt es keine Zufälle. Alles ist vorbestimmt, behauptet sie. Vom Schicksal gesteuert. Kismet und so.

Okay, manchmal gebe ich ihr recht. Die Betonung liegt auf manchmal. Denn das mit dem F am Anfang habe ich wirklich rein zufällig herausgefunden, heute in der ersten Stunde, als ich in Mathe nicht wirklich nachvollziehen konnte, was es mit diesen antiproportionalen Zuordnungen auf sich hat und wozu die mir in meinem späteren Leben nützlich sein sollen. Aber halt, das ist nicht das Thema. Im Moment geht es um den schicksalhaften Zufallsbuchstaben F, der mein Dasein bestimmt. Mehr oder weniger jedenfalls.

Hier ein paar Dinge, die mir wichtig sind, um es zu verdeutlichen (die Reihenfolge der Aufzählung ist purer Zufall; vollkommen unwillkürlich, was auch immer. Also nix Kismet, liebe Lena):

» **F**reundinnen & **F**reunde
» **F**amilie
» **F**lauschkater
» **F**rühstück
» alles, was mit **F**rankreich zu tun hat (**f**ranzösische Croissants, **f**ranzösische Chansons, **F**ranzösische Bulldoggen usw.)
» **F**erien (gerne mal in **F**rankreich)
» **F**lugzeuge
» **F**rühling und die damit verbundenen **F**rühlingsgefühle

Während ich diese wunderschöne Liste in meine Kladde kritzele und mit Blümchen, Sternen und Engelsflügeln verziere, sitze ich übrigens im **F**ranzösischunterricht. Dies nur nebenbei. Auf jeden Fall muss ich jetzt aufhören und meine Konzentration auf die Tafel richten. Meine Französischlehrerin guckt schon so – von wegen *„n'écouter que d'une oreille"*, was auf Deutsch so viel wie „nur mit halbem Ohr zuhören" heißt.

Vielleicht komme ich später auf das F zurück. Meine Liste ist längst nicht vollständig. Gerade fallen mir noch ein paar Dinge ein, die mir viel bedeuten: **F**rieden, **F**reiheit und **F**antasie. Alle drei finde ich sehr wichtig. So, das war's jetzt aber wirklich.

„Écoute, Cornélia!", kommt es vom Lehrerpult. *„Fais attention, s'il te plaît!"*

„Bien sûr, Madame", antworte ich lächelnd und so konzentriert, wie es nur geht. Ich mag die Schule, echt wahr, aber ich hasse erste Schultage. Gestern um diese Zeit hing ich noch tiefenentspannt im Pyjama rum. Die Umstellung fällt mir überproportional schwer.

Neben mir kichert Lena in ihr Federmäppchen. Ich gebe ihr unter dem Tisch einen Tritt, verfehle ihr Schienbein knapp und beiße mir auf die Unterlippe, um nicht auch zu kichern. Wir können uns da prima gegenseitig hineinsteigern. Was als harmloses Kichern anfängt, geht zuerst in Grunzen, dann in Prusten über und gipfelt früher oder später in einem nicht enden wollenden Lachflash.

Nicht hier, nicht jetzt, Klawitter!, sagt meine innere Stimme streng. Reiß dich zusammen und verschieb's auf die Pause.

Zum Glück bekommen wir in der zweiten Franzstunde ein Video vorgesetzt und sollen uns Notizen dazu machen. Es ist eine Reportage über Paris nach den schrecklichen Terroranschlägen. Der Film ist interessant, wunderschön und bedrückend zugleich. Es gibt Aufnahmen, die optimistisch stimmen à la „Das Leben geht weiter". Sie zeigen bunte, gut besuchte Straßencafés und lachende Menschen. In anderen Szenen sind Polizisten zu sehen, die mit Maschinengewehren und schusssicheren Westen vor dem Eiffelturm und an Bahnsteigen patrouillieren. Auch die windschiefen Zelte und Pappkartons, in denen mitten in der Stadt Obdachlose und gestrandete Flüchtlinge hausen, passen nicht so gut in die romantische Vorstellung, die ich bisher von Paris hatte.

„Mon Dieu!“, flüstert Lena neben mir.

Ich kann nur stumm nicken, während ich tief Luft hole und versuche, einigermaßen lesbar in meine Kladde zu kritzeln.

In der großen Pause treffen wir uns mit Anna, Billi und den Jungs auf dem Schulhof. Phillip unterhält sich mit Paul, dessen dunkelgraues Sweatshirt den wenig originellen Aufdruck „Konfetti geht immer“ trägt.

„Oh, ist der für mich? Danke schön!“ Ich nehme Phillip einen randvollen Kakaobecher aus der Hand und strahle ihn an. Zuerst den Becher, dann Phillip.

Phillip guckt verwirrt.

„Was? Äh, ja klar. Kannst du gerne austrinken.“

„Habt ihr gestern Dschungelcamp gesehen? Oh, Mann …“, Annas Freund Lukas schnauft vor Begeisterung. „Dieser eine Typ ist doch echt so was von –“

Ich schaffe es, ihn mit einem einzigen kurzen Blick über den Kakaobecherrand hinweg zum Schweigen zu bringen. Ich möchte meine kostbare Pausenzeit nicht damit vergeuden, mich über C-Promis auszutauschen, die für Geld und Sterne widerliche Dinge tun.

„Äh“, macht Lukas nur und kratzt sich am Kopf.

Anna hängt an seinem muskulösen Oberarm und schaut zu ihm auf, als wolle sie ihn trösten, weil ich immer so gemein zu ihm bin. Allerdings vermute ich, dass der Gute längst vergessen hat, worum es gerade ging und was er eigentlich sagen wollte. Lukas hat das kürzeste Kurzzeitgedächtnis und die geringste Aufmerksamkeitsspanne, die ein Mensch nur haben kann. Böse Zungen behaupten ja hin und wieder, dass die Gehirne von Bodybuildern generell nicht so gut durchblutet sind, weil die Muskeln zu viel Sauerstoff beanspruchen. Keine Ahnung, ob das stimmt. Ist mir auch eigentlich egal.

Neben mir stehen Billi und Lena und grinsen vor sich hin. Auch Phillip schmunzelt wie ein Buddha. Ich trinke schnell einen Schluck Kakao und mache ein freundliches Gesicht.

Anna zwinkert ein paarmal angestrengt. Zum Glück läutet der Pausengong über unseren Köpfen die nächste Stunde ein, bevor sie etwas sagen kann. Mein angeblich gestörtes Verhältnis zu Lukas ist immer wieder ein ergiebiges Diskussionsthema für sie.

Phillip schiebt sich an meine Seite. Wir quetschen uns durch die Tür in das Schulgebäude und traben den Gang entlang. Um uns herum hallen Lärm, Stimmen, Gelächter und zigfaches Schuhgetrappel von den Wänden wider. Die übliche Geräuschkulisse eines ganz normalen Schultags. Meeresrauschen, chillige Lounge-Musik und Vogelgezwitscher wären mir lieber, aber man kann leider nicht alles haben. Außerdem raunt Phillip mir gerade etwas zu. Nein, ich muss mich korrigieren: Er raunt nicht, sondern blökt ziemlich laut. Trotzdem verstehe ich kein Wort.

„Was hast du gesagt?"

„Ob du weißt, was gerade im Kino läuft."

„Nein, weiß ich nicht. Wieso?"

Blöde Frage, denke ich in derselben Sekunde. Vielleicht, weil er sich einen Film mit dir anschauen, einen Eimer Popcorn teilen und im Dunkeln heiße Küsse tauschen will?

Phillips Antwort ist ein Schulterzucken. Genauso schnell und nebensächlich, wie er es erwähnt hat, ist das Thema Kino für ihn auch schon wieder abgehakt. Eigentlich schade. Vielleicht sollte ich die Initiative ergreifen, heimlich zwei Tickets für einen Film besorgen, der unsere nicht ganz kompatiblen Geschmäcker irgendwie vereint, und ihn damit überraschen?

Plötzlich werde ich von hinten angerempelt und verschütte den letzten Rest Kakao. Meine Pfote trieft.

„Shit!“, fluche ich und versuche den Übeltäter mit einem Laserblick über die Schulter zu töten. Leider funktioniert es nicht.

Phillip grinst.

„Lass uns lieber nachher in Ruhe telefonieren“, schlägt er vor. „Wann hast du heute Schluss?“

„Nach der Achten“, erwidere ich unkonzentriert. Ich versuche meine Hand mit einem Papiertaschentuch abzutrocknen und halte gleichzeitig nach einem Abfalleimer Ausschau, wo ich den Kakaobecher loswerden kann. Moment! Streng genommen ist es gar nicht mein Becher, fällt mir ein. Ich hab nur den Kakao getrunken. Soll Phillip das Ding doch entsorgen!

Ich will ihm den Becher gerade überreichen, als er mir einen Stups auf die Nase gibt, süß lächelt und winkend in der Menge untertaucht.

„Wir telefonieren!“, ruft er mir noch zu, dann ist er weg.

„Ja, super“, grummele ich und winke halbherzig zurück. Wenigstens steht an der nächsten Ecke ein Abfalleimer. Jetzt fehlt nur noch ein Waschbecken für meine klebrige Flosse.

Lena, die den Zusammenprall mitbekommen hat, hebt eine Augenbraue, sagt aber nichts, wofür ich ihr sehr dankbar bin.

Besonders, weil sie – immer noch wortlos – ein Feuchttuch aus ihrem Rucksack zaubert und es mir reicht. Sie ist wirklich eine tolle Freundin.

*

Die nächsten Tage – oder besser Wochen – plätschern ganz und gar unspektakulär vor sich hin. Die Zeit vergeht, das Wetter wird schlechter. Es regnet. Es ist stürmisch. Der Himmel ist in unterschiedlichen Nuancen grau. Mal etwas heller, dann ein bisschen dunkler, aber immer nur grau. Wenn das so weitergeht, werde ich noch depressiv. Wo ist die Sonne, wenn man sie braucht? Ferien sind auch nicht in Sicht. Erst zu Ostern wieder. Glücklicherweise liegen die Osterfeiertage in diesem Jahr früh.

Da es demnächst Halbjahreszeugnisse gibt, schreiben wir ziemlich viele Klausuren. Phillip und ich sehen uns kaum, was nicht nur am Schulstress und am schlechten Wetter liegt, sondern auch daran, dass er viel Zeit mit irgendwelchen sportlichen Aktivitäten und seinen besten Freunden verbringt. Außerdem hängt er in der Schule zurück, wie er mir neulich ziemlich zerknirscht gestanden hat. Sein amerikanischer Lehrplan entsprach wohl nicht unbedingt unserem. Ihm wurde sogar empfohlen, das Schuljahr zu wiederholen, aber das will er unbedingt vermeiden. Also lernt er nun pausenlos wie ein Verrückter, um die Lücken zu schließen und den Anschluss nicht ganz zu verlieren. Da er sehr ehrgeizig ist und immer ein richtig guter Schüler war, traue ich ihm das sofort zu.

In den Pausen steht er meistens mit Paul und den anderen Jungs zusammen. Sie sprechen über Baseball, Football, Basketball und Fußball, vergleichen die amerikanische Soccer League mit europäischen Ligen und fachsimpeln über spektakuläre, millionenschwere Spieler- und Trainertransfers, als wären sie kleine Fußballmanager. Ich finde das ein bisschen nervig. Gleichzeitig versuche ich, tolerant zu sein. Schließlich haben die Jungs Nachholbedarf. Ich gönne ihnen die gemeinsame Zeit also wirklich.

Weil ich selbst viel lernen muss, um meinen Schnitt zu verbessern, fällt es mir relativ leicht, so großzügig zu sein. Trotzdem vermisse ich Phillip. Er ist zwar da, aber irgendwie doch nicht. Es ist kompliziert.

Anna fällt es zuerst auf, dass etwas nicht stimmt. Sie hat sehr feine Antennen für Zwischenmenschliches. Lena normalerweise auch, aber die ist momentan mit ihren Gedanken bei Krischan, dem Jungbauern. Seit der aus dem Skiurlaub zurück ist, glänzen Lenas Augen vor Liebesglück. Echt beneidenswert. Anfang des Jahres haben meine Augen auch noch so geglänzt, da bin ich mir sicher. Inzwischen tun sie's nicht mehr; jedenfalls nicht mehr so doll. Muss ich mir Sorgen machen?

„Nervt dich das gar nicht?", zischt Anna mir eines Tages in der Pausenhalle zu.

„Was denn?", frage ich verwirrt zurück. Meint sie den Regen? Den grauen Himmel? Den Umstand, dass noch der halbe Schultag vor uns liegt? Oder vielleicht, dass der Kakao aus dem Getränkeautomaten mit Wasser statt mit Milch zubereitet ist, was wirklich ziemlich eklig schmeckt?

„Na, dass Phillip sich seit seiner Rückkehr so wenig um dich kümmert, natürlich!", sagt sie.

„Hm …", entgegne ich vage und immer noch reichlich verwirrt. „Wie kommst du darauf?"

Billi verputzt eine Banane. Ihr Blick wandert neugierig zwischen Anna und mir hin und her. Lena bekommt nichts mit, weil sie gerade eine ziemlich lange SMS in ihr Smartphone tippt. Vermutlich an Krischan.

Phillip steht wie so oft in letzter Zeit ein paar Meter entfernt bei seinen Freunden und redet mit Händen und Füßen. Die Jungs lachen und haben anscheinend jede Menge Spaß.

„Wir sehen uns doch jeden Tag", sage ich, weil Anna schweigt. „Was meinst du damit, dass er sich nicht um mich kümmert?" Bei den letzten drei Worten male ich vor ihrer Nase Gänsefüßchen in die Luft und ziehe gleichzeitig die Augenbrauen hoch.

Anna windet sich ein bisschen, bevor sie antwortet.

„Na ja, Lukas hat gemeint, dass Phillip ziemlich oft in der Sporthalle und im Fitnessstudio rumhängt. Fast jeden Abend. Und am Wochenende hat er –"

„Er trainiert", würge ich sie freundlich lächelnd ab. „Er war in Berkeley in verschiedenen Mannschaften. Ich vermute, dass er gerne sein Fitnesslevel halten möchte."

„Geht's um Phil?", mischt Lena sich ein. Anscheinend hat sie ihre SMS beendet und gesendet. „Der war doch schon immer ein Sportfreak!"

Billi nickt. Ich auch. Anna wird rot.

„Ich mein ja nur …", wiegelt sie ab. „Es ist mir aufgefallen. Und nicht nur mir", fügt sie unnötigerweise hinzu.

Es gongt. Wir setzen uns langsam in Bewegung.

„Was genau ist dir denn aufgefallen?", knurre ich leicht gereizt. Ich kann dieses Um-den-heißen-Brei-Gequatsche nicht ausstehen. „Nur weil Phillip und ich nicht wie siamesische Zwillinge – oder wie Lukas und du – pausenlos aneinanderkleben, bedeutet das noch lange nicht, dass er sich nicht um mich kümmert!"

„Dann ist also alles okay zwischen euch?" Annas Augen funkeln hinter den Brillengläsern. „Es hat sich nichts verändert, weil er so lange weg war?"

Ich bleibe stehen und starre sie an.

„Nein", sage ich deutlich, bevor ich weitergehe. „Und falls doch, bist du die Erste, die es erfährt."

Es klang schärfer als beabsichtigt. Anna zuckt leicht zusammen.

„Entschuldigung", sagt sie gekränkt. „Ich wollte mich nicht einmischen."

„Dann tu's auch nicht", entgegne ich bissig. „Wo ist Lukas eigentlich? Ihr hängt in den Pausen doch sonst immer zusammen. Kümmert er sich auch genug um dich?"

Anna schiebt die Unterlippe vor. Wir gehen schweigend weiter. An einer Ecke trennen sich unsere Wege. Anna und Billi biegen links ab. Lena und ich gehen geradeaus weiter. Als wir in unserem Kursraum sind, tippt sie mich vorsichtig an.

„Hey", sagt sie. „Warum hast du so heftig reagiert? Du weißt doch, wie Anna ist. Die will immer alles ganz genau wissen und wittert überall Dramen und Skandale."

„Ja, stimmt." Ich lache auf. Es klingt irgendwie nicht echt, das merke ich sofort. Ich krame meine Bücher, einen Ordner und das Federmäppchen aus dem Rucksack und werfe alles auf den Tisch. Lena beobachtet mich.

„Alles okay?", fragt sie, als ich mit dem Werfen fertig bin.

„Alles bestens", versichere ich.

„Na, dann …"

Erst am Nachmittag komme ich dazu, in Ruhe über den Zusammenprall mit Anna nachzudenken. Warum ich so heftig reagiert habe, wüsste ich selbst ganz gern. Ich liege zu Hause auf meinem Bett, die Arme unter dem Kopf verschränkt, und starre die Zimmerdecke an, während Tim Bendzkos Stimme aus dem Lautsprecher meines Laptops kommt und von Luft und Fantasie singt. Ich summe leise mit und wackele mit den Zehen.

Mau hat es sich auf meinem Bauch bequem gemacht und schnurrt. Er ist warm und weich und ganz schön schwer. Seine Sphinxaugen sind zu schmalen Schlitzen verengt, aus denen er mich so kritisch mustert, als wolle er mich analysieren. Katzen können so was. Mein Kater ganz besonders. Dem entgeht nichts; nicht die allerkleinste Stimmungsschwankung.

Ich höre auf zu summen. Plötzlich habe ich das Gefühl, als würden sich meine Haare einzeln aufrichten, Haar für Haar. Die ganze Kopfhaut kribbelt.

Was, wenn Anna recht hat?, fragt mich eine Stimme, von der ich nicht weiß, woher sie auf einmal kommt.

Womit?, frage ich in Gedanken zurück. (So weit, dass ich laut Selbstgespräche führe, ist es zum Glück noch nicht!)

Die Stimme antwortet sofort.

Damit, dass Phillip sich nicht mehr um dich kümmert, seit er wieder da ist. Dass er mehr Zeit mit den Jungs verbringt als mit dir. Dass ihr euch außerhalb der Schule kaum noch trefft, zählt sie auf.

Am liebsten möchte ich mir die Ohren zuhalten, aber das funktioniert natürlich nicht, weil die blöde Stimme mitten in meinem Kopf sitzt wie eine fette Spinne in ihrem Netz.

„Stimmt doch gar nicht!“, protestiere ich.

Jetzt rede ich doch laut. Mau blinzelt mich verwundert an.

Ich ziehe eine Hand unter meinem Kopf hervor und kraule ihn. Katzenkraulen ist das beste Beruhigungsmittel der Welt. Das Schnurren einer Katze kann sogar blutdrucksenkend sein, hab ich mal gelesen.

Mit der anderen Hand ziehe ich die Nachttischschublade auf und angele mein Tagebuch heraus, wobei ich mich ziemlich verrenken muss, weil Mau nicht daran denkt, seinen Platz auf meinem Bauch zu räumen. Erst als ich mit dem Kraulen aufhöre und anfange, in dem Buch zu blättern, steht er auf. Er macht einen Buckel, streckt sich und klettert schließlich von mir runter, um sich zu putzen.

„Danke, Kater“, sage ich. Er blinzelt mich an und schnurrt.

Ich richte meinen Oberkörper auf, um mich ebenfalls zu strecken, bevor ich mir ein Kissen in den Rücken stopfe und die Einträge der letzten Tage und Wochen seit Phillips Rückkehr durchblättere. Eine Zeit lang hab ich am Laptop Tagebuch geschrieben, aber inzwischen bin ich wieder bei der guten alten analogen Methode gelandet. Es gibt so viele wunderschöne Blankobücher, denen ich unmöglich widerstehen kann. Und das Schreiben mit der Hand fühlt sich für mich auch besser an, als auf kalten Computertasten herumzuklackern. Aber zurück zum Thema …

Besonders viel hab ich nicht geschrieben, stelle ich fest. Ich schiebe es auf die Schule und meine knappe Freizeit. Doch dann fällt mir etwas auf. Die ersten Seiten sind noch voller Herzchen, Smileys und glücklicher kleiner Einträge und Gedanken an Phillip. Je weiter ich blättere, desto weniger werden es.

Ich erschrecke. Schließlich habe ich es jetzt blau auf weiß: Zwischen Phillip und mir fliegen keine Herzen und Smileys mehr hin und her. Kein einziger Schmetterling taumelt liebestrunken von Blatt zu Blatt!

Wie konnte das geschehen?

Wann ist das passiert?

Und vor allem: Warum?

Hektisch greife ich nach meinem Handy und tippe Lenas Kurzwahlnummer an. Sie ist fast sofort dran und fängt ansatzlos an, mir zu beschreiben, wie Krischan und sie den Abend zu verbringen gedenken.

„Nur wir zwei. Total kuschelig", sagt sie. „Mit Musik, einer Pizza für zwei und einer kitschigen DVD."

„Wow, das klingt romantisch", murmele ich. Ich sehe die Herzen und Smileys zwischen den beiden förmlich hin und her schießen. Es sind Tausende. Ich werde auf der Stelle neidisch, obwohl das total bescheuert ist. Ich gönne ihnen ihr Liebesglück und die Pizza wirklich von ganzem Herzen.

„Und du so?", will Lena endlich wissen.

„Und ich so?", wiederhole ich seufzend. „Keine Ahnung. In Depressionen baden vielleicht. Mich in Liebeskummer und

Selbstmitleid suhlen. Anna anrufen und ihr sagen, dass sie recht hatte."

„Womit?"

„Damit, dass Phillip und ich eine Krise haben, weil er sich zu wenig um mich kümmert." Ich seufze noch einmal.

„Bullshit!" Lena schnaubt.

„Doch", beharre ich. „Es ist so."

Ich erzähle ihr von meinem Tagebuch.

„Meine Güte, das heißt doch noch lange nicht, dass ihr eine Krise habt!" Lena lacht, was ich ihr ein bisschen übel nehme. Ist sie sich des Ernstes meiner Lage denn nicht bewusst? Was gibt es da zu lachen? Gar nichts!

„Hör mal", fährt sie fort. „Dass du keine Smileys, Einhörner und Grinsekatzen mehr zeichnest, bedeutet doch nur, dass du langsam reif und erwachsen wirst. Da beschränkt man sich auf das Wesentliche und lässt den ganzen Schnickschnack und Glitzerkram weg."

Lena ist älter als ich. Bisher stand sie auf Schnickschnack und Glitzerkram. Genau wie ich. Wenn ich so darüber nachdenke, sogar ein bisschen mehr als ich.

„Ich kann gar keine Grinsekatzen zeichnen. Einhörner auch nicht", stelle ich richtig.

„Das war nur exemplarisch gemeint", sagt sie.

Ich kaue auf der Unterlippe und überlege.

„Möchtest du andeuten, dass meine bisherigen Tagebucheinträge total kindisch waren? Und dass die aktuellen Kurzfassungen eher meinem tatsächlichen Alter entsprechen?", frage ich dann.

„Hey, du hast es erfasst!", jubelt Lena. „Vielleicht hast du es selbst noch nicht gemerkt, aber durch die Trennung von Phillip bist du innerlich gewachsen. Du hast einen Prozess der Reifung durchlebt."

Am liebsten würde ich jetzt Bullshit rufen. Was sie da sagt, klingt in meinen Ohren total bescheuert. Auf der anderen Seite hat sie ziemlich viel Ahnung von Reifeprozessen und solchen Dingen. Schließlich ist sie eine alte Seele und eine weise Frau noch dazu. Aber was hat mein innerliches Wachstum mit Phillips Verhalten zu tun?

„Du siehst ihn jetzt ohne Filter, so wie er ist und immer schon war", fährt sie fort. „Während er weg war, hast du ein Idealbild von ihm geschaffen und ihn auf ein Podest gehoben, das jetzt bröckelt und der Realität weicht."

Ich möchte mir schon wieder die Ohren zuhalten. Oder das Gespräch beenden. Oder beides zusammen. Ich hätte Lena gar nicht erst anrufen sollen.

„Willst du damit behaupten, dass Phillip immer schon unaufmerksam war und ich es nur nicht bemerkt habe, weil ich die ganze Zeit eine rosa Brille aufhatte?"

„Es ist nur meine ganz persönliche Theorie", antwortet Lena ruhig, „aber ich könnte mir vorstellen, dass es so ist, ja."

„Aber das stimmt nicht!", protestiere ich.

Sie lässt sich nicht beirren.

„Willkommen im Klub", sagt sie. „Was ihr jetzt erlebt, ist der Alltag. Die erste Verliebtheit hat sich gelegt. Die Schmetterlinge und Smileys weichen profaneren Dingen."

La-la-la, ich will das nicht hören!, singt es in meinem Kopf. Ich jaule entrüstet auf.

„Ich soll mich damit abfinden, dass es nicht mehr so ist wie früher? Das kommt überhaupt nicht in die Tüte! Ich will meine Smileys und Herzchen zurück! Ich will Phillip zurück!“

„Dann lass dir was einfallen“, meint Lena.

Darüber muss ich erst mal nachdenken. Ich zupfe an einer Haarsträhne, ziehe sie in die Länge und lasse sie wieder los.

„Wie läuft das denn bei Krischan und dir?“, frage ich nach einer ganzen Weile. „Seid ihr noch genauso verliebt wie am Anfang?“

„Ja, klar. Wir sind ja auch noch nicht so lange zusammen wie du und Phillip. Außerdem sehen wir uns nicht jeden Tag. Wir lassen uns unsere Freiräume.“

„Aber das machen wir doch auch!“

„Trotzdem scheinst du etwas zu vermissen“, wendet Lena ein. „Hast du schon mit Phil darüber gesprochen?“

„Nein.“

„Dann solltest du es vielleicht mal tun. Warte nicht zu lange damit.“

„Ja, du hast recht. Danke.“

„Immer gerne.“

Wir beenden das Gespräch. Ich betrachte das Telefon in meiner Hand und kann mich nicht entschließen, es wegzulegen. Soll ich Phillip gleich anrufen und mit ihm reden? Nein, zwecklos. Ein Blick auf die Uhr zeigt mir, dass er gerade beim Training ist. Danach ruft er mich meistens an. Aber ob wir unsere Krise per Handy lösen können? Haben wir überhaupt eine Krise?

Warum mache ich mir solche Gedanken? Vielleicht ist für ihn ja alles in Ordnung und nur ich vermisse etwas.

Was eigentlich? Die Schmetterlinge, die ich in der Silvesternacht in meinem Bauch gespürt habe? Die sind einem warmen Gefühl gewichen, einer Art Geborgenheit und Sicherheit. Es fühlt sich gut an, aber es ist eben nicht mehr dieses total verrückte Brausepulverkribbeln.

Vielleicht stimmt es, was Lena gesagt hat: Phillip und ich sind im Alltag angekommen. Oh, Mann …

„Warum machst du dir 'nen Kopf? Wovor hast du Schiss? Was gibt's da zu grübeln?", singt Mark Forster.

Na, das passt ja gut, denke ich und werde das Gefühl nicht los, dass der Text von mir handelt.

„Wenigstens lässt Mister Forster Konfetti für mich regnen", sage ich zu Kater Mau. „Und er rollt einen roten Teppich für mich aus, durch die Stadt bis vor mein Haus. Ist doch nett, oder?"

„Mau", macht Mau und schmiegt seinen kleinen Kopf in meine Hand. Es fühlt sich tröstlich an.

KAPITEL 3

Mein Freund, der Klon

Wenige Tage nach dem Krisentelefonat mit Lena sitze ich mit Anna, Billi und Dina im Café des Schwimmbads und verdrücke eine voluminöse Puddingschnitte. Seit Dina auf eine andere Schule geht, sehen wir uns leider nicht mehr so oft. Heute haben wir es tatsächlich geschafft, uns endlich mal wieder zu treffen. Das war gar nicht so einfach bei unseren unterschiedlichen Stundenplänen und den vielen Terminen. Nur Lena konnte nicht zur verabredeten Uhrzeit da sein. Sie hat aber versprochen, später nachzukommen.

Wir hocken schon seit fast einer Stunde an einem kleinen Ecktisch, trinken Saft und Kakao und essen Kuchen. Zum Glück ist heute nicht viel los. Die Bedienung lässt uns in Ruhe und fragt nicht ständig, ob wir noch etwas bestellen wollen.

„Und was genau ist jetzt dein Problem?“, will Dina wissen.

„Wenn ich das nur wüsste“, antworte ich. „Eigentlich hatte ich gehofft, dass ihr mir das sagen könnt.“

Irgendwie hat es sich von selbst ergeben, dass ich meinen besten Freundinnen das Herz ausgeschüttet habe. Zuerst sind wir ein paar Runden geschwommen, anschließend haben wir uns auf die

Liegestühle am Beckenrand gesetzt und uns unterhalten. Über Jungs, die Liebe und das Leben im Allgemeinen und Speziellen. Dabei ist mir rausgerutscht, dass ich mit der Gesamtsituation seit Phillips Rückkehr nicht besonders glücklich bin. Anna hat sich jeglichen blöden Kommentar wie „Hab ich's nicht gesagt!" verkniffen, wofür ich ihr dankbar bin.

Ich lasse meine Kuchengabel sinken und schaue auf.

Drei Augenpaare starren mich an.

„Aber du hast doch erzählt, dass Phillip lieb und aufmerksam ist und dass ihr euch so gut versteht, als wäre er niemals weg gewesen", meint Billi und legt ihre Stirn in niedliche Dackelfalten. Anna und Dina nicken.

„Wo ist dann das Problem?", wiederholt Dina ihre Frage.

„Ach, ich weiß auch nicht …" Ich bohre meine Gabel seufzend in das Gemisch aus Blätterteig, Streuseln und zuckersüßem Vanillepudding.

„Ist es vielleicht doch, weil er so viel mit den Jungs abhängt?", fragt Anna.

Ich schiebe mir eine Ladung Kuchen in den Mund, um nicht sofort antworten zu müssen, und zucke mit den Schultern.

„Aber das hat er früher doch auch gemacht." Dina, die Annas und meinen kleinen Disput in der Schule nicht miterlebt hat, guckt verständnislos.

Billi nickt. Ich konzentriere mich auf meinen Kuchen.

Sie haben ja recht, alle drei. Wo ist also mein Problem?

Bin ich überempfindlich? Erwarte ich zu viel? Bin ich etwa zu einem dieser besitzergreifenden Mädchen mutiert, die von ihren Freunden verlangen, sich ihnen komplett unterzuordnen, auf eigene Freunde und Hobbys zu verzichten und jede Sekunde ihres Lebens in trauter Zweisamkeit zu verbringen?

Hilfe, nur das nicht! Ich war immer stolz darauf, dass Phillip und ich alles so locker angehen und einer dem anderen nicht ständig am Rockzipfel hängt. Das war nie ein Problem zwischen uns, sondern ganz selbstverständlich.

„Vielleicht ist es einfach nur der Alltag, der mich nervt", sage ich nach einer Weile. „Ihr wisst doch noch, wie sehr Phillip mir gefehlt hat. Ich dachte, dass sich zwischen uns etwas Spektakuläres abspielen wird, wenn er erst mal wieder da ist. Irgendetwas Besonderes, das uns noch enger zusammenschweißt."

„Alles klar. Du hast dir vorgestellt, dass es Sternschnuppen und rote Rosen für euch regnet", sagt Dina lächelnd. „Und zwar nicht nur in der Silvesternacht, sondern für immer und ewig."

Ich trinke einen Schluck lauwarmen Kakao und setze den Becher wieder ab. „Ja, so in etwa", gebe ich zu. „Ich weiß, dass es blöd klingt. Aber dass ich ein halbes Jahr gelitten und meinen Freund total vermisst hab, nur um jetzt festzustellen, dass keine Sternschnuppen und roten Rosen unseren Weg pflastern, finde ich irgendwie ungerecht. Bin ich naiv?"

„Ja!", sagen Billi und Dina im Chor.

„Nein, bist du nicht", widerspricht Anna. „Ich an deiner Stelle würde auch etwas Spektakuläres erwarten. Der Alltag ist der Feind der Liebe."

„Aus welchem Käseblatt hast du das denn?" Billi prustet los.

„Ist doch egal. Hier geht es ums Prinzip." Annas Wangen sind rosig, ihre Augen funkeln. Sie ist voll in ihrem Element. Ich sehe einen imaginären Neonschriftzug über ihrem Kopf aufleuchten –

Lebens- und Liebesberatung Anna Bruhns – und muss mich sehr beherrschen, um nicht auch loszuprusten.

„Steht eigentlich schon fest, ob Phillip das Schuljahr wiederholen muss?“, wendet sich Dina an mich.

Ich schüttele den Kopf. „Er hofft, dass er es noch verhindern kann. Im Moment lernt er wie verrückt.“ Ich schiebe mir eine Haarsträhne hinters Ohr und betrachte die Kakaopfütze auf dem Boden meines Bechers. „Das ist auch etwas, das mich ein bisschen ratlos macht“, gestehe ich.

„Dass er so viel lernt?“, fragt Billi verwundert.

„Nein, nicht das Lernen“, stelle ich klar. „Ich frage mich nur, wie es dazu kommen konnte, dass er so viel Stoff versäumt hat. Was hat er die ganze Zeit in Berkeley gemacht? Ist er überhaupt in der Schule gewesen oder hat er nur am Strand gelegen, Partys gefeiert, Fahrstunden genommen und Sport getrieben? Manchmal hab ich Gefühl, ihn gar nicht mehr richtig zu kennen.“

„Tja“, sagt Anna und wiegt den Kopf.

„Tja“, sage ich und seufze.

„Hey, ihr Schnuckis!“ Lena stürmt durch die Eingangstür in das Café und wedelt uns von Weitem mit ihrem bunten Schal zu. Sie bringt einen Schwall kalte Luft mit herein. „Hab ich was verpasst?“

„Wie man’s nimmt“, murmele ich vage.

„Ratet!“, befiehlt Lena, ohne auf meine Erwiderung einzugehen. Sie streift ihre Jacke ab, setzt sich hin und greift nach meinem Kakaobecher, nur um enttäuscht festzustellen, dass er leer ist. Sie schiebt ihn mir wieder rüber.

„Was?“, fragen Anna, Billi, Dina und ich im Chor.

„Wir fliegen in den Osterferien nach La Gomera!“, verkündet Lena strahlend.

„Wow, cool! Krischan und du? Wann geht’s denn los?“, frage ich neugierig.

Lena schüttelt ihre hennaroten Locken aus.

„Nix da, Krischan und ich“, antwortet sie und bedeutet der Bedienung mit einem Fingerzeig auf meinen Becher, dass sie einen Kakao ordern möchte.

„Du fliegst alleine?“ Annas Augen sind kugelrund. Meine wahrscheinlich auch. Es fühlt sich jedenfalls so an.

„Nee, nicht allein, sondern mit Hannah, Sünje und Gregor. Wir wollen einen richtigen Familienurlaub machen. Den hatten wir schließlich noch nie.“

„Wie denn auch? Schließlich kanntest du deinen Papa bis vor Kurzem noch gar nicht“, bemerkt Billi.

Das stimmt. Lena hat zwei Mütter – Hannah und Sünje –, die miteinander verheiratet sind, aber ihr biologischer Vater war bis vor einiger Zeit noch ein großer Unbekannter in ihrem Leben. Lena hat ihn immer nur als ihren Erzeuger oder den Tropfen im Reagenzglas bezeichnet, der zu ihrer Entstehung beigetragen hat. Inzwischen haben die beiden ein ganz entspanntes Verhältnis zueinander und besuchen sich regelmäßig, obwohl Lena hier in Neustadt und Gregor in Hamburg lebt.

„Genau deshalb fliegen wir alle zusammen in Urlaub“, sagt sie jetzt. „Damit wir uns endlich mal so richtig kennenlernen können. Gregor hat ein Haus auf La Gomera gemietet. Es gehört einem Freund von ihm.“ Sie nimmt ihre heiße Schokolade in Empfang und bestellt bei der Gelegenheit noch einen Blaubeermuffin dazu. Ich überschlage im Kopf den Inhalt meines Portemonnaies und beschließe zu verzichten. Mein Budget ist erschöpft.

„Wow", sage ich noch einmal. „Das klingt beneidenswert."

„Ja, nicht?" Lena pustet in ihren Becher. „Was macht ihr eigentlich in den Ferien? Habt ihr schon was vor?"

Billi nickt fröhlich. „Wir fahren mal wieder nach Italien. Ich freu mich schon auf meine Sippe. Ich hab meine Nonna schon lange nicht mehr gesehen."

„Meine Eltern wollen unbedingt nach Bayern", erzählt Dina wenig begeistert.

„Sei froh", meint Anna. „Im Gegensatz zu mir fährst du wenigstens weg."

„Ich bleib auch hier", seufze ich traurig und stupse den Becher an, in dem genauso Ebbe herrscht wie in meinem Portemonnaie. Von meinem Liebesleben ganz zu schweigen.

„Du armes Kind", grinst Lena.

„Ja, allerdings." Ich seufze noch einmal.

„Wenigstens hast du dann genug Zeit, um deine Beziehung zu Phillip zu klären", sagt Anna spitz.

Ich werfe ihr einen giftigen Blick zu. Noch lieber würde ich mit dem Salzstreuer werfen, der in Griffweite steht, aber das verbietet mir meine gute Erziehung. Der Blick muss genügen. Tut er auch. Anna zieht den Kopf ein und wird sogar ein bisschen rot.

„Hä?", macht Lena. „Hab ich doch was verpasst?"

Ich berichte ihr, worüber wir uns unterhalten haben, bevor sie aufgetaucht ist.

„Spektakuläre Sternschnuppen und rote Rosen“, fasst sie zusammen, während sie dem Blaubeergebäck auf ihrem Teller zu Leibe rückt und es mit wenigen Bissen verputzt. „Hm …“, macht sie dann. Ihr Gesicht sieht nachdenklich aus.

„Natürlich musst du mit ihm reden“, sagt sie nach einer Weile. „Aber nicht erst in den Osterferien, sondern sofort! Unausgesprochene Konflikte sind gar nicht gut. Woher soll Phillip wissen, dass du unglücklich bist, wenn du alles in dich reinfrisst? Sprich mit ihm, Süße! Bald!“

„Das finde ich auch!“, ruft Anna.

Soll ich vielleicht doch den Salzstreuer nehmen?

„Ja, ich weiß. Danke für den guten Rat“, entgegne ich leicht genervt. Warum reagiere ich plötzlich so genervt? Weil das Thema ein Reizthema für mich ist. Ganz klar. „Sobald ich Phillip sehe, bestelle ich bergeweise Rosen und Sternschnuppen bei ihm.“

„Wehe, wenn er sie nicht liefert!“ Lena droht mit ihrer Kuchengabel. „Dann kriegt er’s mit uns zu tun!“

Billi, Anna und Dina nicken.

„Ich halte euch auf dem Laufenden“, verspreche ich und seufze ein letztes Mal.

„Hast du schon mit ihm gesprochen?“, fragt Lena mich ein paar Tage später.

„Nein.“

„Warum nicht?“

„Es hat sich einfach noch nicht ergeben.“

Wir haben uns nachmittags in der Stadt getroffen, um ein paar Sachen für die Schule zu besorgen. Lena hat sich eingebildet, ohne einen himbeerfarbenen Füller nicht länger leben zu können. Ich brauchte einen neuen Sport-BH. Zum Glück haben wir beides schnell gefunden und es sind sogar noch ein paar Euro übrig. Wir gönnen uns zwei große Portionen Pommes mit Mayo. Einkaufen ist immer so anstrengend.

Wir haben gerade einen Stehplatz in unserem Lieblingsimbiss in der Fußgängerzone ergattert und warten auf unsere Pommes, als plötzlich jemand in meinem Rucksack singt.

„La, la, la", dringt es gedämpft heraus.

„Neuer Klingelton?", grinst Lena.

„Jepp." Ich muss ein bisschen wühlen, bis ich das Telefon endlich erwische und Naughty Boys Geträller abwürgen kann. Ich melde mich, ohne vorher auf das Display zu schauen. „Hallo?"

„Hi!" Phillips Stimme klingt nah. „Wo bist du? Was machst du?"

„Lena und ich waren shoppen. Jetzt wollen wir was futtern und mein Handy hat gesungen. Und du so?"

„Nichts Besonderes. Ich kämpfe mit einer lateinischen Übersetzung, die ich übermorgen abgeben muss. *Gallia est omnis divisa in partes tres* und so weiter."

„Was heißt das?", frage ich neugierig.

„Gallien ist in seiner Gesamtheit in drei Teile geteilt."

„Gallien? Du liest heimlich einen Asterix, gib's zu. Von wegen Latein …" Ich pruste in den Hörer.

Phillip lacht. „Nein, ehrlich. Ich lerne wirklich!"

„Na gut."

Unsere Pommes sind fertig. Lena holt sie am Tresen ab und stellt sie zwischen uns auf den Tisch. Ich schnappe mir eine knusprige Fritte und schiebe sie mir zwischen die Zähne, während Lena mir hektische Zeichen gibt.

„Was denn?", zische ich.

„Sag ihm, er soll herkommen!"

„Wozu?"

„Ähm …", bringt Phillip sich in das Gespräch ein. „Mit wem redest du?"

„Mit dir", antworte ich, „und mit Lena. Frauen können so was."

„Klar. Ihr habt schließlich zwei Ohren." Phillip lacht wieder.

„Genau." Ich strecke Lena die Zunge raus. Sie wedelt immer noch hektisch mit den Händen.

„Sprich endlich mit ihm!", raunt sie mir zu.

„Tu ich doch", antworte ich stirnrunzelnd.

„Hallo?", fragt Phillip.

Lena pikst mich mit einer spitzen Fritte.

„Aua! Was soll das?"

Himmel, das Ganze wird ein bisschen chaotisch.

„Sag ihm, er soll herkommen, damit du mit ihm reden kannst", brummt Lena.

„Jetzt?"

„Ja!"

„Aber er lernt gerade Latein."

„Egal."

„Hallo?", fragt Phillip noch einmal. „Bist du noch da oder hast du mich vergessen?"

„Nein, ich hab dich nicht vergessen. Ja, ich bin noch da", erwidere ich konfus. Lena pikst mich schon wieder. Ich schiebe die Augenbrauen zusammen. „Ähm, hast du nicht zufällig Lust herzukommen? Vielleicht brauchst du ja eine Pause. Die Pommes sind echt lecker."

Lena hebt einen Daumen und grient zufrieden.

Ich funkele sie an.

„Klar", sagt Phillip. „Ich bin in zehn Minuten da."

„Cool. Bis gleich!" Ich werfe das Handy wieder in meinen Rucksack und reiße Lena das Kartoffelstäbchen, mit dem sie mich gefoltert hat, aus der Hand. Mit einem Happs ist es weg. „Er ist in ein paar Minuten hier."

„Fein", meint Lena und schlüpft in ihren Parka. „Dann mach ich mich mal vom Acker. Ihr möchtet euch bestimmt ungestört unterhalten. Oder brauchst du Verstärkung?"

„Nein, danke", murmele ich. Ich fühle mich überrumpelt. Natürlich wollte ich mit Phillip sprechen und ihm endlich erzählen, was mich bedrückt. Aber so plötzlich? In einem Imbiss, in dem es nach Frittenfett und Bratwurst stinkt und wo die Eingangstür ständig bimmelt? Ich weiß gar nicht genau, was ich ihm sagen soll. Ich glaub, ich hätte mich gerne vorbereitet. Dafür ist es jetzt eindeutig zu spät.

Lena nimmt mich in den Arm.

„Hey, ihr kriegt das hin", sagt sie aufmunternd. „Schließlich seid ihr unser Superliebespaar! Rufst du mich nachher an?"

„Klar." Ich nicke. Sie winkt dem Typen hinter dem Tresen zu, um zu bezahlen, und verschwindet. Das Glöckchen über der Tür klingelt fröhlich hinter ihr her.

Phillip braucht etwas länger als die angekündigten zehn Minuten. In der Zwischenzeit hab ich die restlichen Pommes frites in mich reingestopft, ohne es zu merken. Ich überlege, ob ich neue bestellen soll, lasse es aber sein, als ich Phillips orangefarbene Skijacke vor dem beschlagenen Fenster aufleuchten sehe. Wenig später kommt er hereingeschneit, und zwar buchstäblich. Draußen herrscht schon den ganzen Tag ekliges, nasskaltes Wetter. Inzwischen haben sich vereinzelte Schneeflocken unter den feinen Niesel gemischt. Kaum ist Phillip drinnen, schüttelt er seine blonden Locken, öffnet die Steppjacke lässig mit einer Hand, hängt sie im Vorbeigehen an einen Garderobenhaken und kommt strahlend auf mich zu.

Ich strahle zurück. Es geht gar nicht anders. Dieser süße Junge, der mein Freund ist, bringt das Türglöckchen zum Läuten, mein Herz zum Purzelbaumschlagen und den ganzen Raum zum Leuchten, alles gleichzeitig. Wie macht er das nur?

„Hi", begrüßt er mich. Er streift meine Hand mit den Fingern und gibt mir einen Kuss auf die Wange. Seine Lippen sind eiskalt, ganz im Gegensatz zu meiner Haut, die sich anfühlt, als würde sie glühen. Bestimmt sind meine Wangen knallrot.

Phillip hat immer noch diese beneidenswerte kalifornische Sonnenbräune. Als er grinst, wirken seine Zähne noch weißer als sonst. Damit könnte er glatt Werbung machen. Nicht nur mit seinem perfekten Gebiss, sondern mit allem; dem Gesamtpaket sozusagen.

„Woran denkst du?", will er wissen.

Gibt es eine Statistik über die in Partnerschaften weltweit am häufigsten gestellten Fragen? Ich gehe jede Wette ein, dass „Woran denkst du?" ganz weit vorne liegt.

„An Zahnpastawerbespots", erwidere ich wahrheitsgemäß.

Er guckt mich verdutzt an, bevor er lacht und ein Stück näher an mich heranrückt. Unsere Oberarme berühren sich. Ich lehne meinen Kopf gegen seine Schulter und schließe die Augen. Phillip strahlt eine kuschelige Wärme aus. Sein Sweatshirt duftet, als wäre es frisch gewaschen und von winzigen Elfen, die den ganzen Tag nichts anderes machen, mit speziellen Phillip-Aromen bestäubt worden. Bevor ich vor lauter olfaktorischer Verzückung anfange zu schmatzen, klappe ich die Augen wieder auf.

Phillip hat die Speisekarte studiert und mustert nun meinen leer geputzen Pommes-Teller, auf dem nur noch ein paar mikroskopisch kleine Krümel rumlümmeln.

„Möchtest du was essen? Die Pommes sind wirklich zu empfehlen“, sage ich.

„Okay. Ich hol mir dazu einen Burger, oder vielleicht lieber gleich zwei. Möchtest du auch noch was?“

„Eine Holunderbrause.“

„Kommt sofort!“ Phillip schnappt sich meinen Teller und geht zum Tresen. Ich schaue ihm lächelnd nach und beobachte ihn, als er seine Bestellung aufgibt. Er zeigt auf eine Tafel mit bunten Burger-Bildern, die über dem Kopf des Verkäufers hängt. Beide lachen. Ich wüsste gerne, worüber. Ich frage mich, ob Phillip, während er in Kalifornien gewesen ist, einem geheimen Klon-Experiment der amerikanischen Regierung zum Opfer gefallen ist. Wie ist es sonst möglich, dass er manchmal so unaufmerksam ist und dann – heute zum Beispiel – wieder so charmant rüberkommt, dass ich total bezaubert bin? Gibt es zwei von seiner Sorte? Einen echten und einen Klon? Er wendet sich zu mir um und grinst breit. Ist es der richtige oder der falsche Phillip? Hilfe!

Ich stütze die Ellbogen auf den Tisch und mein Kinn auf die Fäuste. Na gut, ich muss zugeben, dass ich manchmal selbst glaube, einen Klon (oder heißt das bei Mädchen Klonin?) zu haben. Schließlich bin ich auch nicht immer gleich drauf. An manchen Tagen kann ich mich selbst nicht ausstehen, an anderen finde ich mich eigentlich ganz in Ordnung. Auf jeden Fall glaube ich nicht, dass Phillip absichtlich unaufmerksam ist. Wahrscheinlich merkt er es nicht mal. Genau wie ich, wenn meine Mam mich fragt, warum ich so patzig bin. Ich streite das dann immer ab, obwohl es vielleicht wahr ist.

Mir fällt dieser Schokoriegel ein, der mit den Erdnüssen und dem Karamell. Angeblich soll der ja helfen, wenn man mal nicht man selbst ist. Vielleicht sollte ich Phillip bei Bedarf damit füttern?

Endlich kommt er zurück an den Tisch. Der Imbiss ist der beliebteste in unserer Stadt und immer gut besucht. Die meisten nehmen ihr Futter mit oder essen draußen. Bei dem Mistwetter sind heute alle Plätze in dem kleinen Gastraum besetzt. Die Luft ist stickig, warm und fettgetränkt. Aus zwei Lautsprecherboxen kommt Helene Fischer. Das fällt mir jetzt erst auf. Urgs.

„Bitte sehr." Phillip schiebt mir die Brause hin und stellt sein Tablett ab, auf dem eine Flasche Malzbier und ein großer Teller stehen. Auf dem Teller liegen zwei doppelstöckige Hamburger, ein Riesenhaufen Pommes, ein Salatblatt und zwei Tomatenscheiben. Ich muss grinsen, als ich es sehe. Phillip hat nicht nur einen Klon, sondern auch zwei Mägen, so viel ist klar.

„Danke", sage ich. Ich pule den Trinkhalm aus seiner Papierhülle und versenke ihn im Flaschenhals. Dann gucke ich Phillip schweigend und staunend beim Essen zu. Irgendwann bemerkt er es und schaut auf. Er macht ein Gesicht wie ein ertappter Hundewelpe, der eine Tüte Kekse geklaut und leer gefuttert hat.

„Wasch isch?“, nuschelt er verwirrt. „Willscht du wasch abhaben?“

„Nee, danke. Ich wundere mich nur über das Fassungsvermögen menschlicher Körper. Schon erstaunlich, was so alles in dich reinpasst.“

„Hö, hö“, macht er und futtert unbeeindruckt weiter.

Soll ich ihm jetzt vielleicht von den Sternschnuppen, Rosen und Schmetterlingen erzählen, die ich vermisse? Nein, lieber nicht. Schließlich weiß jeder, dass das Gehirn von Jungs nicht unbedingt multitaskingfähig ist. Phillips ganzes Sein ist momentan total auf die Nahrungsaufnahme konzentriert, das sieht ein Blinder. Ein Gespräch über unseren Beziehungsstatus würde ihn gnadenlos überfordern. Also nuckele ich weiter an meiner Holunderlimo und schaue zu, wie Burger, Pommes und Salatbeilage Bissen für Bissen in seinem gigantischen Doppelmagen verschwinden.

Irgendwann ist jeder Teller leer. Phillips auch. Er sieht satt und zufrieden aus wie ein dicker Kater. Hätte er einen Schnurrbart, würde er jetzt die Pfote heben und anfangen, Barthaar für Barthaar zu putzen, jede Wette. Stattdessen nimmt er einen Schluck Malzbier und strahlt mich an.

„Und jetzt?“, fragt er unternehmungslustig.

„Keine Ahnung. Wenn du nichts mehr essen willst, sollten wir vielleicht den Tisch räumen. Ich blockiere ihn schon ziemlich lange. Außerdem hat es aufgehört zu nieseln. Wie wär’s mit ein bisschen Frischluft, bevor du wieder zu deiner lateinischen Comic-Übersetzung zurückkehrst?"

„Hey, es ist nicht Asterix, sondern Cäsar!"

„Ja, schon klar. Spielt der nicht in jedem Asterix-Heft mit?"

Es macht Spaß, Phillip aufzuziehen. Wir lachen beide, dann schnappen wir uns unsere Jacken, bezahlen am Tresen und schlüpfen hinaus. Vor dem Imbiss bleiben wir stehen und atmen tief die frische Luft ein. Es ist später Nachmittag und dunkel. Ich hasse diese kurzen Tage.

„Bald ist Frühling", sagt Phillip tröstend, als hätte er meine Gedanken gelesen. Er legt einen Arm um meine Schultern. Wir bummeln los, ohne ein bestimmtes Ziel zu haben.

„Bist du zu Fuß gekommen oder steht dein Roller irgendwo?"

„Zu Fuß", antwortet er. „Und du?"

„Auch zu Fuß", sage ich und denke kurz an den kaputten Reifen, den ich immer noch nicht geflickt habe.

Als wir am Kino vorbeikommen, bleiben wir stehen und betrachten die Filmposter in den Schaukästen. Hatte ich schon erwähnt, dass wir in einer beschaulichen Kleinstadt leben? Multiplex und 3-D sind noch nicht bei uns angekommen. Wenn wir das wollen, müssen wir mit dem Bus in die Nachbarstadt fahren, wo es einen großen Kino-Komplex gibt. In unserem Kino läuft immer nur ein einziger Film, dafür aber wochenlang. Aber es ist gemütlich, fast schon kuschelig. In dieser Woche finden die *Filmkunsttage für die ältere Generation* statt, wie uns ein Plakat verrät. Also nichts für uns. Aber Phillip muss ja sowieso gleich wieder zurück an den Schreibtisch.

Plötzlich fällt mir ein, dass ich ja eigentlich mit ihm über uns reden wollte. Aber das verdränge ich, denn wir küssen uns gerade. Mitten in der Stadt, vor dem hell erleuchteten Kinoeingang. Der Kuss ist himmlisch, zärtlich und so romantisch, dass ich das Gefühl habe, zehn Zentimeter über dem Boden zu schweben. Meine Knie werden weich. Ich vergesse zu atmen und hab keine Ahnung mehr, wo ich bin, wie ich heiße und woher die vielen Sterne kommen, die hinter meinen Augenlidern tanzen. Tief in meinem Bauch spüre ich ein Kribbeln. Nein, es ist ein leises Flattern.

Die Schmetterlinge, denke ich glücklich. Sie sind wieder da!

Als wir uns irgendwann eine gefühlte Ewigkeit später voneinander lösen, schauen wir uns an. Ich trete einen halben Schritt zurück und sehe winzige funkelnde Lichter, die sich in Phillips Augen spiegeln. Er gibt mir einen Stups auf die Nase und lächelt.

„Was ich dich die ganze Zeit schon fragen wollte …“, sagt er fast beiläufig, aber immer noch lächelnd. „Hast du in den Osterferien schon was vor?“

„Nein, nichts. Warum?“

„Och, möglicherweise hättest du ja Lust, für ein paar Tage mit mir nach Frankreich zu fahren.“

Boom! Clap!, macht es in meinem Kopf.

Nein, es ist nicht in meinem Kopf, stelle ich fest. Der Song kommt aus einem Auto, das langsam an uns vorbeirollt. Der Fahrer hat das Fenster einen Spalt geöffnet und sucht anscheinend einen Parkplatz.

Ich starre Phillip an. Er grinst.

Und dann falle ich ihm um den Hals.

KAPITEL 4

Boom! Clap!

The sound of my heart …

Das Auto verschwindet um die Ecke und mit ihm die Soundwolke.

„Kannst du das wiederholen? Ich hab gerade verstanden, dass du nach Frankreich willst. Mit mir, in den Osterferien“, sage ich, als ich meine Stimme wiedergefunden habe. „Bestimmt hab ich mich verhört.“

Wir stehen immer noch vor dem Kino. Ich starre Phillip immer noch an. Sein Grinsen weicht einem belustigten Schmunzeln.

„Nö, du hast dich nicht verhört. Ich hab dir doch neulich gesagt, dass ich ohne dich nirgendwo mehr hinwill. Daran hat sich nichts geändert.“

„Aber … aber Frankreich?“ Ich schnappe nach Luft.

„Was ist mit Frankreich?“, fragt Phillip zurück. „Wolltest du da nicht immer schon mal hin?“

„Ja, klar!“, versichere ich und nicke heftig mit dem Kopf. „Aber wie, ich meine, wieso …“ Ich breche ab. Zu mehr als verwirrtem Stammeln ist mein Sprachzentrum gerade nicht in der Lage. Phillip nimmt meine Hand.

„Wollen wir nicht weitergehen? Der Film ist gleich zu Ende. Ich möchte nicht von einem wild gewordenen Rentner-Flashmob überrannt werden."

„Ich auch nicht", sage ich grinsend.

Wir bummeln die Straße entlang. Mein Herz klopft. Phillip hält meine Hand in seiner. Ich spüre den festen, vertrauten Griff und gleichzeitig ein warmes, aufgeregtes Kribbeln. Ich bin total hibbelig und aufgedreht. Ich meine … Frankreich!

„Nun sag schon!", flehe ich ihn an. „Wieso fährst du in den Ferien nach Frankreich?"

„Wir", korrigiert er mich. „Wir fahren."

„Ja, gut. Wir. Aber wie? Wann? Wohin? Etwa nach Paris?" Ich lasse Phillips Hand los und hüpfe um ihn herum. Er lässt es geduldig über sich ergehen.

„Mein Dad und seine Freundin haben einen Gerichtstermin in einer Stadt irgendwo in der Normandie. Ich hab den Namen vergessen. Französisch liegt mir nicht so."

„Macht nichts. Dafür hast du ja mich", strahle ich.

„Genau." Phillip stupst mich mit dem Ellbogen an, bevor er weiterspricht. „Es geht um eine Erbschaftsangelegenheit, die sie für einen Mandanten abwickeln sollen."

„Cool! Aber was hat das mit dir zu tun? Beziehungsweise mit uns?"

„Ganz einfach: Sie nehmen uns mit!"

„In die normannische Stadt, deren Name dir blöderweise entfallen ist?"

„Ja!"

„Aber …"

„Kein Aber", sagt Phillip. „Mein Dad hat mich gefragt und ich hab Ja gesagt. Es ist alles schon geregelt. Wir fahren am ersten Ferientag los und bleiben drei oder vier Tage da, je nachdem, wie lange er und Katharina für die Angelegenheiten brauchen. – Ah! Jetzt weiß ich wieder, wie der Ort heißt!"

„Wie denn?"

„Dowiel. Spricht man das so aus?"

Mein Herz macht einen Sprung.

„Deauville? Du meinst die Stadt Deauville in der Normandie? Das berühmte alte Seebad am Meer?" Ich bin so aufgeregt, ich kann's gar nicht fassen!

„Ja, ich glaub schon", erwidert Phillip zögernd. „Oder gibt es in Frankreich vielleicht noch mehr Orte, die so heißen?"

Ich zucke mit den Schultern und muss gestehen, dass ich das nicht weiß. Aber ich weiß, dass Phillips Vater und seine Lebensgefährtin als Juristen ein sehr erfolgreiches Team sind. Dass sie einen Mandanten haben, der in ebendiesem französischen Luxusbadeort eine wichtige Erbschaftsangelegenheit zu regeln hat, ist also gut möglich.

„Kneif mich mal", sage ich zu Phillip. „Das ist viel zu schön, um wahr zu sein!"

Statt mich zu kneifen, hebt er mich hoch und wirbelt mich durch die Luft. Ich lache, mir ist schwindelig und plötzlich fällt mir etwas ein. Beziehungsweise nicht etwas, sondern jemand.

Meine Eltern … Wie konnte ich die vergessen? Niemals werden die mir erlauben, mit Phillip nach Deauville zu fahren. Niemals!

„Stopp!", japse ich. „Lass mich runter!"

„Warum? Fliegst du nicht gern?“

„Doch. Nur die Landung gefällt mir nicht.“

„Welche Landung?“ Phillip setzt mich ab.

„Die in der Realität“, sage ich und stülpe die Unterlippe vor. „Du hast eben gemeint, dass alles schon geregelt ist.“

Er nickt. „Ja, ist es auch! Mein Vater hat sogar schon das Hotel gebucht. Wir kriegen zwar kein Doppelzimmer, aber –“

Ich unterbreche ihn. „Hast du schon mit meinen Eltern gesprochen? Oder dein Vater? Haben sie Ja gesagt und nur vergessen, es mir mitzuteilen?“

Ich ziehe geräuschvoll die Nase hoch. Nicht besonders ladylike, ich weiß. Ist mir aber egal. Endlich kommen meine Bedenken bei Phillip an. In seinem Gesicht arbeitet es.

„Das kriegst du locker hin. Deine Eltern sind doch total entspannt und pflegeleicht“, sagt er überzeugt und schiebt in derselben Sekunde die klitzekleine und etwas bange Frage „Oder etwa nicht?“ hinterher.

„Ich weiß nicht, ob sie es mir erlauben“, erwidere ich ehrlich. „Du kennst meine Eltern nicht so gut wie ich. Die wirken auf andere immer total lässig und cool, aber tief drinnen sind die manchmal ganz schön spießig. Besonders wenn’s um Jungs geht. Also um dich.“

Ich seufze. Phillip legt mir einen Arm um die Schulter. Wir stapfen weiter. Ausgerechnet jetzt fängt es wieder an zu nieseln. Kalt und eklig. Sehr passend, danke.

„Soll ich mit ihnen reden?“, bietet Phillip an. „Oder mein Dad? Soll er deine Eltern anrufen und alles erklären? Er kann ihnen die Adresse des Hotels geben, unsere Reiseroute und alles.“

„Nee, lass mal. Zuerst versuch ich's selbst. Schließlich bin ich kein Baby mehr." Ich grinse Phillip an. „Ich werde bald 16."

„Echt? Ich wusste ja gar nicht, dass du schon so alt bist! Ich glaub, ich muss mir eine jüngere Freundin suchen." Phillip reißt entsetzt die Augen auf.

Ich knuffe ihn in die Seite.

„Blödmann!"

„Args!" Er stöhnt auf. „Du bist nicht nur uralt, sondern auch noch brutal!"

Zur Strafe kriegt er noch einen Knuff. Dann lachen wir uns zusammen schlapp.

Zwei Ecken später verabschieden wir uns voneinander. Phillip muss dringend zurück an den Schreibtisch und sich um Cäsar und die Gallier kümmern. Ich hab auch noch einen Haufen Hausaufgaben zu erledigen. Außerdem kann es nicht schaden, die Lage zu peilen und vielleicht schon mal dezent vorzufühlen, wie meine Erziehungsberechtigten zu den Reiseplänen stehen. Da sie noch nichts davon wissen, können sie nicht mal im Ansatz ahnen, wie wild entschlossen ich bin, meinen Dickkopf durchzusetzen.

Während ich einen Stiefel vor den anderen setze und durch den fiesen Sprühregen nach Hause laufe, denke ich die ganze Zeit darüber nach, wie merkwürdig es ist, dass aus meinem ursprünglichen Problem (Phillips mangelnde Aufmerksamkeit) ein ganz neues Problem geworden ist. Es lautet: Wie überrede ich meine Eltern, mich nach Frankreich fahren zu lassen?

Das Leben ist ganz schön seltsam, finde ich. Total unberechenbar und unplanbar. Nicht mal im Traum hätte ich heute früh beim Aufstehen daran gedacht, dass ich vielleicht schon bald in die Normandie fahren würde – noch dazu mit Phillip. Und jetzt hüpft mein Herz zwei Schritte voraus, weil es vielleicht – hoffentlich! – schon bald passieren wird.

Frankreich! Mit Phillip! Ich grinse vor mich hin und kann es kaum glauben. Zur Sicherheit kneife mich selbst, was aber nicht den gewünschten Effekt hat. Erstens bin ich hellwach und weiß genau, dass ich nicht träume. Zweitens ist meine Jacke viel zu dick, als dass ich den Kniff spüren würde. Und drittens funktioniert es sowieso nur, wenn jemand anderes einen kneift. Ich kann ja wohl schlecht die fremde Frau fragen, die mit zig Einkaufstaschen beladen vor mir herwankt, ob sie mich freundlicherweise mal zwicken würde, oder?

Zu Hause angekommen, schlüpfe ich im Flur aus den nassen Boots, stelle sie sorgfältig nebeneinander und hänge meine Jacke auf einen freien Kleiderbügel. Ich bleibe stehen und bin ganz entzückt von meiner Tat. Der Anblick ist wirklich ungewöhnlich. Meine Mutter wird begeistert sein. Vielleicht streicht sie den heutigen Tag sogar rot im Kalender an. Ich könnte schnell ein Foto machen und es ihr eingerahmt zum nächsten Muttertag schenken, damit sie sich immer daran erinnert, was für eine wohlerzogene Tochter sie hat. Muttertag ist allerdings erst im Mai. Bis dahin will ich in Frankreich gewesen sein. Und mein Handy ist dann hoffentlich voll mit Fotos von Phillip, Deauville, dem Strand und dem Meer.

Eigentlich ist es ja schon bisschen schade, dass Herr Graf und seine Freundin nicht nach Paris fahren, um da eine Erbschaft zu regeln. Deauville ist bestimmt toll, aber Paris wäre noch toller.

„Man kann nicht alles haben“, sage ich zu meiner Jacke.

Ach, Paris läuft dir schon nicht weg, scheint mir der linke Ärmel tröstend zuzumurmeln.

„Conni? Bist du das? Mit wem redest du da?“ Der Kopf meiner Mutter guckt aus der Küche.

„Mit meiner Jacke!“

„Hast du keinen Hunger?“

„Doch.“

Der Kopf verschwindet wieder. Ich folge ihm.

In der Küche ist der Abendbrottisch gedeckt. Jakob sitzt schon auf seinem Platz. Er hat Ohrstöpsel in seinen Lauschern. Er schaut nur kurz hoch und wedelt mit einer Hand, als ich reinkomme. Ich wedele wortlos zurück.

Meine Mam steht am Herd und wendet Rührei in der Pfanne.

„Schöne Grüße von Phillip“, sage ich und schnappe mir einen Tomatenschnitz vom Teller. „Wo ist Papa?“

„Der hat heute eine längere Sitzung im Bauamt und isst anschließend mit Kollegen in der Stadt“, antwortet meine Mutter zerstreut. Sie sieht blass aus und ein bisschen abgespannt. Kein Wunder, die letzte Erkältungswelle liegt noch nicht lange zurück. Die Praxis, in der sie als Kinderärztin arbeitet, musste Sonderschichten einlegen. Dazu hat sie fast jeden Tag Hausbesuche gemacht. Sie könnte ein bisschen Urlaub vertragen. Wenigstens ein paar freie Tage, ein verlängertes Wochenende oder so.

„Dann kommt er also später?“, frage ich und setze mich hin.

Sie nickt.

Das ist doof, denke ich. Nicht nur, dass meine Mam überarbeitet ist und wortlos nickt, sondern dass mein Vater nicht da ist. Ich würde ihnen die tolle Neuigkeit von meiner bevorstehenden Frankreichreise gern zusammen überbringen und nicht einzeln. Die beiden besitzen die bei Eltern weitverbreitete Eigenschaft, nicht immer einer Meinung zu sein, obwohl sie schon sehr lange zusammen sind. Manchmal ist meine Mutter auf meiner Seite, manchmal mein Vater. Das ist vollkommen unberechenbar.

Was die Reise nach Deauville angeht, bin ich mir nicht sicher. Möglicherweise stimmen sie darin ausnahmsweise überein – und zwar im negativen Sinn. Genau wie damals, als Phillip nach Berkeley geflogen ist und ich ihn unbedingt dorthin begleiten wollte, weil ich mir sicher war, ohne ihn nicht eine Sekunde weiterleben zu können. Ich kann mich noch genau daran erinnern, was meine Eltern gesagt haben, als ich versucht habe, ihnen zu verklickern, wie wichtig ein Auslandshalbjahr für meine gesamte Entwicklung wäre.

„Kommt nicht infrage!“, haben sie gesagt. *„Nicht, bevor du sechzehn bist!“*

Mist. Ich bin immer noch fünfzehn, fällt mir ein. Aber hier geht es ja nicht um ein Austauschhalbjahr auf einem anderen Kontinent, sondern um schlappe drei oder vier Tage in einem befreundeten europäischen Nachbarland.

Ich finde, dass das Altersargument in diesem Fall nicht zieht. Immerhin werde ich ganz bald sechzehn. Das scheint für meine Eltern eine magische Grenze zu sein für alles, was ich darf und was nicht. Vielleicht lässt sich darauf aufbauen?

Meine Mam verteilt das Rührei auf den Tellern. Ich knabbere

einen Buttertoast. Wir unterhalten uns über Belanglosigkeiten wie das Wetter und die Schule. Jakob hat die Ohrstöpsel herausgezogen und wippt mit dem Knie, während ich versuche, das Gespräch unauffällig auf die Osterferien zu lenken.

„Die Ferien sind ja echt früh diesmal“, sage ich so beiläufig wie möglich. „Schon Ende März.“

„Das liegt daran, dass Ostern in diesem Jahr auf das erste Aprilwochenende fällt. Das ist wirklich früh“, meint Mama.

„Ist doch cool“, findet Jakob.

„Ja, klar. Nur schade, dass wir nicht verreisen. Lena fliegt nach La Gomera, Billi fährt nach Italien.“ Ich lege die Toastscheibe neben meinen Teller, häufe einen Berg Rührei auf meine Gabel und schaufele ihn mir in den Mund. „Nur Anna bleibt zu Hause – und ich.“

„Zu Hause ist es doch auch schön.“ Meine Mutter lächelt.

„Ja, schon“, sage ich gedehnt. „Aber trotzdem ...“

„Im Sommer klappt es dafür bestimmt“, sagt sie optimistisch. „Papa und ich haben unseren Urlaub schon Anfang des Jahres eingereicht. Fragt sich nur, wohin wir verreisen wollen. Was haltet ihr von Dänemark? Ein Kollege von Jürgen hat da ein Ferienhaus am Strand, das er uns für zwei oder drei Wochen vermieten würde.“

Was hältst du von Frankreich?, denke ich. Mit Phillip, in den Osterferien zum Beispiel.

Ich traue mich nicht, es laut auszusprechen.

„Dänemark ist klasse!“, sagt Jakob.

Mama strubbelt ihm durch die Haare, was er absolut nicht ausstehen kann. Er ist neuerdings ein bisschen eitel, der Kleine, und blockiert stundenlang das Bad, um sich zu stylen. Ob da schon Mädchen im Spiel sind? Oder eifert er nur seinen Fußballgöttern nach? Manche Fußballer haben ja heutzutage mehr Pflegeprodukte in ihren Badezimmerschränkchen als Heidi Klum und Beyoncé zusammen. Ob meine Mutter ahnt, was da noch alles auf sie zukommt? So rein kosten- und platzmäßig? Vielleicht braucht Jakob schon bald ein eigenes Regal für all die Flaschen, Tiegel und Tuben.

Um ihn zu ärgern, strubbele ich ihm auch noch mal über den Scheitel. Er quiekt empört auf. Mama und ich lachen. Ganz schön gemein. Ohne unseren Papa ist er schließlich in der Unterzahl.

„Frankreich soll schön sein", sprudelt es plötzlich aus mir heraus. Keine Ahnung, wo das mit einem Mal herkommt.

Jakob guckt mich nur an. Mama runzelt die Stirn.

„Aber die Fahrt ist sehr lang", meint sie nachdenklich. „Und im Sommer ist es da vielleicht auch zu heiß."

„Ich mein ja nicht, dass wir unbedingt in den Sommerferien hinfahren sollen", entgegne ich vage. „Es war mehr eine allgemeine Feststellung."

Nun sag ihr schon, worum es geht, motzt meine innere Stimme. *Bring es hinter dich und spuck's endlich aus!*

Zum Glück kann nur ich die Stimme hören, obwohl sie ziemlich laut und penetrant ist. Ich versuche, sie zum Schweigen zu bringen, indem ich noch eine Toastscheibe mit Butter bestreiche und sie mir schnell zwischen die Zähne schiebe.

Halt die Klappe und misch dich nicht ein, sage ich zu der Stimme, während ich angestrengt kaue.

Als ich Anna, Billi, Lena und Dina mal von meinen inneren

Monologen – oder sind es eher Dialoge? – erzählt hab, die ich fast ständig führe, haben die mich angeguckt, als hätte ich nicht mehr alle Senkel am Turnschuh. Dabei dachte ich immer, dass jeder Mensch so eine innere Stimme hat. Tja, meine scheint besonders stark ausgeprägt zu sein. Vielleicht hören andere Menschen aber auch einfach nur nicht so gut zu wie ich. Keine Ahnung. Auf jeden Fall sage ich plötzlich: „Phillip fährt mit seinem Vater in den Osterferien nach Deauville und ich kann mitkommen."

Jetzt ist es raus. Wie konnte das passieren?

Am Tisch herrscht Schweigen.

Jakob hat seine Ohren wieder zugestöpselt und befindet sich in einer weit entfernten Hip-Hop-Galaxie. Er hat nichts mitgekriegt. Meine Mutter kaut noch ein paar Sekunden weiter, ohne etwas zu erwidern, dann greift sie nach ihrem Teebecher und trinkt einen Schluck.

„Deauville? Wie schön", sagt sie schließlich lächelnd.

Ich glaub, sie hat mir nicht richtig zugehört.

„Ja, total schön", bestätige ich nickend. „Heißt das, dass ich mitdarf?"

Mein Puls rast und beschleunigt auf einen vermutlich sehr ungesunden Wert. Kann es wirklich sein, dass es so einfach ist? Ich erzähle meiner Mutter, dass ich nach Deauville fahre, und alles, was sie darauf erwidert, ist „wie schön"?

Das wäre ja traumhaft!

Aber ganz so leicht macht sie es mir dann doch nicht. War ja irgendwie klar.

„Du willst Phillip und seinen Vater nach Frankreich begleiten?", fragt sie.

Ich nicke.

„Die Freundin von Herrn Graf kommt auch mit. Deauville liegt in der Normandie, also im Westen, am Meer", sage ich, bevor sie überhaupt Luft holen kann. „Da wollte ich immer schon mal hin. Also nicht unbedingt nach Deauville, sondern eigentlich eher nach Paris, aber das ist ja egal. Auf jeden Fall würde es mir bestimmt richtig gut gefallen. Vor allem, weil da überall Französisch gesprochen wird. Ich könnte meine Sprachkenntnisse erweitern und –"

Ich breche ab.

Meine Mutter lacht.

„Das kommt ja überhaupt nicht infrage", sagt sie, immer noch lachend. „Conni, du bist fünfzehn. Denkst du nicht, dass das noch ein bisschen zu jung ist, um mit deinem Freund zu verreisen? Also, ich finde schon."

„Was findest du? Dass ich zu jung bin? Ich bin immer zu jung! Für alles! Willst du dir nicht mal ein anderes Argument überlegen, mit dem du mir mein Leben versauen kannst? Außerdem werde ich bald sechzehn. Bin ich dann auch noch zu jung?" Ich bin schlagartig so wütend, dass ich fast heule. Hätte ich doch bloß den Mund gehalten. Ich wusste, dass es nicht funktioniert.

Meine Mam mustert mich mit hochgezogenen Augenbrauen. Ihr Blick ist dieser typische, prüfende Mutterblick, den ich nicht ausstehen kann, weil ich mich dann immer so klein und durchleuchtet fühle. Und unverstanden auch. Dabei war sie doch selbst mal jung. Sie müsste also wissen, wie das ist. Oder hat sie vergessen, wie man sich mit fünfzehn fühlt? Anscheinend ja.

Jakobs Augen wandern von ihr zu mir und wieder zurück. Er

grinst, als würden wir hier gerade eine prima Show abliefern, extra nur für ihn.

Ich strecke die Zunge raus und funkele ihn an. Er hört trotzdem nicht auf zu grinsen.

„Ich dachte, du sparst für eine Reise nach England", nimmt meine Mutter den Gesprächsfaden wieder auf. Ihre Stimme klingt nüchtern und beherrscht, fast sachlich. „Hattest du nicht vor, Mandy zu besuchen und vielleicht nächstes Jahr bei ihr in Brighton Sprachferien zu machen?"

Mandy ist meine ehemalige Austauschschülerin. Natürlich möchte ich sie gerne mal besuchen, aber:

„Das eine hat mit dem anderen doch überhaupt nichts zu tun!", brause ich auf. „England heb ich mir für später auf. Jetzt geht es um Frankreich. Um Deauville!"

Ich denke an das Sparschwein, das in meinem Zimmer auf dem Bücherregal steht. Meine Freunde haben es mir letztes Jahr zum Geburtstag geschenkt. Das Geld in seinem Bauch sollte als Grundstock für eine Englandreise dienen, die ich irgendwann mal machen möchte. Das Schwein ist in den Farben des Union Jack gestylt, das ist die Nationalflagge des Vereinigten Königreichs Großbritannien. Großbritannien kommt mir seit dem Brexit zwar nicht mehr besonders vereint vor, aber egal. Wie gesagt hat das eine mit dem anderen überhaupt nichts zu tun.

In diesem Moment kommt Kater Mau um die Ecke. Er schlendert zu seinem Futternapf und fängt an zu fressen. Ich höre die trockenen Brocken zwischen seinen kleinen Zähnen knacken und bekomme Gänsehaut bei dem Geräusch.

„Kann ich aufstehen? Ich bin fertig", sage ich. Damit spiele ich nicht nur auf das Abendessen an, sondern auch auf meine fehlenden Argumente. Ich bin in der schwächeren Position, das weiß ich. Das bin ich immer. Weil ich *zu jung* bin.

Mama atmet geräuschvoll ein und wieder aus. Dann trinkt sie noch einen Schluck Tee. Sie scheint nachzudenken. Worüber, ist mir egal. Ich will einfach nur in meinem Zimmer verschwinden und möglichst laut die Tür hinter mir zuknallen. Die Welt kann draußen bleiben. Und meine Mutter erst recht.

„Wir reden in den nächsten Tagen noch mal in Ruhe darüber", schlägt sie vor, als ich mein Geschirr in die Spülmaschine gestellt habe. „Papa, du und ich. Einverstanden?"

Es klingt nicht unfreundlich.

„Wozu reden?", frage ich mürrisch zurück. „Deine Meinung steht doch sowieso schon fest."

Ohne ein weiteres Wort verlasse ich die Küche und schleppe mich die Treppe hinauf. Oben verzichte ich bewusst darauf, mit der Tür zu knallen. Stattdessen ziehe ich sie betont leise hinter mir ins Schloss.

In meinem Zimmer ist es stockdunkel. Draußen auch. Ohne das Licht einzuschalten, stelle ich mich ans Fenster. Ich lege die Stirn an das Glas, schließe die Augen und höre den Regentropfen zu, die gegen die Scheibe prasseln.

Eine ganze Weile bleibe ich so stehen und fühle mich zu müde für alles. Dabei hab ich noch so viel zu tun. Ich muss für die nächste Französisch-Klausur lernen, einen Stapel Notizen für ein Bio-Referat zum Thema Zellteilung sortieren und zwei Kapitel unserer aktuellen Deutsch-Lektüre zusammenfassen.

Wir lesen gerade „Die Zeit der Wunder“ von Anne-Laure Bondoux, ein schönes, trauriges, aber eigentlich auch ganz hoffnungsvolles Buch, das von Krieg, Flucht, Freundschaft und Liebe handelt. Mein Lieblingszitat daraus lautet: „Glücklich sein wird zu jeder Zeit empfohlen, Monsieur Blaise.“

Das sagt doch irgendwie alles, oder? Und ich stehe hier am Fenster und triefe vor lauter Selbstmitleid.

Reiß dich zusammen, Klawitter!

Hab ich das gerade laut ausgesprochen? War es mein Gewissen? Oder wieder die innere Stimme, die einfach nie die Klappe halten kann und sich ständig einmischt?

Ich weiß es nicht. Auf jeden Fall beschließe ich, den Rat anzunehmen und ihn umzusetzen – und zwar sofort!

Ich drehe mich entschlossen um und nehme mir vor, das Leben bei den Hörnern zu packen. Meine Mutter möchte nicht, dass Phillip und ich zusammen verreisen? Das wollen wir doch erst mal sehen!

„Aufgeben ist absolut keine Option“, brumme ich vor mich hin, während ich im Dunkeln durchs Zimmer tappe und mit ausgestreckter Hand nach dem Lichtschalter taste.

Natürlich stoße ich mich an der Bettkante. Es tut weh, verdammt weh sogar, aber ich dränge die Tränen zurück und beiße die Zähne zusammen.

„Geht doch“, lobe ich mich selbst. „Du bist viel stärker, als du denkst.“

Zwei Minuten später sitze ich am Schreibtisch. Meine Playlist umhüllt mich mit warmen, weichen französischen Chansons. Zaz besingt *La Pluie*, den Regen, und lässt Regenschirme tanzen.

Ich ignoriere mein pochendes Schienbein und singe leise mit: *„Tombe, tombe, tombe la pluie …"*

Ich denke an Phillip, an Frankreich und Deauville. Ich sehe uns eng umschlungen im Regen spazieren gehen und muss lächeln. Sogar das schlechte Wetter ist in Frankreich dermaßen romantisch, dass man Lieder darüber schreibt. Hier bei uns wird man nur nass, bekommt kalte Füße und Schnupfen. Das ist so profan!

Mein Handy klingelt. PHILLIP steht auf dem Display. Ich gehe sofort ran.

„Hey, du", sagt er, als ich mich melde.

„Hey", erwidere ich. „Wie geht's, Asterix?"

„Gut. Und dir?"

„Nicht so prickelnd." Ich seufze. „Ich hab meine Mam wegen Deauville gefragt. Sie stellt sich quer. War ja nicht anders zu erwarten."

„Hm", macht Phillip. „Soll ich's vielleicht mal versuchen?"

„Noch nicht", sage ich. „Du bist meine Geheimwaffe. Für den Notfall, wenn nichts anderes mehr geht."

Er lacht.

Wir reden noch ein bisschen. Ich halte das Handy an den Lautsprecher, damit er Zaz' rauchige Stimme hören kann. Dann verabschieden wir uns.

„Lass dich nicht unterkriegen", sagt Phillip zum Abschied.

„Niemals", verspreche ich und lege auf.

KAPITEL 5

Unter dem Glücksmond

Am Freitagvormittag sitze ich in der Schule und nehme mit klopfendem Herzen mein Zeugnis in Empfang. Es fällt besser aus als erwartet. Besonders Französisch gefällt mir. Da hab ich 14 Punkte, eine glatte Eins. Ich bin wirklich stolz auf mich. Besonders weil ich am besten weiß, wie hart ich dafür geschuftet habe. Als Phillip im letzten Sommer nach Berkeley geflogen ist, hatte ich in der ersten Zeit einen ziemlich heftigen Durchhänger – auch in der Schule. Aber dann hab ich mich zusammengerissen und wie bekloppt gelernt. Schließlich hatte ich mehr als genug einsame Stunden zu füllen. Die entsprechende Formel lautete damals schlicht: Kein Freund = keine Ablenkung.

Phillip ist zwar wieder da und er lenkt mich hin und wieder auch ab, aber ich habe mir das Lernen so antrainiert, dass es irgendwie ganz selbstverständlich geworden ist.

Ich beschließe, einfach bis zum Abi so weiterzumachen, dann kann gar nichts schiefgehen. Aber verdient so viel Fleiß nicht eine angemessene Belohnung? Ein paar Tage Frankreich zum Beispiel, um meine hervorragenden Sprachkenntnisse endlich im wirklichen Leben ausprobieren zu können?

Ich wünsch es mir so sehr! Mehr als alles andere.

Ich stehe auf und schiebe das Zeugnisblatt so vorsichtig in eine Klarsichthülle, als wäre es ein wertvoller Kunstdruck. Dank eines beweglichen Ferientags am Montag liegt ein herrliches verlängertes Wochenende vor uns. Lena, Anna, Billi und ich wollen es feiern, indem wir gleich von der Schule aus in die Stadt gehen, um uns in unserem Lieblingscafé mit Kuchen vollzustopfen und hinterher vielleicht noch durch ein paar Geschäfte zu ziehen. Bei mir zu Hause ist um diese Uhrzeit eh kein Mensch. Meine Eltern bekommen mein Zeugnis erst heute Abend zu sehen.

Die Zeugnisse meiner Freundinnen sind genauso gut ausgefallen wie meins. Billis ist wie immer makellos. Wir sind also in bester Stimmung, als wir aufbrechen.

„Du brauchst unbedingt etwas Schickes für Deauville, *chérie*. Vielleicht ein elegantes Abendkleid für das Spielcasino, das es da garantiert gibt?", meint Lena und stupst mich mit dem Ellbogen an.

„Ha, ha. Wenn's nur so wäre", brumme ich. „Wie es aussieht, werde ich die Ferien statt im Casino zu Hause verbringen und den ganzen Tag in Jogginghosen rumhängen. Ein Abendkleid wäre da wohl ein bisschen overdressed."

„Quatsch! Abendkleid geht immer, und die Hoffnung stirbt zuletzt", widerspricht sie energisch. „Ich hab neulich mal ein paar Tarotkarten für dich gelegt. Das sah gar nicht so übel aus."

„Vielleicht solltest du stattdessen lieber ein paar extrastarke und besonders schnell wirkende Stinkekräuter verbrennen. Gibt es nicht ein Spezialkraut, mit dem du meine Eltern im Handumdrehen in zwei gütige Wesen verwandeln kannst, die ihrer einzigen Tochter jeden Wunsch erfüllen?", entgegne ich.

„Ich werde mal sehen, was es da so gibt", verspricht sie kichernd.

Anna und Billi hüpfen hinter uns die Schultreppe hinunter und schnattern miteinander. Die Jungs haben wir in dem Gedränge verloren, aber der Stadtbummel ist sowieso ein Mädelsding. Nur schade, dass er ohne Dina stattfindet. Die fährt mit ihrem kleinen Bruder übers Wochenende zu den Großeltern und muss noch ihre Sachen packen. Wir haben ihr versprochen, extra für sie eine feierliche Freundinnengedenkminute einzulegen.

Mit Phillip bin ich erst später verabredet. Wir wollen endlich mal wieder zusammen ins Kino gehen und hinterher noch irgendwo gemütlich eine Pizza essen. Lena und Krischan kommen auch mit. Das Programm, das heute vor mir liegt, gefällt mir wirklich gut.

Einen kurzen Fußmarsch später sitzen wir schon in unserem Lieblingscafé am Marktplatz und denken wie versprochen kurz an Dina, bevor wir uns dem verlockenden Angebot widmen. Im Sommer gibt es bei Angelo italienische Eiscreme in zig verschiedenen Sorten. Jetzt im Winterhalbjahr gibt es auch Eis, aber nicht so viel. In den Glasvitrinen stehen dafür verführerische Sahnetorten, selbst gebackene Kuchen und bunte Cupcakes. Außerdem gibt es heißen Kakao in großen Tassen, mit Schlagsahne und Schokoladenraspeln obendrauf. Der Kakao ist das Wichtigste an unserem Ausflug. Für mich zumindest. Billi und Anna trinken lieber Tee.

Lena hat sich einen Cappuccino bestellt. Dazu hat sich jede von uns einen Cupcake ausgesucht. Annas hat eine rosa Glasur und Zuckerstreusel. Lena und Billi stehen beide auf Karamell. Mein Cupcake besteht innen und außen aus Schokolade und hat als Krönung noch einen flüssigen Kern, der natürlich ebenfalls schokoladig ist. Wie könnte es anders sein. Ich liebe Schokolade!

„Death by chocolate“, grinst Lena, die meine Sucht kennt.

Ich nicke nur.

„Ich find's ja irgendwie nicht gut, dass du Phillip so einfach davonkommen lässt“, meint Anna plötzlich und blinzelt mich an, während sie das rosafarbene Meisterwerk auf ihrem Teller hin und her dreht. „Du wolltest doch neulich noch ein ernstes Wörtchen mit ihm reden. Ist das jetzt vollkommen vergessen, nur weil er dich eingeladen hat, mit ihm nach Frankreich zu fahren?“

Davonkommen lassen? Ein ernstes Wörtchen reden?

Ich pruste in das hübsche Sahnehäubchen, das meinen Kakao ziert. Das ist so typisch Anna! Woher nimmt sie nur immer diese Dramatik? Phillip hat sich doch schon gebessert. Er will mit mir verreisen! Das ist für mich ein ziemlich dicker Pluspunkt.

„Klar wollte ich mit ihm reden“, sage ich und lecke den Sahnebart von meiner Oberlippe, „aber nicht unbedingt ernst, sondern eher mal grundsätzlich.“

„Ach so“, erwidert Anna spitz. „Aber das hat sich ja nun anscheinend erledigt.“

„Nö, nicht wirklich. Ich werde bei Gelegenheit bestimmt noch mal ganz in Ruhe mit ihm sprechen und ihm sagen, was mich stört beziehungsweise gestört hat, nur ist mir anderes gerade wichtiger.“

„Was denn?“, will Anna wissen.

Ich überlege kurz, bevor ich ihr antworte.

„Zum Beispiel diesen unglaublich leckeren Kakao zu genießen“, sage ich dann, „mit euch die Zeugnisse zu feiern und an diesem Wochenende meine sturen Eltern zu überreden, mich wegfahren zu lassen.“

Ich beende die Aufzählung mit geballter Faust, einem triumphierenden Blick und dem Motivationsruf „Tschakka, ich schaff das!“.

Anna zuckt zusammen.

Lena nippt an ihrem Cappuccino. Sie grinst immer noch.

Billi schippt einen Löffel Zucker in ihren Tee.

„Ich drück dir die Daumen. Besonders für den letzten Punkt auf deiner Liste“, sagt sie lächelnd, während sie umrührt.

„Danke.“ Ich lächele zurück.

„Ich drück dir natürlich auch die Daumen, dass es klappt“, versichert Anna mir schnell. „So war das auch gar nicht gemeint. Ich gönn dir die Frankreichreise total, versteh mich nicht falsch. Ich fände es nur verkehrt, wenn da zwischen dir und Phil etwas unausgesprochen bliebe. Schließlich weiß doch jeder, dass so etwas für eine Beziehung nicht gut ist.“

Ich bin kurz davor, erneut in das Sahnehäubchen zu prusten, doch dann muss ich Anna insgeheim zustimmen. Natürlich ist es nicht gesund, Probleme runterzuschlucken. Weder in einer Beziehung noch sonst wo. Davon kriegt man höchstens Magengeschwüre, Pickel oder die Haare fallen einem büschelweise aus. Im schlimmsten Fall passiert alles zusammen. Wer will das schon? Ich nicht. Also werde ich mit Phillip reden und ihm sagen, dass ich mich in der letzten Zeit ein klitzekleines bisschen von ihm vernachlässigt gefühlt habe. Ich benutze absichtlich die Vergangenheitsform, denn im Moment kann ich mich ja gar nicht mehr beklagen. Phillip ist lieb und aufmerksam und hofft genau wie ich, dass ich mit nach Deauville fahren darf. Womit wir wieder bei meinem derzeitig größten Problem wären: dem Widerstand meiner Elternfraktion.

Ich stöhne auf.

„Mit deinem super Zeugnis hast du doch jetzt die beste Trumpfkarte in der Hand“, sagt Billi und reißt mich aus meinen Gedanken. „Denkst du nicht, dass deine Eltern total weichgespült sind, wenn sie heute Abend schwarz auf weiß sehen, was für eine Streberin du bist?“

Ich muss lachen. Anna und Lena auch.

„Ich und Streberin … Das sagt die Richtige! Wie viele Einsen hast du?“

„Frag lieber mal, ob sie überhaupt was anderes als Einsen in ihrem Zeugnis hat“, schlägt Lena vor.

Billis Wangen glühen, aber sie lächelt. Sie ist unser kleines Superhirn. Als offiziell anerkannte Hochbegabte steht sie vollkommen gelassen über den Dingen, die uns normalsterblichen Durchschnittsschülern hin und wieder den Schlaf rauben.

„Na gut, dann bist du also keine Streberin, sondern warst einfach nur fleißig“, meint sie. „Ich finde, dass du dir dafür auf jeden Fall eine Prämie verdient hast.“

Anna und Lena stimmen ihr zu. Ich natürlich auch.

„Dann drückt mir mal die Daumen, Mädels!“, sage ich und hebe meine Kakaotasse, um mit ihnen anzustoßen.

Weil es gerade so schön gemütlich ist, bestellen wir noch eine weitere Runde Getränke. Danach bezahlen wir, räumen unseren Tisch für die nachfolgenden Gäste und verlassen das Café.

Draußen bleiben wir unschlüssig stehen und schauen in alle Himmelsrichtungen, bevor wir uns für eine entscheiden. Unsere Stadt ist nicht gerade für ihre Weitläufigkeit und Internationalität bekannt. Wir haben eine ganz hübsche Fußgängerzone mit einigen netten Geschäften, zwei Buchhandlungen, Restaurants und den üblichen Filialen von Klamotten-, Schuh- und Drogerieketten, die es überall gibt, aber das war's auch schon. Ich würde die City also nicht als Einkaufsmetropole oder Shoppinghighlight bezeichnen. Man bekommt alles für den täglichen Bedarf, wie es so schön heißt. Wenn man Glück hat, hin und wieder auch etwas nicht Alltägliches, aber das ist eher selten. Das Sortiment in den Shops ist genauso beständig wie unser selten wechselndes Kinoprogramm, also eher zum Gähnen. Trotzdem haben wir jede Menge Spaß, als wir uns endlich in Bewegung setzen, nebeneinander hertraben, in sämtliche Schaufenster gucken und uns gegenseitig auf alles hinweisen, was uns gefällt.

In einem schmalen Laden, der bis unter die Decke mit Krimskrams, Schnickschnack und tausenderlei verführerischen Dingen vollgestopft ist, die die menschliche Zivilisation mit Sicherheit nicht zum Überleben braucht, geraten meine drei Lieblingsfreundinnen in eine Art Kaufrausch. Anders kann ich es nicht nennen.

Lena ersteht einen Jahresvorrat Stumpen- und Tropfkerzen, die es – O-Ton Lena – „so krass billig garantiert nie wieder gibt!". Anna kauft nicht ein oder zwei, sondern gleich drei Tanktops in schrillen Farben, die meinen Augen wehtun. Billi denkt etwas praktischer und klemmt sich einen Stapel Futternäpfe unter den Arm, die sie ins Tierheim mitnehmen will, wo sie regelmäßig aushilft.

Und ich? Ich stehe milde lächelnd daneben und kaufe – nichts, *nada, niente, rien*. Nicht weil es nichts gibt, das ich gerne hätte, sondern weil ich beschlossen habe, mein ohnehin schon knappes Budget nicht überzustrapazieren. Bis jetzt war noch nicht die Rede davon, wie teuer die Fahrt nach Deauville wird. Phillip hat zwar gesagt, dass sein Vater die Hotelzimmer bereits gebucht hat, aber mein eigenes möchte ich doch gerne selbst bezahlen. Genau wie sämtliche Croissants und Baguettes, die ich in Frankreich mit Sicherheit kiloweise verdrücken werde, meine Lieblingsschokoriegel für unterwegs und was ich halt sonst noch so brauche. Ich finde es großzügig genug, dass Herr Graf mich mitnehmen will. Mehr als die Mitfahrgelegenheit in seiner schicken Limousine kann ich unmöglich annehmen. Ich hab überhaupt kein Problem damit, Geschenke anzunehmen, aber ich bin kein Schmarotzer. Schließlich kenne ich Phillips Vater nicht besonders gut. Deshalb übe ich mich heute also mal in der hohen Kunst des Verzichts und der Konsumverweigerung.

Zuerst kommt es mir ein bisschen seltsam vor, aber nach einer Weile gewöhne ich mich daran und recke stolz das Kinn. Seht her, ich bin die neue Anti-Shopping-Queen!

Nicht mal die stapelweise herumliegenden Tagebücher mit den süßen kleinen Vorhängeschlössern können mich verlocken. Nein, heute nicht.

Lena, Anna und Billi verstehen mich. Sie lassen mich ihre Einkaufstaschen tragen, damit ich mich nicht so leer fühle und sie die Hände frei haben, um weiter wühlen zu können.

Als sie irgendwann alles haben, was sie mehr oder weniger nicht brauchen, verabschieden wir uns voneinander.

Anna und Billi müssen zum ZOB. Lena geht wie ich zu Fuß, allerdings in eine andere Ecke der Stadt. Ich reiche ihnen ihre Tüten und rücke meinen Rucksack zurecht. Dann umarmen wir uns, wünschen uns allen ein schönes langes Wochenende, schmatzen Küsschen auf hingehaltene Wangen und marschieren schließlich in alle Himmelsrichtungen davon, nicht ohne uns noch einmal umzudrehen und zu winken.

„Wir telefonieren wegen heute Abend!“, ruft Lena mir noch hinterher.

„Alles klar!“, rufe ich zurück.

Ich fühle mich großartig und stapfe beschwingt nach Hause. Mein Zeugnis ist klasse, mein Portemonnaie voll, in weniger als zwei Stunden treffe ich mich mit Phillip, und vor mir liegen drei freie Tage. Nichts und niemand kann mir die gute Stimmung vermiesen. Nicht mal meine Eltern. Heute halte ich alle Trümpfe in der Hand!

„Tschakka!“, rufe ich, als ich mich einer roten Ampel nähere. Sie springt brav auf Grün. Ich hüpfe grinsend über die Straße und ignoriere die blöden Blicke der Autofahrer.

*

„Ich bin ehrlich beeindruckt, Conni“, sagt meine Mutter, als ich ihr eine halbe Stunde später mein Spitzenzeugnis unter die Nase halte. „Herzlichen Glückwunsch!“

„Wow!“, entschlüpft es meinem Vater, der ihr über die Schulter schaut. Er ist Statiker von Beruf. Mathe ist also so was wie sein Hobby. Wahrscheinlich hat er blitzschnell im Kopf meinen Notendurchschnitt ausgerechnet. Ich hab dafür meinen Taschenrechner gebraucht.

Ich unterdrücke ein Kichern. Das Wörtchen „Wow!“ gehört normalerweise nicht zu seinem Wortschatz und klingt aus seinem Mund sehr ungewöhnlich.

Die beiden sitzen im Wohnzimmer und platzen fast vor Freude über ihre Strebertochter. Ich hocke auf der anderen Seite des Tisches auf der Armlehne eines Sessels und habe das Gefühl, als könnte das Möbelstück unter mir jeden Augenblick abheben und anfangen zu schweben.

Das wär was für Jakob, denke ich. Ein fliegender Sessel.

Allerdings ist mein Bruder gerade bei seinem besten Freund, und das Möbelstück bleibt auch stehen, wo es ist. Schade.

„Man könnte glauben, dass meine Zeugnisse in den letzten Jahren unter aller Sau gewesen wären“, protestiere ich. „So mies waren die ja nun auch nicht.“

„Nein, nein“, versichert mir mein Dad postwendend. „Aber du weißt ja selbst, wie wichtig der Schnitt ist, je näher das Abitur rückt.“

„Klar“, erwidere ich großzügig. „Nur deshalb hab ich mich schließlich so ins Zeug gelegt und mir die Nächte mit langweiligen Formeln und Grammatik um die Ohren geschlagen.“

Um meine schulisch bedingte Grundmüdigkeit zu demonstrieren, gähne ich hinter vorgehaltener Hand.

Meine Eltern lächeln beseelt. Wenn ich sie jetzt wegen Frankreich frage, ob sie dann Ja sagen würden, so berauscht, wie sie sind?

Leider zögere ich eine Sekunde zu lang. Mein Handy meldet sich. Es liegt noch im Flur auf der Anrichte, weshalb ich aufspringe und einen Spurt über den Teppich mache, bevor der Anrufer auflegen kann. Es ist Phillip.

„Hi, Süße", meldet er sich. „Alles klar bei dir? Wie wars in der Stadt? Wann wollen wir uns treffen? Oder soll ich dich abholen?"

„Hilfe! So viele Fragen auf einmal!" Ich lache. Phillip auch. „Lena ruft mich nachher noch mal an. Ich glaub, Krischan holt uns mit dem Auto ab. Dann kommen wir einfach bei dir vorbei und sammeln dich ein. Ansonsten ist alles bestens. In der Stadt war's cool, und meine Eltern rahmen gerade mein Halbjahreszeugnis ein, um es im Wohnzimmer über dem Sofa aufzuhängen, wo alle es sehen können."

„Echt jetzt?"

„Nein. Sie müssen vorher noch einen angemessenen Rahmen besorgen. Dreifach vergoldet, mit Schnörkeln und Lorbeerblättern", sage ich grinsend.

„Sie sind also gut drauf?"

„Besser als gut", bestätige ich.

„Dann frag sie wegen Frankreich. Jetzt, sofort. Die Gelegenheit ist günstig."

„Hm, daran hab ich auch schon gedacht", gebe ich zu. Ich nage an der Unterlippe und linse um die Ecke ins Wohnzimmer. Meine

Eltern unterhalten sich. Mein Zeugnis liegt auf dem Tisch. „Ich weiß gar nicht, ob mein Vater überhaupt schon Bescheid weiß. Bisher hab ich nur mit meiner Mam darüber gesprochen, und die war total contra."

„Dann bring deinen Dad auf deine Seite", schlägt Phillip vor.

Ich denke kurz nach, zähle still bis fünf und straffe die Schultern.

„Okay, ich mach's!", sage ich.

„Yeah!", ruft Phillip. „Heute Abend feiern wir!"

„Freu dich nicht zu früh", warne ich ihn.

„Ach, du weißt doch …", antwortet er. „Ich bin Optimist."

Mau kommt aus der Küche. Er streift mir um die Beine und reibt seinen Kopf an meiner Jeans. Ich strecke meine Hand aus und kraule seinen Nacken, während Phillip mir Mut zuspricht.

„Du schaffst das!", sagt er, und ich kann das Lächeln in seiner Stimme hören. „Bald sind wir in Deauville und essen diese bunten französischen Doppelkekse, die so ähnlich heißen wie der französische Präsident."

„Du meinst Macarons?"

„Ja, genau! Wir kaufen von jeder Farbe einen und testen, welcher Farbton am leckersten schmeckt."

„Abgemacht", sage ich und lächele nun auch. „Und wenn wir satt sind von den köstlichen Macarons, gehen wir am Meer spazieren und sammeln Muscheln. Es gibt doch Muscheln am Strand von Deauville?"

„Die schönsten Muscheln der Welt", sagt Phillip überzeugt, obwohl er das gar nicht wissen kann.

Wir beenden das Gespräch. Ich lege das Handy zurück.

„Auf geht's, Kleiner", sage ich zu Mau und drehe mich um. „Bring mir Glück!"

Meine Mutter kommt mir entgegen, als ich gerade ins Wohnzimmer abbiegen will. Sie hält etwas in der Hand. Es ist ein größerer Geldschein, das sehe ich, als sie ihn zusammenfaltet, mir in die Hosentasche schiebt und dabei verschwörerisch zwinkert.

„Von Papa und mir zum Zeugnis", sagt sie. „Für's Kino, eine Pizza und einen Extrawunsch."

„D-danke", erwidere ich überrascht.

„Da ist noch etwas, das wir dir sagen möchten." Mein Vater schiebt sich zu uns in den Flur, der mit drei Personen und einem dicken Kater eindeutig überfüllt ist. Mau schaut blinzelnd von einem zum anderen, setzt sich zwischen unsere Füße und fängt an zu schnurren. Er steht total auf kuscheligen Körperkontakt.

„Was möchtet ihr mir sagen?", erkundige ich mich misstrauisch.

„Herr Graf hat vorhin angerufen." Meine Mutter zwinkert mir schon wieder zu. Vielleicht hat sie was im Auge, eine Wimper oder so. Es hat etwas Ansteckendes. Ich muss mich zusammenreißen, um nicht auch mit den Augen zu zucken.

„Phillips Vater? Wieso ruft der hier an?" Ich spüre, dass meine Stirn sich kräuselt. Gleichzeitig fängt in meinem Hinterkopf eine Alarmglocke an zu läuten. Keine Ahnung, warum. Schließlich haben Phillip und ich nichts ausgefressen.

„Er hat von seiner geplanten Reise nach Deauville erzählt und gesagt, dass er sich wirklich sehr freuen würde, wenn du mitkämst." Endlich hört meine Mutter mit dem Gezwinker auf. Ich starre sie an. Die Glocke in meinem Kopf hört auf zu läuten. Stattdessen rauscht es jetzt in meinem linken Ohr.

„Und?“, frage ich vorsichtig.

Mau schnurrt wie ein kleiner Motor. Meine Eltern wechseln einen Blick.

„Wir haben darüber nachgedacht und sind zu dem Schluss gekommen, dass es eigentlich eine ganz gute Idee ist“, sagt mein Papa. Mama legt die Fingerspitzen aneinander, sodass sie eine Raute bilden, und nickt bestätigend.

Ich starre sie immer noch an.

„Eine ganz gute Idee? Was denn? Wovon redet ihr überhaupt? Mein Ohr rauscht so. Ich glaub, ich hab –“

Endlich fällt der Groschen.

„Ihr meint, dass ich mitdarf? Nee, oder? Wirklich?“ Ich weiß, dass ich hysterisch klinge, aber es geht nicht anders. Meine Synapsen knallen gerade durch. „Das ist … Ihr seid …“

Ich kann nicht sprechen. Mein Sprachzentrum ist komplett ausgefallen. Dafür ist mein Herz plötzlich umso aktiver. Es bricht in einen wilden Galopp aus, dass ich Angst bekomme, es könnte aus meinem Brustkorb springen und einfach auf Nimmerwiedersehen davonpreschen.

„Wahnsinn!“, jubele ich endlich los.

Mau flüchtet entsetzt.

Ich hüpfe vor Glück auf und ab und kann es trotzdem nicht glauben. „Ihr wollt mich doch nicht verarschen, oder?“, frage ich vorsichtshalber und lasse die Arme sinken.

„Nein, wollen wir nicht.“ Meine Eltern schütteln ihre Köpfe so synchron, als wären sie mit einem unsichtbaren Faden verbunden.

Auch ihr Lächeln verläuft synchron, fast wie einstudiert. Ich falle ihnen um den Hals. Zuerst meiner Mutter, dann meinem Vater. Dann beiden zusammen.

„Phillip und du, ihr seid verantwortungsbewusst", sagt mein Vater. Meine Mutter nickt. „Ihr habt es euch wirklich verdient."

„Danke", sage ich und fange mein Herz wieder ein. Schließlich brauche ich es noch. Für Phillip, für unsere Reise nach Deauville und überhaupt.

*

Als Lena und Krischan mich später abholen, strahle ich immer noch. Und ich bin mir ziemlich sicher, dass ich so schnell nicht wieder damit aufhören kann. Es ist einfach der Wahnsinn. Phillip und ich und unsere erste gemeinsame Reise. Dabei bin ich noch nicht mal ganz sechzehn!

Niemals hätte ich es für möglich gehalten, dass meine Eltern über ihren eigenen Schatten springen würden. Gemeinsam, einfach so, als ob es die normalste Sache der Welt wäre. Sind Eltern tatsächlich lernfähig? Begreifen sie langsam, dass ich kein kleines Mädchen mehr bin? Anscheinend ja. Lena jubelt mindestens so laut wie ich, als ich ins Auto klettere und die frohe Botschaft rausposaune, noch bevor ich mich überhaupt angeschnallt habe.

„Ich wusste es!", ruft sie und ballt die Fäuste. „Dein Sternbild steht voll unter dem Glücksmond!"

Krischan sitzt hinter dem Lenkrad des alten VW Bulli, mit

dem er sonst Gemüse ausliefert, und schmunzelt vergnügt vor sich hin.

„Dann kann's ja losgehen", meint er.

„Ja!", blöke ich ihm von hinten ins Ohr. „Und wie! Hup mal!"

Er legt den Gang ein und fährt los. Als wir um die Ecke biegen, drückt er zweimal kurz auf die Hupe. Ich lache übermütig.

„Weiß Phillip es schon?" Lena dreht sich zu mir um.

„Klar. Ich hab ihn sofort angerufen." Ich hole tief Luft, gucke aus dem Fenster und sage leise zu mir selbst: „Ich glaub, heute ist mein absoluter Glückstag."

Phillip hat mir am Telefon geschworen, dass er nichts mit dem Anruf seines Vaters bei meinen Eltern zu tun hat. Kaum zu glauben, aber: „Das hat mein Dad sich ganz allein ausgedacht", hat er mir versichert.

„Erstaunlich", habe ich geantwortet.

Ja, das fand Phillip auch.

Ein paar Straßen weiter kommt er uns schon entgegen. Er bleibt neben dem Bordstein stehen und reckt einen Daumen in die Luft wie ein Tramper, als er uns sieht. Krischan tut so, als würde er ihn nicht bemerken, und fährt einfach an ihm vorbei. Ich sehe, wie Phillip stutzt. Dann sprintet er hinter uns her und winkt wie wild.

„Hey!", protestiert er und reißt die Seitentür auf, als Krischan endlich anhält. Schnaufend wirft er sich neben mich auf die Rückbank und gibt mir einen Kuss auf die Wange. „Was war das denn? Wollt ihr etwa ohne mich in die Stadt?"

„Niemals!" Ich erwidere den Kuss und kuschele mich in seinen Arm, den er mir etwas umständlich um die Schulter legt, nachdem er sich sortiert und angeschnallt hat. „Ohne dich fahr ich nirgendwohin!“

Er lächelt. Ich schaue ihm in die Augen und sehe die goldenen Sprenkel darin. Ja, heute ist eindeutig mein Glückstag.

„Wann startet eure große Reise denn eigentlich?“, will Krischan wissen. Er schaut lächelnd in den Rückspiegel, während er seinen geliebten alten Bulli in Richtung Innenstadt lenkt.

„Gleich zu Beginn der Osterferien“, sage ich glücklich.

„Das ist ja ein Klacks“, meint er. „So ein paar Tage sind schließlich keine Ewigkeit.“

Phillip und ich strahlen uns an. Wir halten die ganze Zeit Händchen. Im Auto, im Kino und sogar noch beim Essen, was sich ziemlich schwierig gestaltet, aber wir kriegen das hin. Ich hab das Gefühl, wir kriegen einfach alles hin.

Krischan hat recht, denke ich, als ich Stunden später in meinem Bett liege. Ein paar Tage sind wirklich keine Ewigkeit. Zwar sind es bis zu den Ferien deutlich mehr als ein paar Tage – fast noch ein paar Wochen, wenn man es genau nimmt –, und ich bin mir sicher, dass mir die Zeit unendlich lang vorkommen wird, aber das schaff ich schon. Zur Belohnung warten schließlich schon bald jede Menge Muscheln, Macarons und Croissants auf mich.

Und Küsse von Phillip, so viel und wann und wo immer ich will.

Der Mond schaut durchs Fenster in mein Zimmer. Er ist kugelrund. Ich lächle ihm zu.

„Hey, Glücksmond“, flüstere ich. „Gute Nacht – und danke schön!“

KAPITEL 6

Auf einem Sofa durch die Nacht

Zwei Tage vor der Abreise bekomme ich meine Periode. Tolles Timing, Klawitter! Ich hab Rückenschmerzen, schlechte Laune, ziehende Bauchkrämpfe und strähnige Haare. Meine Stirn sieht aus wie die Petrischale eines fiesen Forschers, der eine brandneue Pickelkollektion in besonders schillernden Farben auf den Markt bringen möchte. Und ich fühle mich total aufgedunsen. Nein, ich fühle mich nicht nur so. Ich bin es definitiv. Das stelle ich fest, als ich meine enge schwarze Jeans anziehen will und den Knopf nicht zukriege. Grummelnd wähle ich ein anderes Modell und überlege kurz, ob ich dazu das dunkelgraue *MERDE – Because shit always sounds better in French*-T-Shirt anziehen soll, das Paul mir mal geschenkt hat. Leider ist es gerade in der Wäsche und ich muss auf das Statement verzichten. Aber ist die blühende Landschaft auf meiner Stirn nicht schon Statement genug? Nicht mal mit einer halben Tube Abdeckcreme krieg ich die weg!

Missmutig schaufele ich unter den fragenden Blicken meiner Familie eine Schale Müsli in mich hinein und mache mich anschließend auf den Weg zur Schule, wo ich mich mehr oder weniger grußlos auf meinen Platz schiebe.

Lena hängt über ihrem Handy und schaut kaum auf.

„*Comment ça va?*", murmelt sie beiläufig.

„*Ça va mal*", murmele ich zurück. „*Très mal. Merdique*, um es genau zu sagen. Ist das überhaupt ein Wort? Kann man das so sagen?"

„Nein, das sagt man nicht als nettes junges Mädchen." Sie schaut unter ihren wilden Locken hervor, erfasst meine desolate Lage mit einem einzigen Blick und ruft: „*Mon Dieu!* Du siehst heute echt scheiße aus!"

„Sag ich doch!", fauche ich. „Trotzdem danke. Du bist wirklich lieb. Eine richtig gute Freundin."

„Soll ich dir falsche Komplimente machen oder ehrlich sein?" Sie wirft ihr Handy in einen ausgebeulten afrikanischen Strohkorb aus dem Dritte-Welt-Laden, der ihr zurzeit als Schultasche dient. Paul und Phillip haben das Ding in einer Freistunde mal ausgekippt und als Basketballkorb missbraucht. Lena fand das lustig.

„Ich hab meine Tage und Pickel und megamiese Laune. Außerdem bin ich fett. Noch Fragen?" Ich angele mein Federmäppchen aus dem Rucksack und pfeffere es auf den Tisch. Natürlich rutscht es über die Kante. Natürlich war der Reißverschluss nicht zu. Und natürlich rollen mein Füller, sämtliche Stifte, Tintenpatronen, ein halbes Radiergummi in Erdbeerform, ein kaputter Anspitzer, zwei ausgeleierte Haargummis, diverse Papierschnipsel, Spickzettel und eklige Krümel, von denen ich lieber gar nicht wissen will, woher sie stammen, über den Boden bis zum Lehrertisch. „Ich will nach Hause!", jaule ich auf und vergrabe mein Gesicht in beiden Händen.

„Shit“, sagt Lena nur.

Wenigstens hilft sie mir beim Aufsammeln.

In der großen Pause geht es mir schon etwas besser. Zumindest ist mir nicht mehr schlecht, und die Krämpfe lassen auch langsam nach. Ich kenne das schon. Der erste Tag ist meistens schlimm. Danach fühle ich mich dann eigentlich ganz normal. Wahrscheinlich hat das was mit dem Hormonumschwung zu tun. Meine Mutter meint, dass sich das im Laufe der Jahre bessert. Es gibt aber Frauen, die auch später noch unter Menstruationsbeschwerden leiden, wenn sie erwachsen sind. Ich hoffe, ich gehöre nicht dazu.

Junge müsste man sein. Oder haben die so was Ähnliches? Nicht, dass ich wüsste. Vielleicht reden sie aber auch nur nicht darüber.

Anna, Billi, Phillip, Paul und Lukas sind heute den ganzen Tag mit ihrem Latein-Kurs unterwegs. Angeblich besuchen sie ein Museum. Ich vermute eher, dass sie sich in ein nettes Café setzen und die Zeit totschlagen werden, aber vielleicht liege ich damit falsch.

Lena und ich haben uns in der Pausenhalle eine ruhige Ecke abseits des Gedränges gesucht und hocken jetzt nebeneinander auf einem unbequemen Mauervorsprung. Sie hat mir ein Kräuterbonbon gegeben, das nach Jahrmarkt duftet, und einen Becher Tee aus ihrer mattlila glänzenden Thermoskanne eingeschenkt.

„Was ist das?“, frage ich und schnuppere misstrauisch an dem Gebräu, das sie mir hinhält.

„Frag nicht, trink!“, befiehlt sie. „Das ist Frauenpower-Tee mit Hibiskus, Angelikawurzel, Pfefferminze, Süßholz, Pfeffer, Kardamom und Ingwer."

Vorsichtig nippend prüfe ich den blassgelben Kräutersud auf seine Genießbarkeit und bin erstaunt.

„Schmeckt gar nicht so übel", sage ich grinsend.

„Siehste!" Lena erwidert mein Grinsen. „Tee hilft immer."

„Ich frag mich nur, wie ich die stundenlange Autofahrt überstehen soll", jammere ich. Ich umfasse den Becher mit beiden Händen und spüre, wie die Wärme in meinen Körper wandert.

„Wann geht's denn los?"

„Übermorgen, gleich am ersten Ferientag. Phils Vater will nachts fahren, weil die Autobahnen dann nicht so voll sind. Und dann kommen wir morgens früh in Deauville an."

„Besorg dir vorher noch eine Packung Tampons. Aber nimm eine größere Größe, als du sonst verwendest. Für die Fahrt ziehst du dann einfach zwei Unterhosen übereinander und klemmst die Beine zusammen", rät Lena mir mit todernstem Gesicht.

Ich pruste los und sprühe dabei fast den Tee durch die Nasenlöcher. Es kribbelt wie verrückt.

„Ist das dein Ernst?", frage ich schniefend.

„Das Letzte nicht", grinst Lena. „Aber das mit der größeren Größe schon. Ich bring dir morgen noch eine Tüte Baldriantee für unterwegs mit. Der entspannt die Nerven und lockert die Muskulatur. Eigentlich soll man den vorbeugend über einen längeren Zeitraum trinken, aber wenn du Glück hast, wirkt er bei dir schnell und du verpennst die halbe Fahrt. Hast du eine gute Thermoskanne?"

„Ich glaub schon."

„Fein", meint Lena. „Wenn ihr erst mal in Deauville seid, kannst du die Zeit unbeschwert genießen."

„Du solltest Teewerbung machen", sage ich und schlabbere den Rest des Frauenpower-Wundergesöffs aus dem Becher.

„Ich denke mal darüber nach", antwortet Lena. „Allerdings finde ich, dass Kräuterheilkunde nichts ist, womit man schnödes Geld verdienen sollte. Ich gebe mein Wissen lieber gratis an bedürftige Seelen weiter."

„Meinst du damit zufällig mich?", frage ich und reiche ihr den leeren Becher.

„Klar, wen sonst? Ohne mich wärst du doch komplett aufgeschmissen. Gibs zu!"

Weil sie damit nicht ganz unrecht hat, beschließe ich, mich eines Kommentars zu enthalten.

„Los, komm", sage ich stattdessen und zupfe an ihrem Ärmel. „Es hat gegongt."

In der Schule läuft es momentan ganz entspannt. Richtigen Unterricht haben wir so kurz vor den Osterferien eh nicht mehr. Kein Wunder, schließlich ist die Druckertinte auf den Halbjahreszeugnissen gerade erst getrocknet. Der Stress geht erst nach den Ferien wieder los, dann aber richtig.

Ich verbringe die verbleibenden Stunden bis zu meiner – unserer – Abreise damit, die seit Tagen in meinem Zimmer stehende Reisetasche mehrmals ein- und wieder auszupacken.

Was soll man mitnehmen, wenn man vorhat, ein paar Märztage auf der französischen Seite des Ärmelkanals zu verbringen? Luftige Sommersachen wohl eher nicht. Laut der Klimatabelle, die ich im Internet entdeckt hab, liegt die maximale Tagestemperatur in Deauville zurzeit gerade mal bei frischen 10 Grad. Man darf sich zwar auf runde fünf Sonnenstunden pro Tag freuen, sollte sich aber gleichzeitig auf Regenschauer einstellen. Das Wetter in der Normandie scheint ähnlich durchwachsen und unberechenbar zu sein wie bei uns. Das bedeutet, dass ich Jeans, warme Pullis und wasserfeste Boots brauchen werde. Dazu eine Regenjacke und vielleicht noch eine Mütze und meinen Lieblingsschal, falls es am Meer zu windig ist.

Für die Sonnenstunden stopfe ich voller Optimismus einige T-Shirts, zwei Blusen und leichte Sneakers in die Tasche. Dann noch Unterwäsche und Socken. Mein Waschzeug kommt später obendrauf. Das brauche ich bis zur Abfahrt noch. Mein Tagebuch auch. Ich überlege, ob ich das überhaupt mitnehmen soll. Was, wenn es in falsche Hände gerät? Wenn ich es verliere, verlege, im Hotel vergesse? Überhaupt, das Hotel!

Phillip hat mir inzwischen die Website gezeigt. Es scheint ein richtig schickes Haus zu sein, direkt an der breiten Uferpromenade gelegen. Mit unverbautem Meerblick, einem gepflegten Garten und einer imposanten Auffahrt für die Luxuskarossen der Gäste. Das Gebäude sieht uralt und gleichzeitig nobel aus. Mit seinen Türmchen, Erkern, Kaminen und Flaggen, die über den Zinnen wehen, erinnert es mich an ein englisches Landschloss. Ich sehe riesige Ölgemälde an den Wänden hängen, dicke, weinrote Teppiche überall, die jedes Geräusch verschlucken, große Bodenvasen mit exotischen Blumen, lächelnde Angestellte, die einem die Türen öffnen, sich diskret nach dem Befinden erkundigen und Getränke auf Silbertabletts servieren.

Plötzlich spüre ich Bedenken, was die Auswahl meiner Garderobe betrifft. Ob ich da in Jeans überhaupt reingelassen werde? Sollte ich vielleicht lieber noch ein, zwei Kleider mitnehmen?

Fragen über Fragen …

*

Und dann geht plötzlich alles ganz schnell. Fast ein bisschen zu schnell für meinen Geschmack.

Es ist der erste Ferientag, noch recht früh am Abend. Julius Graf, seine Freundin und Phillip standen superpünktlich vor der Tür. Phillip hat mein Gepäck in den Kofferraum geworfen und mir die Autotür aufgehalten wie ein echter Gentleman. Ich habe mich bei seinem Dad und Katharina bedankt, dass sie mich eingeladen haben mitzukommen. Jetzt sitze ich mit meinem wild klopfenden Herzen neben Phillip auf der Rückbank und bemühe mich, nicht vollständig von den ultraweichen Ledersitzen verschluckt zu werden.

Unauffällig greife ich nach Phillips Hand und drücke sie fest, um mich zu vergewissern, dass ich nicht träume. Er drückt kräftig zurück. Ich bin also wach.

Mit der freien Hand winke ich meiner Familie zum Abschied. Julius und Katharina wechseln noch ein paar Worte mit meinen Eltern, die vor der Haustür stehen. Sie versprechen ihnen, mich heil und gesund zurückzubringen, was mir ein bisschen peinlich ist. Schließlich bin ich kein Baby mehr und kann ganz gut selbst auf mich aufpassen. Außerdem ist Phillip bei mir. Was soll also schon passieren?

Ich fühle mich stark und unverwundbar, abenteuerlustig und zugleich total entspannt, was möglicherweise daran liegt, dass ich vor einer halben Stunde noch einen Becher von Lenas Baldriantee getrunken hab. Hoffentlich steht meine Blase das durch. Nicht, dass ich Herrn Graf gleich bitten muss, auf der Autobahn den nächsten Rastplatz anzusteuern, weil ich mal muss. Soll ich mich schnell abschnallen und vorsichtshalber lieber noch mal auf die Toilette gehen?

Zu spät.

„Viel Spaß!“, ruft meine Mutter.

Mein Vater wünscht uns eine schöne Zeit. – „Und vergiss nicht, zwischendurch mal anzurufen“, mahnt er in meine Richtung.

Ich nicke, während ich gleichzeitig fieberhaft überlege, ob ich das Handy-Ladekabel eingesteckt habe. Hab ich doch, oder? Ja, ich bin mir sicher.

Jakob hat Kater Mau auf den Arm genommen und wedelt mit einer seiner Vorderpfoten. Der Tiger legt die Ohren an. Ich kann es ihm nicht verdenken.

Dann rollt der Wagen los und meine Familie bleibt zurück. Es fühlt sich merkwürdig an, sehr merkwürdig sogar. Ich traue mich nicht, mich umzudrehen und zurückzuschauen. Stattdessen starre ich stur geradeaus.

Phillips Vater sitzt am Lenkrad seines silbernen Jaguars, was sich protziger anhört, als es ist. Der Wagen ist über dreißig Jahre alt und hat schon Phillips Großvater gehört. Die Karosserie hat ein paar Macken und Dellen, genau wie die Innenausstattung. Es gibt weder eine Klimaanlage noch ein eingebautes Navigationssystem oder einen CD-Wechsler. Ich glaub, das Auto hat noch nicht mal Airbags. Aber Julius denkt nicht daran, sich von ihm zu trennen. Im Gegenteil, er verhätschelt den Wagen geradezu. Die meisten Reparaturen erledigt er selbst. Das ist ein Hobby von ihm. Außerdem behauptet er, dass es kaum noch Werkstätten gibt, die sich mit diesem Modell auskennen. Heutzutage bestehen die meisten Autos aus Plastik statt aus Blech, sagt er. Sie sind mit elektronischen Bauteilen vollgestopfte rollende Computer.

Ich weiß nicht, ob das stimmt – von Autos verstehe ich ungefähr so viel wie Kater Mau von Meeresbiologie, nämlich nichts –, aber dass der Jaguar bequem ist, kann ich schon nach den ersten Kilometern bestätigen. Ich komme mir vor, als würde ich auf dem Sofa meiner Oma durch die Landschaft rollen. Das Radio ist auf einen Klassiksender eingestellt. Normalerweise ist das nicht so mein Geschmack, aber irgendwie passt die gedämpfte Klaviermusik perfekt zu meiner Stimmung und der einsetzenden Dämmerung.

Phillip und ich halten Händchen und wechseln leise Worte.

„Hast du deinen Ausweis dabei?", fragt er.

„Ausweis, Reisepass, Krankenversicherungskarte, Impfpass, Zahnbürste", zähle ich auf. „Alles dabei."

„Brav", grinst Phillip.

Ich ramme ihm den Ellbogen in die Seite. Die komfortable Armlehne, die unsere Sitze voneinander getrennt hat, haben wir längst hochgeklappt.

Vorne unterhalten sich Phillips Vater und seine Freundin miteinander. Hin und wieder lachen sie über etwas. Ich kann nur ihre Hinterköpfe sehen. Ich kenne weder Julius Graf noch Katharina besonders gut und weiß daher nicht so genau, wie ich mich ihnen gegenüber verhalten soll. Wenn ich mal bei Phillip in der Villa bin, arbeiten sie meistens oder sind unterwegs. Sie haben mir zwar schon vor einiger Zeit das Du angeboten, aber es fällt mir immer noch schwer, es anzuwenden. Meistens versuche ich es zu umschiffen. Keine Ahnung, wieso. Es ist anders als bei den Eltern meiner Freundinnen. Auch Pauls Eltern duze ich, aber die kenne ich schon seit ewigen Zeiten. Da läuft alles ganz locker. Julius Graf hat so eine gewisse strenge Aura, die ihn umgibt. Möglicherweise kommt es daher, dass er silbergraue, raspelkurze Haare hat, meistens dunkle Maßanzüge trägt und fast unentwegt mit irgendwelchen wichtigen Leuten in verschiedenen Sprachen telefoniert. Katharina passt gut zu ihm. Sie wirkt auf mich wie eine dieser ehrgeizigen Strafverteidigerinnen, von denen es in amerikanischen Anwaltsserien nur so wimmelt. Ihr braunes Haar ist kinnlang geschnitten und perfekt geglättet. Ihre Kleidung – schmale Röcke und Blusen, manchmal auch Hosenanzüge – sieht nach teuren Boutiquen und Edeldesignern aus. Die beiden sind wirklich nett, doch gleichzeitig wirken sie auf mich unterkühlt und distanziert. Vielleicht liegt es an ihrem Beruf. Vielleicht müssen Anwälte kühl und distanziert sein, professionell eben. Vielleicht liegt es aber auch an mir. Ich weiß es nicht. Auf jeden Fall hoffe ich, dass ich in den nächsten Tagen gut mit ihnen auskommen werde – auch wenn wir uns voraussichtlich nur beim Frühstück und beim Abendessen sehen werden, weil sie tagsüber so viele wichtige Termine haben, während Phillip und ich Ferien machen.

Mittlerweile ist es stockdunkel und wir haben die Autobahn erreicht. Scheinwerfer leuchten auf. Ab und zu blitzt in der Ferne ein Blinklicht, vielleicht von einer Baustelle. Die Leitplanken verschmelzen vor meinen Augen zu einem endlosen grauen Band. Die Anzeigen im Armaturenbrett sind gedimmt. Aus den verborgenen Lautsprechern kommen nun sanfte Violinenklänge. Ich spüre die Müdigkeit im ganzen Körper und muss gähnen. Der Jaguar rauscht gleichmäßig auf der rechten Spur über den Asphalt. Hin und wieder setzt Julius den Blinker, um ein langsameres Fahrzeug oder einen LKW zu überholen. Sogar das sonore Tok-tok-Geräusch des Blinkers klingt angenehm in meinen Ohren.

Das mobile Navigationsgerät, das Katharina mit einem Saugnapf am Armaturenbrett befestigt hat, ist auf lautlos gestellt. Ich fühle mich sicher und entspannt auf dem weichen Reisesofa. Phillip gibt mir einen Kuss auf die Schläfe. Ich lehne meinen Kopf gegen seine Schulter, blende sämtliche Geräusche aus, schließe die Augen und schlafe ein.

Als ich wieder aufwache, weiß ich zuerst nicht, wo ich bin. Mein linker Fuß kribbelt. Mein Nacken ist steif. Neben mir schnarcht Phillip vor sich hin. Ich hebe meinen Kopf ganz langsam an, um ihn nicht zu wecken. Dann richte ich mich auf, soweit es der Sicherheitsgurt zulässt, und dehne vorsichtig die Nackenmuskulatur.

Ich hab keine Ahnung, wie lange ich geschlafen hab. Es können zehn Minuten oder auch zwei Stunden gewesen sein. Ein Blick aus dem Seitenfenster ist wenig hilfreich. Draußen ist es finster wie in einem Tunnel.

Wie spät ist es wohl? Wie lange sind wir schon unterwegs und wie lange müssen wir noch fahren?

Wenn wir morgen früh in Deauville ankommen, werden wir drei Länder – Deutschland, Belgien und Frankreich – durchquert und dabei rund 900 Kilometer zurückgelegt haben. Das hat Phillips Vater vorhin erzählt. Leider kommen wir dabei nicht mal ansatzweise in die Nähe von Paris. Echt schade. Ich würde dem Eiffelturm gerne mal zuwinken, wenn auch nur aus der Ferne.

Insgesamt werden wir acht bis zehn Stunden unterwegs sein. Pannen, Staus, Wanderbaustellen und Pausen nicht eingerechnet. Apropos Pause …

Ich muss ziemlich dringend auf die Toilette, aber ich traue mich nicht, Bescheid zu sagen. Lieber warte ich so lange, bis Katharina sich meldet. Frauen haben ja angeblich kleinere Blasen als Männer. Ich hoffe, dass ihre keine Ausnahme ist.

Um mich abzulenken, ziehe ich mein Handy aus dem Rucksack, der unten im Fußraum liegt, und schaue auf die Uhr. Es ist kurz vor Mitternacht. Unglaublich. Ob wir schon in Belgien sind? Oder vielleicht sogar in Frankreich? Nein, das kann nicht sein. Aber braucht Julius nicht langsam mal eine Verschnaufpause? Er und Katharina wollen sich beim Fahren abwechseln. Katharina scheint allerdings auch zu schlafen. Sie hat sich leicht seitlich hingesetzt und ihren Kopf mit einem aufblasbaren Nackenkissen abgestützt.

Hinter uns taucht ein Auto auf. Es setzt zum Überholen an und erhellt dabei kurz den Innenraum. Als ich aufschaue, guckt Julius gerade in den Rückspiegel. Er lächelt mir zu. Dann ist es wieder dunkel.

„Na, gut geschlafen?", fragt Phillips Vater leise.

„Ja." Ich nicke, obwohl er es nicht sehen kann. Wenn er mein Papa wäre, würde ich jetzt garantiert anfangen zu quengeln, ihn fragen, wie lange es noch dauert, bis wir endlich da sind, und ihm mitteilen, dass ich dringend aufs Klo muss und außerdem tierischen Hunger auf Currywurst, Pommes mit Mayo und Gummibärchen habe. Genau in dieser Reihenfolge. Und dazu ein großes Glas Apfelschorle. Weil Julius nicht mein Papa ist, verkneife ich es mir. Allerdings scheint er meine Gedanken lesen zu können.

„Wir sind bald in Belgien", sagt er. „Kurz vor der Grenze gibt es eine Raststätte. Da legen wir eine Pause ein. Ich könnte einen heißen Kaffee vertragen. Einverstanden?"

Ob ich damit einverstanden bin, dass er in der Raststätte einen Kaffee trinkt? Von mir aus kann er eine ganze Kanne bestellen, wenn er den Wunsch dazu verspüren sollte. Kein Problem.

„Ja, klar", antworte ich schnell. „Von mir aus gern."

„Fein."

Neben mir regt sich etwas. Phillip murmelt im Schlaf. Dann schmatzt er leise, wendet mir den Kopf zu und guckt mich so verwirrt an, als würde er sich fragen, wie ich in seinen Traum gekommen bin.

„Hey, guten Morgen", brummt er. „Wo bin ich?"

Seine Augen sind schmal, die blonden Locken vollkommen verstrubbelt. Er sieht total niedlich aus. Zum Anbeißen süß!

„Hey", erwidere ich lächelnd. „Du bist im Auto deines Vaters auf dem Weg nach Frankreich."

„Ach, echt? Hab ich geschlafen?"

„Ja. Du hast sogar geschnarcht."

„Hab ich gar nicht!"

„Oh doch!" Ich nehme seine Hand in meine. Sie fühlt sich warm und weich an.

„Sind wir bald da?" Phillip reckt das Kinn und versucht, einen Blick auf die Hinweisschilder zu erhaschen, an denen wir gerade vorbeifahren. Das Einzige, worauf sie hinweisen, ist die nächste Raststätte.

„Wir sind kurz vor der belgischen Grenze", meldet sich Julius zu Wort. „Wir nehmen die nächste Ausfahrt. Bestimmt habt ihr langsam Hunger und Durst. Und ich würde mir gerne die Beine vertreten und eine Tasse Kaffee trinken."

„Soll ich dich hinter der Grenze ablösen?" Phillip beugt sich nach vorn und legt die Unterarme auf die Rückenlehne des Fahrersitzes. Er grinst. Sein Vater auch. Das kann ich im Rückspiegel erkennen.

„Bist du dir sicher, dass dein amerikanischer Führerschein in Belgien gültig ist?", meint Julius.

„Keine Ahnung. Kommt auf einen Versuch an", antwortet Phillip immer noch grinsend. Er hat während des Auslandshalbjahrs in Amerika Fahrstunden genommen und seine Fahrlizenz gemacht. Leider darf er in Deutschland nicht damit fahren, sondern muss hier noch mal ganz normal in die Fahrschule gehen. „Du bist doch Anwalt für internationales Recht. Müsstest du so was nicht wissen?"

„Das ist leider nicht mein Spezialgebiet", erwidert Julius lachend.

Sein Lachen weckt Katharina. Sie hebt den Kopf und streckt die Arme aus.

„Hallo", sagt sie. „Bin ich etwa die Einzige, die geschlafen hat?"

„Nein, ich hab auch gerade ein Nickerchen gemacht", sagt Julius todernst. Katharina gibt ihm einen Stups. Lächelnd setzt Phillips Vater den Blinker und wechselt die Spur. Wir haben die Ausfahrt erreicht.

Auf einem Parkstreifen stehen riesige Trucks Stoßstange an Stoßstange. Die meisten von ihnen haben ausländische Kennzeichen. Wahrscheinlich machen die Fahrer ein paar Stunden Pause, bevor sie ihre Fahrt am frühen Morgen fortsetzen.

Der Jaguar rollt an ihnen vorbei bis fast vor die Eingangstür der grell erleuchteten Raststätte. Dort parkt Julius elegant ein und stellt den Motor aus.

„Voilà, Mesdames et Monsieur", sagt er. *„Nous sommes arrivés à cette étape très intéressante de notre voyage. On y va! J'ai faim."*

„Was hat er gesagt?", wendet sich Phillip an mich, als wir ausgestiegen sind.

Wir schauen uns neugierig um und dehnen unsere müden Glieder. Die Nachtluft ist kühl. Ich angele noch schnell meinen Pulli aus dem Auto, bevor Julius die Türen verriegelt.

„Dass wir eine sehr interessante Etappe unserer Fahrt erreicht haben und dass wir jetzt gehen sollten, weil er Hunger hat", übersetze ich aus dem Stegreif. Ich schlüpfe in den Pullover und zupfe an Phillips Ärmel. „Los, komm! *J'ai faim aussi.*"

„Ich wusste es!“ Er stöhnt auf.

„Was wusstest du?“

„Dass ich auf dieser Reise der Einzige bin, der kein Wort Französisch spricht, und dass ihr das gnadenlos ausnutzen werdet“, grummelt er, während er hinter mir herstolpert.

„Armer Asterix, hättest du doch lieber auch Französisch statt Latein gewählt!“ Ich öffne die Glastür und schiebe ihn in den Gastraum. Er fährt sich mit der Hand durch die strubbeligen Locken.

„Für einen Wechsel ist es nun wohl zu spät“, bemerkt Julius hinter uns.

„Vielleicht kannst du ihm in den nächsten Tagen ein paar Privatstunden geben“, schlägt Katharina vor.

Ich drehe mich zu ihr um. Sie zwinkert mir zu.

„Avec plaisir!“, erwidere ich lachend.

Phillip verdreht die Augen.

Ich flüstere ihm zu: „Nicht traurig sein, *petit chou. Je t'aime.*“

Dass *petit chou* ein Kosename ist, der wörtlich übersetzt kleiner Kohlkopf heißt, verrate ich ihm lieber nicht.

KAPITEL 7

Sonnenaufgang auf Französisch

Katharina und ich verschwinden in einem Waschraum, der blitzsauber und gähnend leer ist. Ich schlüpfe in die erste Kabine und schließe erleichtert die Tür hinter mir.

Als ich fertig bin, werfe ich im Vorraum einen Blick in den Spiegel, der über den Waschbecken hängt. Der Anblick ist nicht erfreulich. Das kalte Neonlicht lässt mich alt und blass aussehen. Meine Haare hängen schlapp herunter wie müde, matschige Nudeln, die zu lange gekocht haben. Ich wasche mir die Hände und das Gesicht und vermeide beim Abtrocknen jeden weiteren Augenkontakt mit meinem Spiegelbild.

Katharina scheint es ähnlich zu gehen. Sie mustert sich kritisch, verzieht den Mund, bevor sie mit einem Lippenstift die Farbe auffrischt, und wendet sich schließlich seufzend um. Beim Hinausgehen gucken wir uns an und grinsen.

Im angrenzenden Gastraum, in dem um diese Uhrzeit nur wenige müde Fernfahrer und vereinzelte Reisende sitzen, warten Phillip und Julius auf uns. Vor ihnen stehen zwei randvolle Kaffeebecher, eine Flasche Mineralwasser und eine Apfelschorle auf dem Tisch.

„Ist die Schorle für mich?", frage ich.

Phillip nickt.

„Wir haben auch schon Essen bestellt", sagt er. „Currywurst und Pommes für alle. Ist das okay?"

„Perfekt!", strahle ich.

Katharina nickt.

Wir lassen uns Zeit, unterhalten uns und schauen uns auf Google Maps eine Karte der Strecke an, die noch vor uns liegt. Julius und Katharina sind total locker und wirken viel entspannter als zu Hause. Vielleicht liegt es daran, dass sie im Freizeitmodus sind?

Irgendwann, als wir mit dem Essen fertig sind und Julius seinen Koffeinspiegel auf ein ausreichendes Level gepusht hat, stehen wir auf. Aus einem Automaten ziehe ich noch schnell eine Tüte Gummibärchen und eine Tafel Schokolade für unterwegs. Als ich mein Essen bezahlen will, hat Julius die Rechnung schon beglichen.

Draußen strecken wir uns noch einmal, bevor wir in den Jaguar klettern. Katharina setzt sich hinter das Lenkrad. Sie startet den Motor und steuert die Tankstelle an, die zu der Raststätte gehört. Das Tanken übernimmt Phillip. Sein Dad reicht ihm eine Kreditkarte durchs Fenster, damit er bezahlen kann. Als er zurückkommt, klemmt ein Sixpack Malzbier unter seinem Arm. Er schlüpft auf seinen Sitz, stellt das Sixpack in den Fußraum, reicht seinem Vater die Karte, gibt mir einen Kuss und schnallt sich an – alles in einer einzigen fließenden Bewegung. Ich staune.

„Von mir aus kann's losgehen", grinst er. „*Vámonos!*"

„Das war jetzt aber kein Latein, oder?", frage ich.

„Nein, das war Spanisch."

Katharina lenkt den Wagen auf die Autobahn und fädelt sich ein. Wir rauschen in die Nacht. Ich lehne mich entspannt zurück. Neben mir angelt Phillip sein Smartphone aus der Tasche und wischt darauf herum.

„Checkst du die neuesten Fußballergebnisse?", ziehe ich ihn auf.

Zu meinem Erstaunen schüttelt er den Kopf.

„Nee", brummt er, ohne aufzuschauen. „Ich checke, wann heute früh die Sonne in Deauville aufgeht."

Nanu?, denke ich. Das ist ja mal was ganz anderes.

„Um kurz nach sieben", verkündet er, als er fündig geworden ist. „Das schaffen wir!"

„Was schaffen wir?"

„Pünktlich zum Sonnenaufgang am Strand von Deauville zu sein. Was denn sonst?" Er packt das Smartphone wieder weg und schiebt einen Arm um meine Schulter. In seinem Gesicht liegt ein zufriedenes Lächeln.

Ich kuschele mich an ihn und schnurre wie eine Katze. Ich wusste schon immer, dass er eine romantische Ader hat. Er verbirgt sie ganz gern, doch hin und wieder blitzt sie auf. So wie jetzt.

„Weißt du zufällig, was Sonnenaufgang auf Französisch heißt?", fragt er mich leise.

Natürlich weiß ich es.

„*Lever du soleil*", flüstere ich ihm ins Ohr.

„Wow", flüstert er zurück. „So wie du das sagst, klingt es ziemlich spektakulär."

Dass wir jetzt durch Belgien fahren, merken wir nur an den Hinweisschildern, die in unregelmäßigen Abständen neben der Fahrbahn auftauchen.

Liège, Luxembourg, Naumur, Seraing, Aéroport Liège …

Die Namen klingen in meinem Kopf wie ein Gedicht.

Ich schließe die Augen und döse ein.

*

Als ich aufwache, sind wir in Frankreich. Ich höre, wie eine Radiostimme die Nachrichten vorliest. Auch der Verkehrsfunk ist auf Französisch, was viel charmanter klingt als in Deutschland, obwohl von diversen Umleitungen, Baustellen und längeren Wartezeiten an den Mautstellen die Rede ist. Das betrifft uns auch, da dort die Autobahngebühren entrichtet werden müssen.

Zum Glück hat Phillips Vater vor der Abreise eine sogenannte Liber-t-Box bestellt. Der Kasten klebt innen an der Windschutzscheibe des Jaguars und erlaubt es uns, ganz ohne Stau und Warterei einfach über eine reservierte Spur zu rollen. Die Gebühren werden elektronisch erfasst und abgebucht. Wirklich praktisch – auch wenn mir der Gedanke, dass über uns ein kleiner Satellit durchs All schießt und jederzeit erfasst, wann wir wo sind, ein bisschen unheimlich vorkommt.

Wir folgen den Hinweisschildern nach Le Havre, Rouen, Dieppe, Poix de Picardie. Dann weiter nach Neufchâtel-en-Bray.

Wenn mich nicht alles täuscht, liegt der Ort schon in der Normandie. Bald sind wir am Ziel. Ich kann es kaum erwarten.

Neben der Autobahn taucht ein schmaler Lichtstreifen am Horizont auf. Die Nacht neigt sich dem Ende zu. Wir machen noch einmal Rast, trinken bitter schmeckenden Kaffee, essen eine Kleinigkeit und versuchen vergeblich, die Müdigkeit aus uns herauszuschütteln. Mein Kopf dröhnt, in meinen Ohren rauscht es.

„Bald sind wir am Meer“, raunt Phillip mir zu und tätschelt meine Hand.

„Au bord de la mer …“, übersetze ich.

Und dann sind wir tatsächlich da.

DEAUVILLE/TROUVILLE steht es schwarz auf weiß auf einem rot umrandeten Schild am Ortseingang.

Ich bin schlagartig hellwach.

„Kneif mich mal!“, sage ich zu Phillip.

Er zögert keine Sekunde.

Ich jaule auf.

„Bonjour, Mademoiselle et Messieurs“, unterbricht Katharina uns. *„Notre voyage est terminé. Nous sommes arrivés.“*

„Ich will gar nicht wissen, was das heißt. Hauptsache, wir sind endlich angekommen“, knurrt Phillip. „Ich hab Hunger. Hoffentlich gibt's im Hotel ein anständiges Frühstücksbüfett.“

„Wir sind da!“, jubele ich, ohne auf ihn und seinen knurrenden Magen einzugehen.

Julius und Katharina lachen.

Wir fahren an einem menschenleeren Bahnhof vorbei und passieren einen Yachthafen, in dem Boote festgemacht sind und auf den Wellen schaukeln. Ihre Masten wiegen sich hin und her. Die meisten Boote liegen an Land, sind hoch aufgebockt und wetterfest verpackt. Anscheinend hat die Segelsaison noch nicht begonnen.

Der Himmel über der Stadt ist dunkelgrau wie eine Bleistiftmine. Es fängt an zu regnen. Von der offenen Hafeneinfahrt bläst ein kräftiger Wind herüber.

Deauville scheint noch zu schlafen, ebenso der Nachbarort Trouville, der nur einen Steinwurf entfernt auf der anderen Seite des Hafens liegt. In einigen Häusern brennt Licht, aber die meisten hüllen sich in tiefe Dunkelheit. Ein alter Mann führt seinen Hund spazieren. Ein einziges Auto kommt uns entgegen.

„Wo ist der Strand? Wie spät ist es?“, frage ich aufgeregt.

„Kurz nach sieben. Die Sonne müsste gleich aufgehen“, sagt Phillip.

„Ich muss euch enttäuschen.“ Julius dreht sich halb zu uns um, ein Schmunzeln im Gesicht. „Der Ärmelkanal liegt im Westen.“

„Ja, und?“, fragt Phillip stirnrunzelnd.

„Die Sonne geht im Osten auf“, antworte ich lakonisch und begrabe damit unseren Traum von einem romantischen Morgenspaziergang am Strand.

Phillip guckt mich verwirrt an. „Heißt das, dass es hier keine Sonnenaufgänge gibt?“

„Doch, sicher. Nur nicht über dem Meer. Aber mach dir nichts draus“, tröste ich ihn. „Bei diesem Mistwetter versteckt sich die Sonne eh hinter den Wolken. Vielleicht wird es ein bisschen heller, aber das war’s dann auch.“

„Echt jetzt? Und was ist, wenn die Sonne untergeht? Kriegen

wir das wenigstens mit?" Phillip sieht aus wie ein kleiner Junge, dem eine Eiskugel runtergefallen ist.

Ich muss lachen.

„Frühestens heute Abend. Frag doch mal deine schlaue App. Vielleicht verrät sie's dir."

Wir fahren weiter durch die verschlafene Stadt. Im Lichtschein der Straßenlaternen erkenne ich, dass an den meisten Häusern die Fensterläden geschlossen sind. Sie wirken dunkel und abweisend.

„Wie eine Geisterstadt", murmele ich.

Wo sind wir hier gelandet? Einen mondänen Badeort habe ich mir irgendwie ganz anders vorgestellt. Quirlig, bunt und vor allem wach.

Vielleicht liegt es daran, dass die Menschen hier gerne feiern und abends spät ins Bett gehen? Dann müssen sie am nächsten Morgen natürlich länger schlafen. Trotzdem kommt es mir seltsam vor. Ich fühle mich müde und auch ein bisschen desillusioniert. Aber es ist noch früh. Der erste Eindruck täuscht ja manchmal.

Irgendwann taucht auf der rechten Seite der Strand mit einer breiten, schwach erleuchteten Promenade auf. Auch der Himmel wird langsam heller. Das Meer – oder besser der Ärmelkanal – sieht aufgewühlt aus. Die Wellen tragen weiße Schaumkronen. Sie brechen sich weit vor der Küste und rauschen dunkel und kraftvoll ans Ufer. Das ist spektakulär, gewaltig und wunderschön.

„Wow!", sage ich beeindruckt.

Phillip drückt meine Hand. Mit der anderen kurbelt er auf seiner Seite das Fenster herunter. Eine kalte Böe fegt ins Auto.

Regentropfen und salzige Gischt sprühen uns ins Gesicht. Phillip kurbelt die Scheibe schnell wieder hoch.

Irgendwann biegt Katharina links ab. Das Navi sagt uns, dass wir unser Ziel erreicht haben.

Vor uns ragt ein ziemlich imposant aussehendes Gebäude in den grauen Morgenhimmel. An den Zinnen und Türmchen erkenne ich, dass es unser Hotel sein muss. Es sieht fast so aus wie auf der Homepage, nur die Flaggen fehlen. Aber vielleicht werden die ja über Nacht aufgerollt und reingeholt, damit sie nicht wegwehen oder geklaut werden.

„Was für ein spießiger Kasten", bemerkt Phillip grinsend.

„Hey", protestiert Julius. „Wenn du willst, kannst du gerne am Strand schlafen. Aber ob es da ein Frühstücksbüfett gibt?"

Phillip beugt sich vor und gibt seinem Vater einen Knuff.

Julius schüttelt den Kopf.

Als der Wagen vor der gläsernen Eingangstür hält, schießt sofort ein junger Mann in dunklem Anzug heraus. Er begrüßt uns zuerst auf Französisch, dann in fließendem Deutsch mit französischem Akzent.

„*Bonjour et bienvenue à Deauville*. Guten Morgen und 'erzlisch willkommen in Deauville. Isch 'offe, Sie 'atten eine angenehme Anreise, Madame Goltz et Monsieur Graf?"

„*Oui, merci beaucoup*", erwidert Julius freundlich.

„Cool, ein Empfangskomitee", raunt Phillip mir zu. „Pass auf, gleich wird der rote Teppich für uns ausgerollt. Ach nee, da liegt ja schon einer. Ganz schön nobel, was?"

„Allerdings", murmele ich, während ich mich ebenso krampfhaft wie vergeblich bemühe, mich hinter der Rückenlehne des

Vordersitzes zu verstecken. Mit einem roten Teppich und einer mehrsprachigen Begrüßung hatte ich wirklich nicht gerechnet.

Zum Glück nickt der Typ Phillip und mir nur unverbindlich zu und unternimmt gar nicht erst den Versuch, mit uns ein Gespräch anzufangen. Mir sind gerade sämtliche französische Höflichkeitsfloskeln entfallen. Ich würde garantiert nur unzusammenhängenden Blödsinn stammeln. Deshalb bin ich sehr froh, dass Katharina und Julius die Konversation übernehmen. Die beiden sprechen wirklich perfekt Französisch.

Als wir kurz danach aussteigen und unser Gepäck aus dem Kofferraum hieven, taucht wie aus dem Nichts ein zweiter junger Mann auf. Er ist klein und schlaksig und bringt ein glänzendes Gestell auf Rollen mit, das mich spontan an einen überdimensionierten Vogelkäfig erinnert.

„Fehlt nur noch der Papagei", grinst Phillip, der anscheinend die gleiche Assoziation hat wie ich.

Selbstverständlich ist das fahrbare Messinggestell kein transportabler Vogelkäfig, sondern ein praktischer Gepäckwagen. Wir legen unsere Sachen darauf und schauen zu, wie der magere Knirps, der anscheinend der Hotelpage ist, damit über den Teppich davonrollt und im Gebäude verschwindet.

Der Angestellte, der uns so nett begrüßt hat, nimmt von Katharina den Wagenschlüssel in Empfang und widmet sich der verantwortungsvollen Aufgabe, den Jaguar irgendwo einzuparken. Phillip und ich wechseln einen Blick, dann folgen wir Julius und Katharina in das Hotelfoyer.

Ich fühle mich total überfordert von all dem Glanz und Glitzer, diesen dicken Teppichen, die jedes Geräusch verschlucken, den Kronleuchtern an der Decke und der monotonen Fahrstuhlmusik, die uns umhüllt, kaum dass wir durch die Tür getreten sind. Die beflissenen Angestellten, die um uns herumwuseln, als wären wir gekrönte Häupter oder Filmstars, machen mich nervös. Vielleicht bin ich auch nur überdreht und übermüdet. Jedenfalls komme ich mir vor wie die Hauptdarstellerin in einer Neuauflage von „Plötzlich Prinzessin“.

„Ich glaub, ich möchte gerne am Strand übernachten“, sage ich leise zu Phillip und klammere mich so fest an seinen Arm, als wäre ich ein Oktopus und er ein Stück Treibholz.

„Ich auch. Aber lass uns erst mal abwarten, wie das Frühstück ist“, erwidert er. „Danach können wir immer noch abhauen. Oder hast du keinen Hunger?“

„Doch“, gebc ich zu. „Und wie!“

Unsere Zimmer liegen im zweiten Stock. Wir bekommen die Schlüssel an der Rezeption überreicht. Julius füllt noch ein paar Papiere aus. Dann fahren wir mit einem knarrenden Aufzug hinauf. Unser Gepäck wurde schon hochgebracht und wartet oben auf uns.

Bei genauerem Hinsehen kommt mir das Hotel inzwischen gar nicht mehr so glamourös vor, wie ich zuerst dachte. Genau wie der alte Jaguar hat es Macken, Dellen und eine gewisse staubige Patina. Die blasse Blumentapete auf unserer Etage stammt garantiert noch aus dem vorletzten Jahrhundert. An den Türrahmen und Fußleisten löst sich stellenweise der Lack. Auch der Teppich ist nicht so plüschig und dick wie im Empfangsbereich. Er wirkt ausgeblichen und etwas fadenscheinig. Vielleicht wurde dieses Stockwerk des Hauses bei der letzten Renovierung vergessen?

Ich lächele dem goldgerahmten Porträt einer jungen Frau zu. Ganz kurz bilde ich mir ein, dass sie zurücklächelt. Ich sag's doch: Ich bin müde und überdreht.

„Cool, eine Zeitreise“, meint Phillip und stupst im Vorbeigehen einen schief hängenden Wandleuchter an.

„Mir gefällt's“, entgegne ich. „Ich finde es geheimnisvoll und *très charmant*. Genau so hab ich mir ein französisches Hotel immer vorgestellt. Auf altmodische Art prunkvoll und gleichzeitig ein bisschen verstaubt.“

„Echt? Es gefällt dir?“ Phillip guckt mich zweifelnd an.

Ich nicke.

Katharina und Julius lachen.

„Es ist Nebensaison. Die meisten Hotels, Restaurants und Geschäfte schließen über den Winter“, erzählt Julius uns, während wir den endlos langen Flur hinuntergehen und unsere Zimmer suchen. „Gut möglich, dass außer uns zurzeit nur noch eine Handvoll andere Gäste hier logiert. Vermutlich alte Stammgäste, die die Ruhe schätzen.“

„Im Sommer ist natürlich mehr los“, verrät Katharina uns. „Im August ist die berühmte Rennwoche, im September das internationale Filmfestival. Deauville ist zwar nicht so spektakulär wie Cannes, aber die Stadt hat trotzdem Flair, finde ich. Paris liegt nur zwei Autostunden entfernt. Viele Pariser haben Ferienwohnungen und Häuser am Meer. Im Winterhalbjahr liegt die Küste aber im Dornröschenschlaf.“

Dann war mein erster Eindruck vorhin also doch nicht so

falsch. Wir sind in einer Stadt gelandet, die tief und fest Winterschlaf hält. Ich finde das überhaupt nicht schlimm. Im Gegenteil, ich werde die Zeit hier genießen, die Zeit mit Phillip. Das steht fest.

Endlich stehen wir am Ende des Flurs vor unseren Zimmern. Wir vergleichen die matten Messingnummern an den Türen mit den Schlüsseln in unseren Händen, schließen auf und werfen neugierige Blicke hinein.

Julius und Katharina beziehen eine Suite mit separatem Schlaf- und Wohnraum, einem großen Arbeitstisch, einer Sofaecke, Fernseher, Bar, Balkon und Meerblick. Phillips und mein Einzelzimmer sind wesentlich kleiner und bescheidener und liegen außerdem auf der Landseite, was ich ein bisschen schade finde. Aber wenigstens sind sie direkt nebeneinander. Uns trennen nur ein paar mickrige Meter. Das ist so genial!

Wir verabreden, unsere Koffer auszupacken, uns frisch zu machen und uns in einer halben Stunde im Speisesaal zu treffen, um zu frühstücken, bevor Julius und Katharina ihren ersten Termin haben. Dann verschwinden wir in unseren jeweiligen Zimmern.

„Vielleicht gibt's ja eine geheime Verbindungstür", raunt Phillip mir zu. „Lass uns gleich mal die Wände abklopfen."

Ich zeige ihm einen Vogel, dann trete ich ein.

Mein Gepäck ist tatsächlich schon da. Es steht direkt neben der Tür. Ich gehe daran vorbei und drehe mich langsam im Kreis.

Der Raum ist wirklich winzig, wie gesagt, aber das macht mir überhaupt nichts aus. An der einen Längswand steht ein schmales Bett aus rotbraun gemasertem Holz, auf dem eine ziemlich hässliche Tagesdecke mit Bommeln und Rüschen liegt. Darüber hängt eine gerahmte Fotografie von Deauville. Sie zeigt den Strand, die Promenade und die berühmten Badehäuser, in denen sich angeblich schon Filmstars umgezogen haben sollen.

Vor dem Fenster stehen ein zierlicher Tisch und ein dazu passender Stuhl, von dem ich mir nicht sicher bin, ob er wirklich zum Sitzen gedacht ist oder nur zur Dekoration dient. Auf dem Fensterbrett reckt ein tapferes Veilchen seine Blätter dem spärlichen Tageslicht entgegen.

Die andere Wand wird fast vollständig von einem dunklen Kleiderschrank eingenommen. Sämtliche Möbel sehen alt und gepflegt aus, fast wie Antiquitäten. Vielleicht sind sie sogar antik, wer weiß.

Der Fußboden knarrt unter meinen Füßen, als ich das Zimmer durchquere, um einen Blick aus dem Fenster zu werfen. Die Aussicht ist nicht besonders spektakulär. Ich schaue auf ein kleines Stück Parkplatz, ein flaches Nebengebäude und andere Häuser. Der Himmel über den Dächern ist immer noch grau. Es nieselt. Ob das heute noch mal aufhört?

„Hey, du bist in Frankreich“, sage ich laut zu mir selbst und fange an zu grinsen. „Dieser Nieselregen ist französisch!“

Ich mache ein Handyfoto von meinem Zimmer und schicke es an Anna, Lena, Billi und Dina. Dann rufe ich meine Eltern an, um ihnen zu sagen, dass wir gut angekommen sind. Das Gespräch ist kurz, aber herzlich. Sie wünschen mir einfach eine tolle Zeit.

„Genieß es“, sagt meine Mama, bevor wir auflegen. „So jung wie jetzt bist du nie wieder.“

Schwingt da leise Wehmut mit? Altersweisheit? Neid auf meine wilde Jugend, die gar nicht so wild ist?

Ich beschließe, dass es einfach nur nett gemeint ist. Außerdem stimmt es ja: So jung wie heute werde ich wirklich nie wieder sein. Morgen um diese Zeit bin ich schon einen ganzen Tag älter. Bald werde ich 16. Sechzehn!

Ich lege das Handy aufs Bett, breite die Arme aus – was knapp möglich ist, ohne rechts und links die Wände mit den Fingerspitzen zu berühren – und drehe mich wieder um.

In der gleichen Sekunde bleibt mein Herz stehen.

Die Wand neben dem Kleiderschrank bewegt sich. Die Tapete öffnet sich in Zeitlupentempo. Sie öffnet sich!

Ein Kopf schiebt sich ins Zimmer.

„Hi!", sagt Phillip und winkt mir fröhlich zu.

Hilfe, seit wann kann mein Freund durch Wände gehen?

„Mann, Phillip!", schimpfe ich los. „Wie kannst du mich so erschrecken! Was ist das?"

Ich gehe auf ihn zu und berühre vorsichtig die gestreifte Tapete, hinter der sich tatsächlich eine schmale Tür verbirgt. Ich hab die Klinke glatt übersehen. „Sag nicht, dass es wirklich eine geheime Verbindungstür gibt!"

„Na ja, nicht direkt. Das heißt eigentlich schon", antwortet er ziemlich kryptisch. „Wir teilen uns ein Badezimmer. – Tada!"

Er tritt einen halben Schritt zurück und gibt den Blick auf ein Waschbecken, eine Toilette und eine Dusche frei, alles in zartem Pink gehalten. Anna wäre begeistert.

„Ich fass es nicht", sage ich und fasse es wirklich nicht. „Das ist ja –"

„Lustig? Genial? Perfekt? Rosa?“, schlägt Phillip vor.

Ich muss kichern. Phillip grinst. Dann nimmt er mich in den Arm und gibt mir in all dem Rosé einen langen Kuss.

*

Zum Frühstück erscheinen wir mit Verspätung. Julius und Katharina haben schon angefangen. Auf dem Tisch sind zwischen Tellern und Tassen wichtig aussehende Papiere ausgebreitet, in denen sie blättern. Sie unterhalten sich miteinander und schauen kaum auf, als Phillip und ich uns auf die beiden freien Stühle fallen lassen und uns glücklich anblinzeln. Niemand außer uns kennt unser Geheimnis. Na gut, der Innenarchitekt und das Hotelpersonal wissen vermutlich über die Tapetentür Bescheid, aber Julius und Katharina nicht – und das soll auch so bleiben. Phillip und ich haben jedenfalls nicht vor, ihnen von unserer Entdeckung zu erzählen. *No way.*

Der Speisesaal ist eine Art Wintergarten. Zwischen Tischen und Pfeilern stehen große Blumenkübel, in denen Palmen wachsen. Palmen! Ob die echt sind? Vielleicht stehen sie im Sommer draußen. Hinter den regennassen Fenstern ist eine Terrasse zu erkennen.

Ich schaue mich um. Wir scheinen tatsächlich fast die einzigen Gäste zu sein. Oder die anderen haben schon gefrühstückt. Außer uns sitzt noch ein älteres Ehepaar an einem der Tische. Es unterhält sich auf Französisch und nickt uns freundlich zu.

Phillip und ich stehen wieder auf und holen uns zwei Gläser frisch gepressten Orangensaft vom Büfett. Dazu türmen wir bergeweise Croissants und Madeleines, eine Art kleines Sandgebäck, auf unsere Teller. Es gibt sogar Eclairs und Macarons zum Frühstück. Waffeln, Baguettes, Crêpes, Omeletts, Früchte in allen Formen und Farben, Rührei, Würstchen und tausend Sorten Käse!

Ich fühle mich wie im Schlaraffenland. Meine Müdigkeit ist wie weggeblasen. Das muss an der französischen Luft liegen – obwohl ich von der noch nicht besonders viel abbekommen habe. Das wird sich nach dem Frühstück aber hoffentlich ändern. Phillip und ich wollen einen langen, romantischen Strandspaziergang machen und uns anschließend die Stadt anschauen.

„Ist mit euren Zimmern alles in Ordnung?", wendet sich Julius an uns, als wir wieder am Tisch sitzen.

Ist das eine Fangfrage? Wegen der Geheimtür?

„Oh, ja! Mein Zimmer ist total schön, alles bestens", würge ich mühsam hervor und würde mir dabei am liebsten auf die Zunge beißen. Zum Glück kommt Phillip mir zu Hilfe.

„Alles cool. Danke, Dad", sagt er lässig und gibt mir unter dem Tisch einen kleinen Stups, was mich noch mehr aus der Fassung bringt.

„Hast du deine Eltern schon angerufen?", fragt Katharina mich freundlich.

„Ja, hab ich. Ich soll schön grüßen." Ich beiße ein Stück von einem Croissant ab. Es schmeckt anders als in Deutschland. Viel buttriger und fluffiger und leckerer sowieso. Hach, ich liebe Frankreich!

Irgendwann packen Katharina und Julias ihre Unterlagen zusammen und verabschieden sich von uns.

„Macht euch einen schönen Tag, ihr zwei!", sagt Katharina.

Wir nicken.

„Bei uns wird es länger dauern", fügt Julius hinzu. „Wir werden den ganzen Tag im Rathaus sein und Akten sichten. Wahrscheinlich kommen wir erst gegen Abend zurück."

„Kein Problem", meint Phillip. „Wir sind schon groß."

Julius hebt eine Augenbraue, dann nickt er uns zu.

„Abendessen gibt es um 19 Uhr. Bis dann, *salut*!"

„Au revoir!", antworte ich.

Als sich die Schwingtür des Speisesaals hinter den beiden schließt, gucken Phillip und ich uns an, als könnten wir unser Glück kaum fassen.

„Was heißt Freiheit auf Französisch?", will Phillip wissen.

„La liberté", sage ich.

„Worauf warten wir dann noch?" Er springt auf. „Lass uns *la liberté* genießen!"

KAPITEL 8

Blaue Lippen, heiße Pläne

Wir holen unsere Jacken von oben. Ich versenke mein Handy in der Innentasche und wickele mir noch schnell einen Schal um den Hals. Als wir wenig später aus dem Hotel treten, bläst uns eiskalter Wind ins Gesicht, der die Haut zum Prickeln bringt. Außerdem regnet es. Dicke, schmutzig graue Wolken jagen über den Himmel. Sie wirken nicht besonders freundlich.

Wir machen die Jacken bis oben hin zu und klappen die Kapuzen hoch. Entschlossen ziehe ich den Schal bis unter die Nasenspitze und blinzele grimmig darüber hinweg. Phillip nimmt meine Hand und lacht. Dann stemmen wir uns dem Sturm entgegen und laufen einfach los. Bis zum Strand ist es zum Glück nicht weit. Wir müssen nur eine Straße überqueren, einem Fußweg folgen und sind schon da.

Die *Côte Fleurie*, was auf Deutsch so viel wie „Blumenküste" heißt, breitet sich vor uns aus. Wie dieser Küstenabschnitt zu seinem blumigen Namen gekommen ist, kann ich nicht ganz nachvollziehen. Vielleicht ist das Wetter schuld oder die Jahreszeit. Im Sommer ist die Gegend garantiert blumiger. Auf jeden Fall ist es dann mit Sicherheit trockner, wärmer und weniger windig.

Außer uns ist weit und breit kein Mensch zu sehen. Kein Wunder, Strandwetter geht anders. Aber das ist uns total egal. Schließlich sind wir hier, um unsere Freiheit zu genießen. Was passt besser dazu als dieses naturgewaltige Sturmgebraus?

„Wow!", rufe ich und bleibe stehen.

Hinter uns liegt die hölzerne Strandpromenade *La Planche* mit den Umkleidekabinen, die die Namen von Filmstars tragen. Vor uns rollen riesige Wellen ans Ufer. Dazwischen nichts als Sand, Sand, Sand. Und Regen natürlich. Der kommt aus allen Himmelsrichtungen und fällt inzwischen waagerecht.

In einiger Entfernung ragt rechts von uns eine Hafenmauer auf. Die Brecher schlagen mit voller Wucht dagegen.

„Hammer, oder?", schreit Phillip mir zu. Wir müssen uns anschreien. Unsere Stimmen haben gegen den Wind keine Chance.

Ich nicke, wobei mir die Kapuze über die Augen rutscht. Als ich sie mit einer Hand zurückschieben will, spüre ich ein kaltes Rinnsal in meinem Nacken. Ich kann nicht anders und lache los. Genau so hab ich mir unseren Strandspaziergang vorgestellt. Total romantisch, yeah.

Meine Zähne fangen an zu klappern. Ich glaub, meine linke Socke ist nass. Dabei sollten die Boots doch wasserfest sein.

Phillip gibt mir einen Kuss auf die Nase. Alle anderen Teile meines Gesichts sind mehr oder weniger von der Kapuze bedeckt.

„Deine Lippen sind blau!", schreie ich ihn an.

„Echt?"

„Ja!"

Wir stapfen weiter. Aufgeben ist keine Option.

Über unseren Köpfen kreischen riesige Möwen gegen den Sturm an. Keine Ahnung, wie die es schaffen, überhaupt in der Luft zu bleiben. Wäre ich eine Möwe, würde ich mir irgendwo ein kuscheliges, windgeschütztes Eckchen suchen, meinen Schnabel unter den Flügel schieben und ein Nickerchen machen. Aber anscheinend sind die Möwen von Deauville hart im Nehmen. Genau wie Phillip und ich.

Dabei ist meine linke Socke inzwischen wirklich nass. Ich bilde mir sogar ein, dass in dem Stiefel bei jedem Schritt Wasser hin und her schwappt. Es ist ein ziemlich unangenehmes Gefühl. Bestimmt hab ich morgen Schnupfen und Halsschmerzen. Nur gut, dass meine Mutter mich nicht sieht.

Was machen wir hier überhaupt? Warum sind wir nicht in unserem Hotel, kuscheln uns vor ein Kaminfeuer, das da garantiert irgendwo prasselt, schlürfen heiße Schokolade, die in dicken Tassen und mit Sahnehäubchen serviert wird, und füttern uns gegenseitig mit farbenfrohen Macarons, während im Hintergrund ein einsamer Klavierspieler Chopin spielt? Wäre das nicht wesentlich romantischer, als uns dem sicheren Kältetod auszusetzen oder zu riskieren, von einer Windböe erfasst und über den Kanal bis nach England gepustet zu werden?

Ich will gerade einen entsprechenden Vorschlag machen – beziehungsweise Phillip zuschreien –, als der plötzlich auf die Knie sinkt. Eigentlich wollte er sich nur bücken, das hab ich gesehen. Der Sturm hat ihn einfach runtergedrückt und hält ihn nun am Boden fest.

Er schreit mich an – Phillip, nicht der Sturm – und streckt

seine Finger nach mir aus. Zuerst denke ich, dass ich ihm hochhelfen soll, aber dann sehe ich, dass er mir etwas geben will.

„Was ist das?“, brülle ich.

Seine Antwort ist unverständlich. Er zieht sich an mir hoch, wobei wir beide ins Wanken geraten, und drückt mir etwas in die Hand. Als ich sie öffne, liegt eine violette Muschel darin. Eine wunderschöne kleine Muschel. Perfekter als perfekt. Das romantischste Geschenk aller Zeiten!

Ich vergesse meine Socke, den Sturm, den Regen, den drohenden Schnupfen und alles andere um uns herum und falle Phillip um den Hals.

„Danke!“, brülle ich ihn an.

Er grinst. Seine Lippen sind inzwischen wirklich blau.

„B-bitte!“, brüllt er zurück. „G-gern geschehen!“

Seine Locken triefen, meine Nase läuft, unsere Zähne klappern im Takt. Es ist wirklich ein denkwürdiger Augenblick. Die Muschel wird mich bestimmt noch in hundert Jahren daran erinnern – falls ich dann noch lebe, was mir im Moment unwahrscheinlich vorkommt. Im Moment kann ich mir nicht mal vorstellen, meinen 16. Geburtstag zu erleben.

„Merkst du was?“, schreit Phillip.

Ich schüttele den Kopf. Nein, ich merke gar nichts mehr. Ich bin von den Haarspitzen bis zu meinen kleinen Zehen blau gefroren und abgestorben.

„Was denn?“, blöke ich trotzdem zurück.

„Es hat aufgehört zu regnen!“ Phillip strahlt mich an.

Ich versuche seine rote Nasenspitze zu ignorieren und lege meine nasse Stirn gegen seine nicht minder nasse Brust.

Plötzlich habe ich das Gefühl, als hätte jemand das Licht angeknipst. Ich hebe den Kopf und halte die Luft an.

Über dem Meer ist der Himmel aufgerissen. Die Sonne scheint durch ein Loch in den dunklen Wolken. Dahinter ist es strahlend blau. Es ist ein magischer Moment. Ganz und gar unglaublich. Bestimmt gibt es einen Namen für dieses Phänomen. Ich kann mir nicht vorstellen, dass es einfach nur Wolkenloch heißt, dazu ist es viel zu schön.

Wären meine Finger nicht dermaßen steif gefroren, dass ich sie kaum noch spüre, würde ich auf der Stelle mein Handy aus der Tasche ziehen und Fotos machen. So bleibt mir nur das Staunen.

„Woah!“, macht Phillip neben mir. „Das sieht ja krass aus!“

Ich kann nur nicken. Meine Hand umschließt immer noch die Muschel. Ob die was damit zu tun hat? Ist die Muschel ein Geschenk von Neptun oder Arielle oder einem anderen Meereswesen, um den Sturm- und Regengott zu besänftigen? Falls ja, hat es funktioniert.

„Blödsinn!“, sage ich laut, ohne es zu wollen.

„Du findest das nicht krass?“ Phillip runzelt die Stirn.

„Doch, klar.“ Ich gebe ihm einen Kuss, weil er so schön aussieht mit seinen klatschnassen Locken, dem fragenden Blick und dem krassen Himmelsloch im Hintergrund, durch das die Sonne ihre Strahlen schickt.

Überrascht stellen wir fest, dass es mit einem Mal nicht nur sehr viel heller ist und nicht mehr regnet – auch der Sturm hat sich gelegt. Wir können uns ganz normal unterhalten und müssen uns nicht mehr schreiend aneinanderklammern, um nicht weggeweht zu werden. Das ist eine ganz neue Erfahrung.

Wir laufen ein paar Schritte, wobei das Wasser in meinen Stiefeln ziemlich laut gluckert. „Auch auf die Gefahr hin, dass ich mich anhöre wie meine eigene Mutter …", sage ich. „Wir sollten lieber kurz ins Hotel gehen und uns trockene Klamotten anziehen, sonst sind wir morgen garantiert krank. Darauf hab ich echt keine Lust. Nicht hier, nicht jetzt. Wer weiß, ob ich jemals wieder nach Frankreich komme?"

„Stimmt, du hast recht", schnieft Phillip. „Wir sollten uns ein bisschen aufwärmen. Und dann –"

„Dann gehen wir in die Stadt, setzen uns in ein Café und trinken heiße Schokolade", vollende ich seinen Satz.

„Vergiss die Macarons nicht!", erinnert er mich.

„Aber wir hatten doch schon welche zum Frühstück", wende ich ein.

„Na und? Man kann nie genug von den Dingern essen. Die machen echt süchtig!"

Wir laufen über den Strand zurück. Zwei Reiter kommen uns entgegen, ein Mann und eine Frau. Sie nicken uns beiläufig zu. Ihre Pferde heben die Hufe und tänzeln mit eleganten Seitwärtsschritten an uns vorbei. Sie blähen die Nüstern und schnauben, als könnten sie es kaum erwarten, über den Sand zu galoppieren. Ihre Mähnen flattern im Wind.

„Es muss toll sein, hier auszureiten", sage ich und schaue ihnen sehnsüchtig hinterher.

„Vielleicht kann man hier irgendwo Pferde mieten", meint Phillip.

„Ach, das möchte ich gar nicht. Es ist genauso schön, nur davon zu träumen", erwidere ich lächelnd.

Phillip schaut mich an. Dann legt er beide Arme um mich.

„Du bist toll“, murmelt er in meine Haare.

„Du aber auch“, raune ich zurück.

Wir bleiben eine Weile so stehen, dann laufen wir schnell weiter. Wir müssen wirklich raus aus den nassen Klamotten.

Im Hotel verschwinden wir in unseren Zimmern. Ich hab noch gar nicht richtig ausgepackt und wühle in meiner Reisetasche nach etwas Warmem und möglichst Wasserfestem. Meine Jeans ist klatschnass. Die Socken triefen regelrecht. Ich hänge die Jeans über den Stuhl, lege die Socken und den Schal auf die Heizung und stelle die Boots darunter. Bis die getrocknet sind, muss ich in Turnschuhen herumlaufen. Ich nehme mir vor, jede Pfütze, die vor mir auftaucht, mit größtmöglichem Sicherheitsabstand zu umrunden und bei Regen nicht mehr aus dem Haus zu gehen. Ob sich das machen lässt?

Als ich kurz aus dem Fenster schaue, ist der Himmel schon wieder grau. Ich lege die kleine Muschel auf das Fensterbrett und stupse sie mit dem Finger an. Vielleicht sollten wir doch lieber im Hotel bleiben und heute nicht mehr in die Stadt gehen? Ich glaube, mein Plan mit dem prasselnden Kaminfeuer, der heißen Schokolade und den Macarons war gar nicht so übel. Nebenan höre ich Phillip rumoren und muss grinsen. Ich gehe ins Bad, lege mein Ohr an seine Zimmertür und lausche, dann schnappe ich mir ein Handtuch für meine Haare.

Zwanzig Minuten später bin ich so gut wie neu. Auf jeden Fall bin ich trocken und habe warme Füße. Nur meine Jacke fühlt sich immer noch ziemlich klamm an. Daran, eine zweite mitzunehmen, hab ich leider nicht gedacht. Aber wie sollte ich auch damit rechnen, in eine Sintflut zu geraten?

Phillip strahlt, als er mich abholt und wir mit dem Fahrstuhl nach unten fahren. Als die Tür sich öffnet, nicken wir dem Mann am Empfang zu und gehen zur Tür.

„Wollen wir wirklich?“, frage ich skeptisch.

„Na klar.“ Phillip stößt mich mit dem Ellbogen an. „Die Stadt ist gleich um die Ecke. Falls es anfängt zu regnen, gehen wir sofort in ein Café und kommen erst wieder raus, wenn die Sonne scheint.“

„Du bist ja echt optimistisch“, knurre ich ihn an. „Ich wäre schon froh, wenn ich für den Rest des Tages einigermaßen trocken bliebe.“

Nach kurzem Zögern stapfen wir schließlich los. Auf den Straßen herrscht kaum Verkehr. Die ganze Stadt ist noch genauso verlassen und verschlafen wie bei unserer Ankunft. Meine Hoffnung auf ein hübsches kleines Café, in dem wir den Nachmittag verbringen können, schwindet mit jedem Schritt.

Phillip betrachtet die gepflegten Fachwerkfassaden links und rechts. Ab und zu zückt er sein Handy und schießt Fotos. Von mir, einem alten Fachwerkhaus mit Türmchen und einem spitzen Dach, einem zufällig vorbeifahrenden Lieferwagen und einem französischen Hinweisschild.

Irgendwann kommen wir an einigen neueren Gebäuden vorbei, die anscheinend zusammengehören. Über der Eingangstür steht in Großbuchstaben: *LYCÉE – COLLÈGE*.

„Das ist eine Privatschule“, stelle ich fest. „Ein Internat für

Jungen und Mädchen." Ich zeige auf ein kleines Schild neben der Tür: *„Internat privé garçons – filles."*

„Ich mag es, wenn du französisch sprichst", grinst Phillip und macht einen Schnappschuss von mir mit der Schule im Hintergrund. Ich ziehe eine total blöde Grimasse, aber er weigert sich, das Bild zu löschen.

Nicht weit entfernt liegt der Yachthafen, den wir schon am Morgen gesehen haben. Wir schlängeln uns zwischen den aufgebockten Booten hindurch, gehen vorsichtig über die hölzernen Stege, schauen durch die Hafeneinfahrt auf die kabbelige See und winken den Möwen zu, die über uns kreisen.

Wir bleiben stehen, unschlüssig, in welche Richtung wir weitergehen sollen. Es scheint vollkommen egal zu sein. Überall sind die Fensterläden verschlossen. Die Häuser starren uns abweisend an. Keine Spur von einem Café oder Bistro, in dem wir uns aufwärmen können.

„Was für ein Flop", brummt Phillip.

Ich kann ihm nicht widersprechen.

Auf der gegenüberliegenden Seite einer großen Kreuzung entdecke ich plötzlich den Bahnhof von Deauville-Trouville. Vielleicht gibt es da eine Gaststätte? Ein Stehcafé würde mir schon reichen. Ein heißer Tee wäre schön. Dazu vielleicht ein aufgebackenes Croissant. Meine Erwartungen sind eindeutig geschrumpft.

„Lass uns doch mal gucken", schlage ich vor und ziehe Phillip am Jackenärmel hinter mir her.

Das Bahnhofsgebäude ist alt, wirkt aber ganz nett. Es ist hell, hat eine hohe Decke und mit alten Landkarten und Ansichten von Deauville bemalte Wände. Nur leider gibt es weder eine Gaststätte noch ein Café oder einen Stehimbiss.

Phillip und ich schlendern wie Touristen herum. Wir bewundern die Wandmalereien, werfen einen Blick hinaus auf die menschenleeren Gleise und entdecken in einer Ecke der Empfangshalle schließlich einen Getränkeautomaten.

„Juhu", sage ich spöttisch. „Es gibt Café au Lait. Hast du Kleingeld dabei?"

Phillip steht vor einem Aushang mit sämtlichen Ankunfts- und Abfahrtszeiten des kleinen Bahnhofs. Die Tafel ist sehr übersichtlich. Besonders viele Züge scheinen hier nicht zu fahren. Vielleicht ist es aber auch nur der Winterfahrplan. Wer kommt in dieser Jahreszeit schon freiwillig hierher?

Er reicht mir ein paar Münzen.

„*Merci, chéri*", sage ich.

Er starrt weiterhin auf den Plan und brummelt etwas Unverständliches. Als ich ihm kurz darauf einen Pappbecher mit einer kochend heißen, undefinierbaren hellbraunen Plörre in die Hand drücke, schaut er auf.

„Danke, Süße", sagt er, und: „Das ist echt interessant!"

„Ja, finde ich auch", antworte ich und puste in meinen Becher. „Hoffentlich kriegen wir keinen Durchfall davon."

„Hä?", macht Phillip. „Ach so, du meinst das hier!"

Er hebt seinen Becher und prostet mir zu. Wir nippen vorsichtig. Lecker ist was anderes, aber wenigstens wird uns warm im Bauch.

„Ich meinte eigentlich den Fahrplan", kommt Phillip auf seine Bemerkung zurück. „Der ist interessant."

„Wirklich? Wieso?"

„Weil es eine Zugverbindung nach Paris gibt."

„Paris?" Mein Herz klopft. Wahrscheinlich ist der Kaffee direkt in die Blutbahn geschossen und bringt jetzt meinen ganzen Kreislauf durcheinander. Ich trinke nur sehr selten Kaffee.

„M-hm, Paris. Wolltest du da nicht gerne mal hin?"

„Ja, ja, ja!" Ich werde ganz zappelig.

Phillip betrachtet mich schmunzelnd.

„Du bist süß", sagt er.

„Ich weiß. Du bist auch süß. Aber jetzt sag schon! Meinst du, wir könnten vielleicht –"

„Einen Ausflug dorthin machen?" Er trinkt einen Schluck Kaffee, schaut den Fahrplan an, dann wieder mich, nickt langsam und sagt schließlich: „Es gibt eine regelmäßige direkte Verbindung. Wir könnten in knapp zwei Stunden da sein."

„Wie? Was? Heute? Jetzt? Sofort?" Meine Stimme schnappt über. Ich klinge hysterisch, das ist mir durchaus bewusst, aber es geht nicht anders.

Phillip schüttelt den Kopf.

„Wie wär's mit morgen?", schlägt er vor. „Hier ist doch eh nichts los. Oder hast du etwa Lust, noch mal durch diese Geisterstadt zu latschen und dich nass regnen zu lassen?"

„Nicht, wenn die Alternative Paris heißt", sage ich aufgeregt.

„Dann nehmen wir morgen früh den ersten Zug", sagt er, als wäre es die selbstverständlichste Sache der Welt, mal eben zwei Zugtickets nach Paris zu kaufen. „Und wir kommen abends mit dem letzten zurück. Wir haben einen ganzen Tag, um uns deine Traumstadt anzuschauen. Meinst du, das reicht?"

„Nein, natürlich nicht. Aber das ist egal. Du und ich. Ein Tag in Paris! Das ist so …“ Weil mir die Worte fehlen, falle ich ihm um den Hals und verschütte dabei nur ganz wenig Kaffee. Phillip lacht.

„Hilfst du mir?“ Er zeigt auf den Fahrkartenschalter. Hinter einem runden Glasfenster sitzt eine junge Frau mit grell blondierten Haaren. „Du weißt doch, mein Französisch ist eine Katastrophe. Oder denkst du, dass die Englisch versteht?“

„Klar helf ich dir.“ Ich versenke meinen Kaffeebecher in einem Abfallkorb. „Aber sollten wir nicht lieber zuerst Julius fragen?“

„Wieso das denn?“ Phillip guckt mich verständnislos an.

„Zum Beispiel, weil er dein Vater ist. Oder weil wir noch nicht volljährig sind. Oder weil er vielleicht etwas dagegen haben könnte, dass wir einfach nach Paris fahren. Möglicherweise auch alles zusammen“, zähle ich auf.

„Julius hat garantiert nichts dagegen“, winkt Phillip ab. „Los, komm endlich.“

Ich zögere. Dann gebe ich nach und folge ihm zum Schalter.

„Oder möchtest du vorher noch deine Eltern anrufen?“, zieht Phillip mich auf. Das finde ich ein bisschen gemein, weil ich schließlich nichts dafür kann, dass ich wesentlich behüteter aufwachse als er.

„Ich bin ein Mädchen und du bist ein Junge. Das ist leider immer noch ein großer Unterschied“, sage ich, eine Spur giftig. „Nicht alle Eltern sind so locker wie dein Vater. Meine Eltern sind ganz gewaltig über ihre eigenen Schatten gesprungen, als sie mir erlaubt haben, überhaupt mit dir hierher zu fahren!“

„Das weiß ich doch. Sorry, ich hab's nicht so gemeint“, erwidert Phillip sofort. „Was heißt Verzeihung auf Französisch?“

„*Excuse-moi* oder einfach *pardon*.“

„*Pardonst* du mir?“ Phillip schaut mich mit Dackelblick an.

Wer kann da schon widerstehen? Ich nicht.

„Wow, du bist so ein Sprachgenie! Aber ich verzeihe dir ausnahmsweise“, sage ich grinsend. „Kaufen wir jetzt endlich die Fahrkarten oder hast du's dir anders überlegt?“

„Niemals!“, ruft er entsetzt.

Ich halte die Fahrkarten wie kostbare Trophäen in der Hand und kann mein Glück kaum fassen, als wir zehn Minuten später den Bahnhof verlassen.

„*Intercité Trouville-Deauville à Paris Saint-Lazare et retour*“, lese ich andächtig vor. „Das ist so mega-mega-megacool!“

„Dafür bin ich jetzt so gut wie pleite. Fast hundert Euro für zwei Tickets!“ Phillip verzieht den Mund.

„Ich geb dir die Hälfte zurück, ist doch klar“, sage ich. „Mein Portemonnaie liegt im Hotel.“

Wie gut, dass ich das Sparschwein vor der Abreise geleert und den Inhalt mitgenommen habe. Meine Reisekasse ist prall gefüllt. Außerdem haben meine Eltern mir noch etwas zugesteckt. Natürlich bezahle ich meine Fahrkarte selbst.

„Nicht nötig. Ich hol mir nachher einen Vorschuss bei Julius. Und du kannst mich morgen in Paris auf ein Baguette einladen“, sagt Phillip lächelnd.

Ich bin sofort einverstanden, aber die Bahnkarte bezahle ich trotzdem.

Am Abend bin ich so müde, dass ich die Augen kaum noch aufhalten kann. Die lange Autofahrt macht sich jetzt bemerkbar. Dazu die französische Frischluft, das Meer, das Wetter, die Spaziergänge am Strand und durch die Stadt, die Aufregung wegen Paris …

Paris! Ich muss nur daran denken, und mein Puls beschleunigt sich, weshalb ich versuche, möglichst wenig daran zu denken. Denn eigentlich möchte ich nur noch einen Happen essen und mich dann ganz schnell in mein Bett kuscheln, damit ich morgen fit bin. Unser Zug fährt schon um kurz nach sieben. Das heißt, dass wir wirklich sehr früh aufstehen müssen. Ob es um diese Uhrzeit im Hotel überhaupt schon Frühstück gibt? Ach, egal. Falls nicht, frühstücken wir eben in Paris. Das ist so verrückt! Hoffentlich ist Julius einverstanden.

Als Phillip und ich uns für das Abendessen umgezogen haben und mit dem klapprigen Lift nach unten fahren, um uns mit Julius und Katharina zu treffen, gähnt er. Phillip, nicht der Fahrstuhl.

„Müde?“, frage ich und lehne mich gegen ihn.

„Und wie“, nuschelt er.

„Ich auch“, murmele ich. „Aber ich freu mich auf morgen.“

Julius und Katharina sitzen schon im Speisesaal. Auf dem Tisch stehen vier Gläser und eine Flasche Rotwein. Ich hoffe nicht, dass ich zum Abendessen Wein trinken muss. Nicht mal aus purer Höflichkeit würde ich das über mich bringen. Ich mag keinen Wein, weder roten noch weißen. Zum Glück bringt der Ober eine Flasche Mineralwasser, als er Phillip und mich sieht.

„Hattet ihr einen schönen Tag?", fragt Julius. „Wie gefällt euch die Stadt?"

„Deauville ist schön", antworte ich diplomatisch. „Und der Strand ist wirklich toll."

„Im Sommer ist er bestimmt noch toller", fügt Phillip grinsend hinzu.

„Ihr habt euch gelangweilt", analysiert Katharina blitzschnell.

Phillip und ich wechseln einen Blick.

„Nun ja ...", druckse ich herum.

„Ein bisschen schon", gibt Phillip zu. „Und deshalb würden wir morgen gerne nach Paris fahren. Wir nehmen den ersten Zug und kommen abends mit dem letzten zurück."

„Paris? Das ist eine sehr gute Idee!" Julius schaut von der Speisekarte auf, die er gerade studiert hat. Ich bemerke, dass er ziemlich müde und abgespannt aussieht. Katharina auch. „Wir werden den ganzen Vormittag im Stadtarchiv zu tun haben und nachmittags in die Präfektur von Caen fahren. Die Angelegenheit entwickelt sich etwas komplizierter als gedacht. Gut möglich, dass wir unseren Aufenthalt um ein, zwei Tage verlängern müssen. Wenn ihr die Zeit genießt und Ausflüge macht, habt ihr wenigstens was davon."

Ein, zwei Tage verlängern? Was meint er damit? Dass wir länger hierbleiben können? Das wäre ja himmlisch!

Ich weiß nicht genau, womit Katharina und Julius sich beschäftigen. Phillip hat mir nur erzählt, dass es um einen Streit unter Erben geht, um ein angefochtenes Testament und ein Grundstück irgendwo an der *Côte Fleurie*.

„Ich hoffe, deine Eltern haben nichts dagegen", spricht Julius mich an. „Notfalls könntest du natürlich mit dem Zug zurückfahren oder fliegen. Das lässt sich alles organisieren. Soll ich sie nachher anrufen?“

„Nein, danke. Das mach ich schon selbst. Meine Eltern haben bestimmt nichts dagegen, wenn ich ein, zwei Tage länger weg bin. Ich hab ja zum Glück Ferien.“ Lächelnd falte ich meine Serviette auseinander.

Der Ober serviert Tomatensuppe mit Kräutern und Croûtons. Phillip nimmt unter dem Tisch meine Hand und drückt sie leicht.

„Verlängerung“, raunt er mir zu. „Das ist cool!“

Oh ja, denke ich. Das ist es absolut!

Von Paris ist nicht mehr die Rede – genau wie Phillip vorhergesagt hat. Ich kann's kaum fassen, wie locker Julius drauf ist.

Nach dem Abendessen bin ich pappsatt und kaum noch in der Lage, mich zu bewegen. Es gab zwei Sorten Braten, dazu Gemüse und Kroketten. Zum Dessert haben wir gebackene Birne mit Vanillesoße gegessen. Die Birnen waren ganz leicht mit etwas Alkoholischem getränkt, aber trotzdem lecker.

Wir sitzen noch eine Weile zusammen und unterhalten uns, aber schon bald können Phillip und ich das Gähnen nicht länger unterdrücken. Wir stehen auf, um nach oben zu gehen.

„Macht euch einen wunderschönen Tag in der Stadt der Liebe und schaut euch auf jeden Fall Notre-Dame und den Louvre an“, empfiehlt Katharina uns.

„Vergesst den Eiffelturm nicht. Am besten besorgt ihr euch einen Stadtplan. Und lasst eure Handys eingeschaltet, falls was ist“, sagt Julius. „Schlaft gut!“

„Danke, ihr auch", erwidert Phillip.

Wir nehmen den Fahrstuhl und verschwinden in unseren Zimmern. In unserem Bad putzen wir uns gemeinsam die Zähne und versuchen dabei, uns gegenseitig von dem winzigen rosa Waschbecken wegzuschubsen. Wir kichern ohne Ende.

„Fascht wie ein altesch Ehepaar", nuschelt Phillip mit Zahnpastaschaum im Mund.

Ich muss lachen und verschlucke mich.

„Meine Eltern sind ein ziemlich altes Ehepaar", sage ich, „aber ich glaub nicht, dass die sich zusammen die Zähne putzen."

Phillip spuckt den Schaum aus.

„Vielleicht machen sie's ja heimlich."

„Wer weiß?", grinse ich und gebe ihm einen Kuss.

Dann wünschen wir uns gute Nacht. Es dauert etwas länger, weil wir ziemlich aufgedreht sind und uns nicht voneinander trennen können. Dabei bin ich wirklich, wirklich hundemüde. Ich überlege, ob ich meine Eltern noch anrufen soll. Nein, das kann ich auch morgen machen. Sie werden hoffentlich nichts dagegen haben, dass sich unser Aufenthalt ein bisschen verlängert. Dass Phillip und ich nach Paris fahren, erzähle ich ihnen auch lieber erst, wenn wir morgen Abend zurück sind. Die Bedenken, die sie gegen den Trip hätten, klingeln mir jetzt schon in den Ohren. *Mit dem Zug? Nach Paris? Ohne Begleitung? Nur ihr zwei? Ganz allein? Vergiss es, Conni! Das ist viel zu gefährlich!* Ja, ja …

Irgendwann liege ich in meinem Bett. Es ist schmal, die Matratze ist zu weich, das Kopfkissen zu flach. Weil ich nicht einschlafen kann, wälze ich mich hin und her. Ich habe gerade das

Licht ausgeknipst und bin eingedöst, als es leise klopft. Nicht an der Zimmertür, sondern an der Tapetentür zum Bad.

Ich blinzele in die Dunkelheit und sehe, dass ein schmaler Lichtstreifen ins Zimmer fällt. Phillips Lockenkopf schiebt sich durch den Spalt.

„Hey, schläfst du schon?", flüstert er.

„Nein, jetzt nicht mehr", murmele ich. „Komm her und erzähl mir was."

Ich rutsche an die Wand und gähne. Phillip legt sich neben mich. Großzügig wie ich bin, gebe ich ihm einen Zipfel meiner Decke ab, damit er nicht erfriert. Im Zimmer ist es kühl. Anscheinend wird die Heizung über Nacht gedrosselt.

„Du riechst so gut", brummt Phillip und rückt näher.

„Du sollst mir was erzählen", brumme ich zurück. Ich bin viel zu müde, um aufgeregt zu sein, weil er neben mir liegt und wir uns eine Bettdecke teilen.

„Ich denke dein, wenn mir der Sonne Schimmer vom Meere strahlt", sagt Phillip leise. *„Ich denke dein, wenn sich des Mondes Flimmer in Quellen malt."*

„Das ist schön. Ist das von dir?"

„Nein, von Goethe. Hatten wir neulich im Deutsch-LK." Er gibt mir einen Kuss. Ich fange an zu schnurren.

„Lass uns jetzt schlafen", murmele ich und kuschele mich an ihn. „In ein paar Stunden sind wir in Paris …"

KAPITEL 9

Alle guten Dinge mit dir

Als im Morgengrauen mein Handywecker klingelt, bin ich allein im Zimmer. Phillip muss sich irgendwann in der Nacht verkrümelt haben. Kein Wunder, dieses Bett ist wirklich zu schmal für zwei. Außerdem hab ich ihn getreten, als ich mich umdrehen wollte. Und ich hab ihm die Decke geklaut. Bestimmt hat er gefroren. Armer Phillip …

Ich strecke einen Arm aus und angele das Telefon vom Nachttisch, um es abzuwürgen. Obwohl ich kaum geschlafen habe, bin ich putzmunter.

„Paris", sage ich leise zu mir selbst. Und gleich noch einmal, weil ich den Klang so liebe: „Paris!"

Ich springe aus dem Bett, stoße mir den Zeh, unterdrücke ein Jaulen und ziehe den Vorhang einen Spalt auf. Draußen ist es finster. Aber es regnet nicht und windstill ist es auch. Hoffentlich bleibt es so. Oder liegt Paris in einer anderen Klimazone? Gut möglich, dass das Wetter da ganz anders ist als hier an der Küste. Ach, egal … Paris ist immer schön. Bestimmt auch, wenn's regnet.

Es ist kurz vor sechs. Ab halb sieben gibt es Frühstück. Danach müssen wir uns beeilen, um unseren Zug zu erwischen. Ich bin so aufgeregt, dass meine Haut kribbelt.

Ob Phillip schon wach ist? Ich lausche angestrengt. Nein, nebenan ist noch alles still. Soll ich ihn lieber wecken? Nicht, dass er verschläft. Ich gebe ihm noch fünf Minuten.

Die Heizung knackt, dann gluckert sie. Als ich eine Hand darüber halte, spüre ich Wärme aufsteigen. Leider sind meine Klamotten immer noch klamm. Auch die Boots sind innen und außen noch feucht. Ich beschließe, sie heute trotzdem anzuziehen. Mit dicken Socken geht das schon.

Auf Zehenspitzen tappe ich ins Bad, spritze mir eiskaltes Wasser ins Gesicht und hüpfe kurz unter die Dusche. Anschließend schlüpfe ich in Jeans, Langarmshirt und Wollpulli. Als ich gerade versuche, meine wirren Haare mit Phillips Bürste zu bändigen, öffnet sich die Tür auf seiner Seite.

„Hey", murmelt er müde und lehnt sich gegen den Türrahmen. Seine Locken sehen total verstrubbelt aus.

„Hey", grinse ich. „Ist dein Kopfkissen explodiert?"

„Sei nicht so frech." Er löst sich von dem Türrahmen und gibt mir einen verschlafenen Kuss. „Guten Morgen."

„Guten Morgen. Komm in die Hufe! Gleich gibt's Frühstück." Ich drücke ihm die Bürste in die Hand und verschwinde in meinem Zimmer.

Pünktlich um halb sieben stehen wir vor dem Speisesaal. Die Doppeltür ist noch abgeschlossen, aber wir hören dahinter Geschirr klappern. Kurz darauf kommt ein junger Typ in Kochklamotten angeschlurft und lässt uns herein.

„*Bonjour*", sagt er. „*Il est très tôt.*"

„*Bonjour*", erwidern Phillip und ich gleichzeitig. Bei Phillip klingt es wie *Pongdschur*.

„Was hat er gesagt?", will er wissen.

„Dass es sehr früh ist."

„Ach, echt?" Phillip kratzt sich am Hinterkopf. Seine Locken sind immer noch verwuschelt. Er hat einen Pulli angezogen, den er in Amerika gekauft hat und der zufällig nicht nur sein, sondern auch mein Lieblingspulli ist. Hellgrau, übergroß und mit dem Schriftzug UNIVERSITY OF CALIFORNIA BERKELEY in Sonnengelb bedruckt. Eines Tages gehört das Teil mir, ich schwör's.

Wir steuern einen Tisch in der Nähe des Büfetts an. Der Koch achtet nicht weiter auf uns und verschwindet fröhlich pfeifend hinter einer Schwingtür. Kurz darauf ist erneut das Klappern von Tellern und Töpfen zu hören.

Phillip und ich trinken Milchkaffee, der in einer Kanne bereitsteht. Dazu verdrückt jeder von uns einen Riesenberg Müsli mit Joghurt, ein Buttercroissant, eine Portion Rührei und ein Baguette-Brötchen mit Käse. Normalerweise kann ich um diese Uhrzeit nicht so viel essen, aber wir brauchen eine gute Grundlage für unsere Reise. Paris soll teuer sein. Also essen wir uns lieber hier satt.

Phillip schlägt vor, noch etwas Proviant für die Fahrt mitzunehmen. Gute Idee, aber: Das Mitnehmen von Speisen und Getränken ist untersagt. So steht es jedenfalls auf einem kleinen Schild neben dem Ausgang. Trotzdem lassen wir zwei Äpfel und zwei Schinkenbrötchen in unseren Rucksäcken verschwinden.

Als wir den Speisesaal verlassen, fühle ich mich wie eine Schwerverbrecherin.

„Hast du ein schlechtes Gewissen?“, fragt Phillip mich.

„Ein bisschen schon“, gebe ich zu. „Hätten wir nicht fragen können?“

„Ich glaub nicht, dass die für uns eine Ausnahme gemacht hätten. Außerdem ist das Frühstück im Übernachtungspreis inbegriffen. Wir nehmen es nur außerhalb des Hotels zu uns.“

„Ja, und das ist verboten.“ Ich werfe einen leicht panischen Blick über die Schulter. Wurden wir vielleicht beobachtet? Hängen im Speisesaal versteckte Kameras? Nein, niemand folgt uns. Ich entspanne mich etwas und schaffe es sogar, den Portier anzulächeln, der die Tür aufhält und uns einen schönen Tag wünscht.

„*Merci beaucoup*“, krächze ich.

Der Portier nickt uns zu.

Draußen atme ich erleichtert auf.

Phillip gibt mir einen Stups. „Was hältst du davon, wenn wir morgen freiwillig auf unser Frühstück verzichten? Dann gleicht sich das wieder aus. Einverstanden?“

„Super Idee. Trotzdem hätten wir fragen können. Vielleicht hätte der Koch eine Lunchbox für uns gepackt.“

„Ja, vielleicht“, brummt Phillip. „Mach dir keine Sorgen. Falls wir erwischt werden, hauen Katharina und Julius uns wieder raus.“

„Darum geht's doch gar nicht!“, fauche ich ihn an. „Es geht mir –“

„Dir geht es ums Prinzip. Schon klar, ich hab's kapiert.“ Phillip streicht mir eine Haarsträhne hinters Ohr und seufzt. „Es tut mir leid, wir hätten es nicht machen sollen. Okay? Trotzdem sollten wir jetzt langsam weitergehen. Wenn wir noch lange hier rumstehen, erregen wir Verdacht, verpassen unseren Zug und landen im Knast statt in Paris."

„Wirst du mich für den Rest meines Lebens damit aufziehen, dass ich mich wie die weibliche Hälfte eines Gaunerpärchens fühle?" Ich kneife die Augen zusammen. Er will meine Hand nehmen, aber ich verschränke die Arme vor der Brust.

„Wirst du für den Rest deines Lebens ein schlechtes Gewissen wegen zwei Brötchen und zwei Äpfeln haben? Meine Güte, Conni … lass uns nicht streiten!"

Ich schnaube. Dann traben wir endlich los.

Bis zum Bahnhof brauchen wir eine knappe Viertelstunde. Es ist immer noch dunkel. Die Luft ist kühl. Meine Wut lässt etwas nach. Ganz weg geht sie nicht.

Phillips Gesicht ist verschlossen. Seine Kiefermuskeln sind angespannt, als würde er die ganze Zeit mit den Zähnen knirschen.

Mehr oder weniger schweigend erreichen wir den Bahnhof. Auf dem Bahnsteig stehen ein paar Pendler und rauchen. Anscheinend wollen sie auch nach Paris oder in einen der Vororte.

„Es gibt also doch so etwas wie menschliches Leben in Deauville. Wer hätte das gedacht", flüstert Phillip mir zu.

Ich vergesse, dass ich sauer auf ihn bin, und muss lachen.

„Ist das schon unserer?" Ich zeige auf einen langen Zug mit mehreren Waggons, die offenbar zum Einsteigen bereitstehen.

Phillip zieht die Tickets aus seinem Rucksack, vergleicht die Zugnummern und nickt. „Los! Worauf wartest du?"

Worauf ich warte? Darauf, dass uns dieser Zug nach Paris bringt, natürlich. Und darauf, dass wir uns wieder vertragen. Worauf sonst?

Ich steige mit klopfendem Herzen ein.

Nach kurzer Suche – der Zug ist ziemlich voll – finden wir zwei freie Plätze nebeneinander. Ich rutsche ans Fenster. Ich MUSS einfach am Fenster sitzen. Keine Sekunde dieser Fahrt darf mir entgehen. Immerhin fahren wir 200 Kilometer quer durch Frankreich.

Phillip setzt sich neben mich und blickt stur geradeaus auf die Rückenlehne seines Vordermanns. Ich frage mich, ob das die ganze Fahrt so weitergehen soll. Zwei Stunden lang. Wegen etwas Proviant. Wir haben gestritten. Okay, so was passiert. Aber wir sollten uns dadurch nicht den Tag versauen lassen. Nicht ausgerechnet heute.

„Hey", sage ich leise und halte ihm meine Hand hin.

„Hey", sagt er und nimmt sie.

„Streiten ist doof." Ich lehne meinen Kopf gegen seine Schulter.

„Stimmt."

„Wir fahren in die Stadt der Liebe. Da darf man sich nicht streiten. Da muss man sich küssen."

„Wirklich?"

„Ja." Ich nicke.

Wir küssen uns.

Der Zug setzt sich sanft ruckelnd in Bewegung.

„Weißt du zufällig, wann heute die Sonne aufgeht?", frage ich, als wir Deauville hinter uns gelassen haben.

„Zufällig nicht, aber ich kann nachschauen." Phillip zückt sein Handy und klickt die App an. „Um 7:28 Uhr."

„Perfekt", sage ich. „Dann ist es gleich so weit."

Tatsächlich ist am Horizont ein schmaler Lichtschein zu sehen. Der Tag erwacht – und wir fahren mitten hinein.

Ich lehne mich zurück. Die Sitze sind weich und bequem. Die Pendler um uns herum dösen, lesen Zeitung, trinken Kaffee aus Pappbechern, starren auf ihre Smartphones. Kaum zu glauben, wie entspannt die sind. Immerhin fährt der Zug nach Paris. Aber wenn man die Strecke jeden Tag zurücklegt, ist es natürlich nichts Besonderes mehr. Das fühlt sich wahrscheinlich ungefähr so an, als würde ich jeden Morgen mit dem Schulbus fahren. Also eher langweilig und wie ein notwendiges Übel.

Phillip streckt die Beine in den Gang, während ich weiter aus dem Fenster schaue und darauf warte, dass in der Ferne der Eiffelturm auftaucht. Ja, ich weiß, dass Paris noch weit weg ist – ich bin mir nicht mal sicher, ob man den Eiffelturm überhaupt vom Zug aus sehen kann –, trotzdem möchte ich diesen Moment auf keinen Fall versäumen.

Irgendwie hatte ich erwartet, dass wir mit einem Bummelzug fahren würden, der gemächlich durch die Normandie rollt, ab und zu eine Dampfwolke ausstößt und an jeder zweiten Milchkanne hält. Vielleicht, weil Deauville so verschlafen und der Bahnhof dort ziemlich übersichtlich ist. Dass wir in einem modernen Schnellzug sitzen, einem *Intercité*, überrascht mich, aber es gefällt mir. Wir rauschen durch Wälder, vorbei an Flüssen, kleinen Dörfern, Landschaften mit Wiesen und Weiden. Ich versuche, die Ortsnamen zu entziffern. Oisell, Mantes-la-Jolie …

Mantes-la-Jolie, wiederhole ich in Gedanken. *La Jolie* heißt übersetzt die Hübsche. Was für ein netter Name für eine Stadt in Frankreich.

Phillip richtet sich auf und wühlt in seinem Rucksack, der zwischen seinen Füßen steht. Er zieht Ladekabel, Adapter und Smartphone heraus, verbindet alles miteinander und lädt das Handy an einer Steckdose auf, die unter der Armlehne versteckt ist. Anschließend angelt er einen Apfel aus den Tiefen seines Backpacks und hält ihn mir hin.

„Möchtest du?"

„Nein, danke. Vielleicht später."

Phillip betrachtet den Apfel in seiner Hand und dreht ihn vor meiner Nase hin und her. „Weißt du eigentlich, wie viele Tonnen Lebensmittel täglich von Restaurants und Hotelküchen weggeworfen werden?"

„Ich hab keine Ahnung", sage ich seufzend. Ich seufze, weil ich ahne, worauf er hinauswill.

„Ich auch nicht", erwidert er. „Aber es müssen riesige Mengen sein."

„Willst du mir damit sagen, dass wir vorhin mit unserem Frühstücksraub eine gute Tat begangen haben?" Ich ziehe eine Augenbraue hoch.

„Ganz genau! Wir haben diesen Apfel nicht geklaut, sondern vor seinem grausamen Schicksal bewahrt. Wir sind so etwas wie Frühstücks-Robin-Hoods. Vielleicht kannst du damit dein gut erzogenes Gewissen beruhigen."

„Phillip, ich finde das echt nicht witzig. Ich hatte die Sache gerade vergessen!"

Er beißt in den Apfel und lacht.

Ich ziehe nun auch die zweite Braue hoch.

„Willst du mich jetzt aufziehen, nur weil ich gut erzogen bin und so was vorher noch nie gemacht habe?“ Bei den Worten „gut erzogen“ male ich mit den Fingern Anführungszeichen in die Luft zwischen uns.

„Nein, ich hab mir nur gerade vorgestellt, was deine Eltern wohl sagen würden, wenn sie wüssten, dass wir auf dem Weg nach Paris sind.“ Er kichert.

„Zum Glück wissen sie's aber nicht. Meine Eltern sind besorgt, ja, manchmal sogar überbesorgt. Aber wenigstens sind sie noch zusammen.“

„Was willst du damit sagen?“ Phillip lässt den Apfel sinken.

„Gar nichts. Nur, dass wir uns unsere Erziehung, unsere Eltern und unsere Leben nicht aussuchen können. Deine Eltern sind geschieden, meine machen sich ständig Sorgen. Wir können nichts daran ändern. Wir müssen nur irgendwie versuchen, einigermaßen damit klarzukommen.“

Meine Güte, denke ich. Warum streiten wir uns schon wieder? Warum reagieren wir so gereizt? Soll das so weitergehen? Vielleicht sind wir ein bisschen überfordert. Oder es sind die Hormone. Die Aufregung. Alles zusammen. Dazu der fehlende Schlaf, das frühe Aufstehen …

„Hey …“, sagt Phillip leise.

„Was ‚hey‘?“

„Hey, ich liebe dich. Ich will nicht streiten.“

„Ich auch nicht, Idiot! Und jetzt gib mir den anderen Apfel. Wir sollten die Beweisstücke vernichten.“

Zwei Zugschaffner schieben sich den schmalen Gang entlang und kontrollieren links und rechts die Fahrkarten.

Phillip reicht ihnen unsere Tickets.

„*Bon voyage*“, wünscht uns einer der beiden.

„*Merci*“, antworte ich.

Phillip stopft die Karten wieder in den Rucksack.

Ich werfe einen Blick auf sein Handy. Es ist schon halb neun. Um 9:18 Uhr ist der Zug in Paris.

„Wir müssen uns im Bahnhof unbedingt einen Stadtplan besorgen. Was wollen wir uns zuerst angucken?“

„Such dir was aus. Ich folge dir, wohin du willst“, sagt Phillip.

„Okay, Baby. Dann lass uns doch mal ein paar Prioritäten setzen!“ Ich ziehe ein Notizbuch und einen Stift aus meinem Rucksack. Ich liebe es, Listen zu machen. Außerdem haben wir nur ein paar Stunden Zeit und wollen möglichst viel von der Stadt sehen. Wir brauchen also unbedingt eine Aufstellung sämtlicher Sehenswürdigkeiten, Stadtteile und sonstiger Dinge, die wir innerhalb unseres engen Zeitfensters abhaken können. Wenn es sein muss, im Laufschritt. Das klingt jetzt nicht besonders romantisch, ich weiß. Ich vertraue einfach darauf, dass sich die Romantik von selbst einstellt, wenn wir erst mal an der Seine sind.

„Eiffelturm, Champs-Élysées, Montmartre, Sacré-Cœur, Pont Neuf …“, murmele ich vor mich hin, während ich schreibe und irgendwann laut aufstöhne. „Das schaffen wir niemals an einem einzigen Tag!“

„Vergiss nicht die Mona Lisa“, erinnert Phillip mich.

„Die hängt in einem Museum, dem Louvre. Den können wir

uns höchstens von außen angucken. Ich glaub, da muss man richtig lange anstehen, um reinzukommen. Und den Eintritt können wir uns sowieso nicht leisten."

„Dann kaufen wir eben eine Postkarte davon", sagt Phillip.

Lachend schreibe ich „Postkarte von Mona kaufen" in das Notizbuch und gleich darunter „Shakespeare & Company". Das ist eine berühmte Buchhandlung, die ich unbedingt besuchen möchte.

Als der Zug an einem Bahnhof hält, ist die Liste fertig. Ich mache ein Selfie von Phillip und mir und schicke es mit der Unterschrift „Kurz vor Paris!" an meine Freundinnen. Anna, Billi, Lena und Dina schlafen bestimmt noch, aber sie werden ausflippen, wenn sie aufwachen und in ihren Posteingang schauen! Eine schnelle Antwort erwarte ich nicht. Wer weiß, wann sie die Nachricht bekommen. Das Senden dauert jedenfalls ewig. Ich könnte genauso gut Brieftauben fliegen lassen.

Auf den letzten Kilometern vor Paris teilen Phillip und ich uns unsere Ohrstöpsel und hören Musik von meiner Playlist.

„'s ist egal, was da draußen so abgeht", singt Jonas Monar, *„weil sich die Welt heute nur für uns dreht."*

„Ey, mit dir passier'n alle guten Dinge, alle guten Dinge …", singen Phillip und ich mit.

Wir gucken uns an und müssen lachen, weil wir dasselbe denken. Phillip spricht es aus: „Hey, der Text handelt von uns!"

Ich nicke und bin absolut seiner Meinung. Genau darum liebe ich diesen Song.

Eine Lautsprecherdurchsage weckt unsere Aufmerksamkeit. Ich ziehe schnell den Ohrstöpsel heraus. Eine weibliche Stimme kündigt an, dass wir in wenigen Minuten den Bahnhof Saint-Lazare in Paris erreichen werden und dass dieser Zug dort endet.

„Nous vous souhaitons une bonne journée. Au revoir“, sagt die Stimme zum Abschluss.

„Was?“, fragt Phillip verwirrt, weil er natürlich kein Wort verstanden hat.

„Sie wünschen uns einen schönen Tag“, übersetze ich. „Und auf Wiedersehen.“

„Dann sind wir also da?“

„Ja!“, juchze ich. Ich kann nicht anders, ich muss einfach juchzen. Alles andere wäre Unterdrückung von Emotionen, und das ist nicht gesund.

Es folgt noch eine automatische Bandansage über besondere Sicherheitsvorkehrungen, dass die Bahnhöfe durch Polizei und Militär bewacht werden, dass man Rempeleien und unübersichtliche Menschenmengen meiden, sein Gepäck nicht aus den Augen lassen und herrenlose Koffer, Taschen und Rucksäcke umgehend bei der Bahnhofsaufsicht melden soll.

Ich höre kaum zu, weil ich viel zu aufgeregt bin. Außerdem haben wir kein großes Reisegepäck, auf das wir aufpassen müssen. Und wir wollen uns ja auch gar nicht lange im Bahnhof aufhalten. Es betrifft uns also gar nicht.

Der Zug rollt langsam in den Gare Saint-Lazare ein und hält mit quietschenden Bremsen. Wir bleiben sitzen, bis das größte Gedränge vorbei und der Gang leer ist, dann schnappen wir uns unsere Rucksäcke und springen hinaus.

„Ich kann's nicht fassen!“, rufe ich und bleibe mitten auf dem Bahnsteig stehen. „Wir sind in Paris!“

Ich werde unsanft von hinten angerempelt – sollte man das nicht vermeiden? – und falle direkt in Phillips Arme. Zwei Sekunden lang versinke ich in seinen wunderschönen braunen Augen, dann rammt eine Kofferkante meinen Oberschenkel und ich stöhne auf.

„Lass uns lieber weitergehen. Wir blockieren den Verkehr", meint Phillip, während ich die schmerzende Stelle reibe und nach dem Übeltäter Ausschau halte, der natürlich längst im Getümmel untergetaucht ist.

Wir streben auf die Bahnhofshalle zu und schauen uns beeindruckt um. Es ist der Wahnsinn! Aus dem Französischunterricht weiß ich, dass der Gare Saint-Lazare der zweitgrößte Bahnhof von Paris ist. Er hat 27 Gleise und eine sehr lange Geschichte. Aber das interessiert uns gerade nicht. Wir wollen nur schnell einen Stadtplan kaufen und dann nichts wie raus hier.

Zwischen den Reisenden patrouillieren Soldaten in Zweier- und Dreiergruppen. Ja, es sind wirklich Soldaten. Sie tragen tarnfarbene Uniformen, dunkle Baretts, schusssichere Westen und Maschinenpistolen im Anschlag. Der Anblick erschreckt mich zutiefst. Gleichzeitig sage ich mir, dass sie zu unserer Sicherheit hier sind. Genau wie die vielen Überwachungskameras, die überall hängen. Trotzdem …

Ist das jetzt noch der Ausnahmezustand oder schon die Normalität? Ich weiß es nicht. Ich denke an die Anschläge auf die Satirezeitschrift *Charlie Hebdo*, auf den Konzertsaal Bataclan, an die Schießereien in den Straßen. Auch das ist Paris.

Meine Gefühle fahren Achterbahn. Ich halte mich an Phillip fest, der losmarschiert, als würde er sich hier auskennen.

„Da drüben ist ein Kiosk“, sagt er.

„Cool“, murmele ich und stolpere neben ihm her. Ich habe ein seltsames Gefühl in der Magengegend. Wahrscheinlich ist es nur die Aufregung. Ich meine, yeah, wir sind tatsächlich hier. Es ist kein Traum.

Wir kaufen einen billigen Faltplan, zwei Colas und zwei Schokoriegel, die wir gleich auswickeln und im Gehen essen.

„Julius hat mir letzte Nacht hundert Euro in einem Briefumschlag unter der Tür durchgeschoben“, verrät Phillip mir grinsend. „Fühl dich eingeladen!“

„Danke schön, sehr großzügig. Aber mein Zugticket bezahle ich trotzdem“, erwidere ich lächelnd.

Phillip legt einen Arm um mich. Mit dem anderen schiebt er seinen Rucksack hoch. Wir schlendern auf einen Ausgang zu, der zur Rue d'Amsterdam führt, wie uns ein Schild verrät. Kurz bevor wir ihn erreichen, passiert es.

Zwei Typen kommen auf uns zu. Sie tragen Strickmützen, Jeansjacken, weite Baggy Pants und unterhalten sich lachend. Plötzlich rempelt der eine uns an. Der andere reißt Phillip den Rucksack von der Schulter. Es geht wirklich blitzschnell. Viel zu schnell, um überhaupt so etwas wie Angst zu spüren. Wir sind vollkommen überrumpelt. Aber das ist natürlich genau die Taktik der Diebe.

„Hey!“, brüllt Phillip noch und fährt herum.

Die Typen sind längst verschwunden.

Ich stehe da, mit aufgerissenen Augen und schlotternden Knien, starr vor Schreck. Ich möchte schreien, heulen oder beides, aber ich bringe keinen Ton heraus.

Phillip guckt mich fassungslos an. Der Schock steht ihm ins Gesicht geschrieben.

Als er Anstalten macht, die beiden zu verfolgen, halte ich ihn sofort fest.

„Nein! Nicht!“ ist alles, was ich sagen kann.

„Scheiße, mein Rucksack!“ ist alles, was Phillip antwortet.

Niemand achtet auf uns. Die Menschen machen einen Bogen um uns und gehen einfach weiter.

„Hey, ist alles okay mit dir?“, fragt Phillip mich irgendwann besorgt. Seine Stimme klingt rau.

„Ja, es geht“, murmele ich. „Und mit dir?“

Er nickt grimmig.

Meine Finger zittern, als ich meinen Rucksack abnehme und an mich presse. Mein ganzes Geld ist darin! Mein Handy, mein Notizbuch, persönliche Dinge, alles Mögliche. Ich will nicht, dass irgendein Typ in Baggy Pants meine Sachen klaut und darin herumwühlt.

„Was sollen wir jetzt tun?“, frage ich Phillip. Meine Stimme zittert fast noch mehr als meine Hände.

Phillip hebt ratlos die Schultern. Ich glaub, ich hab ihn noch nie so hilflos gesehen. Ich mache einen Schritt auf ihn zu. Er drückt mich und meinen Rucksack fest an sich.

„Wir müssen zur Polizei gehen und Anzeige erstatten“, sage ich, als er nicht antwortet. „Hier gibt es bestimmt eine Polizeiwache.“

„Was soll das bringen?“ Er lässt mich los, fährt sich mit einer Hand übers Gesicht und anschließend durch die Haare. „Die sind doch längst über alle Berge! Wahrscheinlich haben die nur das Geld genommen und den Rucksack weggeworfen. Den seh ich nie wieder."

Wir weichen ein Stück nach links und stellen uns neben eine Mauer. Ich schaue mich ängstlich um, als könnten die Diebe jederzeit zurückkommen. Dabei halte ich den Rucksack mit beiden Armen fest umklammert. Meine Beine fühlen sich an, als wären die Kniegelenke mit Gelee gefüllt. Mir ist schlecht. Ich lehne mich gegen die Wand, beuge den Oberkörper vor und schließe kurz die Augen.

Phillip steht neben mir. Er holt tief Luft und ballt die Hände zu Fäusten. Sein Gesicht ist blass. Die Kiefermuskeln arbeiten. Ich kann förmlich dabei zusehen, wie aus dem Schock ganz langsam Wut wird. Dann tastet er plötzlich hektisch die Taschen seines Parkas ab. In der einen Brusttasche steckt das Smartphone, in der anderen sein Personalausweis, den er immer dabeihat, und etwas Kleingeld.

„Puh", mache ich erleichtert. „Gut, dass die nicht das Handy und den Ausweis erwischt haben! Was war denn in dem Rucksack? Deine Bankkarte? Hausschlüssel?"

„Nein, das liegt alles im Hotel. Aber das Geld von Julius. Es steckt noch in dem Umschlag, den er unter der Tür durchgeschoben hat. Hundert Euro!", stößt Phillip hervor. „Dann noch das Ladekabel von meinem Phone, ein paar nagelneue, sauteure Kopfhörer, der Reisestecker, die Brötchen aus dem Hotel, ein Taschenbuch und –"

„Und?", frage ich alarmiert. Ich spüre, wie meine Nackenhaare sich eins nach dem anderen aufrichten.

Phillip zögert mit der Antwort.

„Unsere Fahrkarten“, antwortet er schließlich.

„Shit!“ Ich kann nicht anders, es muss einfach raus. „Diese miesen, fiesen, feigen Freaks!“

Phillip schiebt die Fäuste in die Hosentaschen, zieht die Schultern fast bis zu den Ohren und wippt auf seinen Turnschuhen auf und ab. „Tja …“, sagt er. „Das war's dann wohl mit unserem Ausflug in die Stadt der Liebe. Tut mir echt leid.“

„Gib nicht dir die Schuld. Es hätte genauso gut mir passieren können“, versuche ich ihn zu trösten. „Wir gehen jetzt sofort zur Polizei und erstatten Anzeige. Wir müssen was unternehmen. Auch wenn du deine Sachen dadurch nicht zurückbekommst, aber das müssen wir einfach machen! Wir sind garantiert nicht die Ersten, die von diesen Armleuchtern beklaut wurden. Vielleicht gibt es Phantombilder oder so was. Los, komm!“ Ich greife nach seinem Ärmel und ziehe ihn hinter mir her. Keine Ahnung, woher ich diese Entschlossenheit nehme. Sie ist plötzlich da, als wäre ich Superwoman und hätte eine Mission.

„Was hast du vor? Wohin gehen wir?“ Phillip macht seinen Ärmel los und bleibt stehen.

„Wir schnappen uns einen Polizisten und fragen ihn, wo das nächste Revier ist“, sage ich so ruhig wie möglich. „Und dann gehen wir in die Stadt.“

„In die Stadt? Echt jetzt?“

„Ja! Denkst du etwa, ich lass mir von diesen Idioten alles versauen? Wir machen genau das, was wir vorhatten. Wir sind in Paris! Wir werden diesen Tag genießen!“

„Aber wir haben kaum noch Geld und unsere Tickets sind

futsch!“ Phillip rauft sich die Haare. „Ich muss Julius anrufen. Er muss uns abholen oder Geld schicken. Das heißt – Moment! Vielleicht muss er uns gar nicht abholen und wir müssen auch keine Fahrkarte kaufen. Wir gehen zu einer Mitfahrzentrale. So was gibt es hier doch sicher. Oder wir trampen.“

„Trampen? Ist das dein Ernst?“, frage ich ihn stirnrunzelnd.

„Klar!“ Er nickt.

„Vergiss es! Meine Eltern würden es mir nie verzeihen, wenn ich zu irgendwelchen Fremden ins Auto steige.“

„Deine Eltern sind aber nicht hier. Sie würden es niemals erfahren.“

„Meine Eltern sind überall“, sage ich todernst. „Glaub mir, die sind wie zwei Spionagesatelliten. Die erfahren alles. Außerdem wär mir nicht wohl dabei.“

„Ach, Conni …“, Phillip streicht mir mit zwei Fingern über die Wange und lächelt. „Du und deine Bedenken.“

Wir gucken uns an und prusten gleichzeitig los. Das nennt man wohl Galgenhumor.

„Hey, wart’s ab!“, protestiere ich. „Sobald ich volljährig bin, leben wir wunderbar wild und frei und gefährlich!“

„Ohne Spionagesatelliten? Versprochen?“

„Ich schwör’s!“

„Na gut“, meint Phillip. „Dann ruf ich jetzt mal Julius an und bereite ihn darauf vor, dass er uns heute Abend irgendwo in Paris einsammeln muss. Der wird sich freuen.“

„Tu, was du nicht lassen kannst“, sage ich so lässig, wie nur Superwoman es kann. „Auch wenn es eigentlich gar nicht nötig ist.“

„Wieso nicht?"

„Weil hier meine gesamte Reisekasse drinsteckt." Ich tätschele liebevoll meinen Rucksack.

„Was?" Phillip reißt die Augen auf.

„Ja, ich hab mein Sparschwein geschlachtet. Ich möchte das Hotelzimmer und die anderen Reisekosten selbst bezahlen."

Phillip winkt ab. „Das lässt Julius niemals zu. Hey, er hat dich eingeladen!"

„Ich weiß. Trotzdem möchte ich es ihm anbieten", beharre ich. „Sei doch froh, dass ich das Geld eingesteckt hab! Ich bin jedenfalls happy. Wir können uns einen schönen Tag machen, müssen nicht verhungern und heute Abend kaufen wir zwei Rückfahrkarten. Aber zuerst gehen wir zur Polizei."

Phillip ist sprachlos. Ich nutze seine Verblüffung und schiebe ihn kurzerhand durch eine Glastür ins Freie. Wir finden uns auf einem großen, hässlichen Platz wieder – keine Ahnung, wie der heißt – und schauen uns um.

Der Himmel ist bewölkt und wölbt sich grau über der Stadt. Tauben fliegen auf. Kalter Wind weht uns um die Ohren. Ein leerer Kaffeebecher rollt an uns vorbei. Es ist die perfekte Kulisse für einen französischen Kinofilm.

Das Wort *tristesse* – Traurigkeit – schiebt sich in meine Gedanken. Dabei bin ich überhaupt nicht traurig, sondern höchstens ein winziges bisschen überfordert.

Zum ersten Mal atme ich Pariser Großstadtluft. Sie stinkt nach Abgasen, Müll und Kanalisation. Außerdem ist es unglaublich laut. Autos, Motorräder, Lastwagen, Busse, Touristen … Der Lärm lähmt mich sekundenlang. Doch dann spüre ich, wie sich ganz langsam und unaufhaltsam ein Lächeln auf meinem Gesicht ausbreitet.

„*Bonjour*, Paris!“, begrüße ich die Stadt mit all ihrem Gestank und Getöse, mit diesem Himmel, den Tauben und dem ganzen Rest.

„Du bist unglaublich.“ Phillip nimmt meine Hand und grinst.

„Danke, ich weiß“, antworte ich und knuffe ihn in die Seite.

KAPITEL 10

Mein Lieblingszombie und ich

Wenn du jemals in Paris bist und überfallen wirst, mach dich auf lange Wartezeiten gefasst – das ist die Lektion, die wir schmerzhaft lernen müssen, als wir die folgenden drei Stunden auf einem französischen Polizeirevier verbringen.

Aber Paris kann nichts dafür, sage ich mir. Wahrscheinlich gilt das auch für Mailand, Hamburg, Peking, New York und die meisten anderen Großstädte auf diesem Globus.

Noch auf dem Bahnhofsvorplatz haben wir zwei Polizisten angesprochen und ihnen unser Problem geschildert. Sie waren wirklich nett und hilfsbereit, obwohl mein Schulfranzösisch ziemlich holprig geklungen haben muss. Die simpelsten Redewendungen wollten mir plötzlich nicht mehr einfallen, weil ich so aufgeregt war. Aber zum Glück haben sie ganz gut Englisch und sogar ein bisschen Deutsch gesprochen. Sie haben uns erklärt, welches Revier für uns zuständig ist, und uns den Weg dorthin beschrieben.

Nach einem kurzen Irrweg haben wir die Wache tatsächlich gefunden und an einem Tresen unser Anliegen vorgetragen. Mit einem ebenfalls ausgeraubten Pärchen aus Irland, drei Italienern und einigen Japanern, die den Anschluss an ihre Reisegruppe verloren hatten, mussten wir in einem schäbigen Flur auf einer Holzbank warten. Wir waren alle ganz still. Sogar die Italiener haben nur verhalten geflucht. Das irische Mädchen hat hin und wieder leise geschnieft. Ihr wurde die Handtasche mit sämtlichen Papieren, Bargeld, Fotoapparat und Handy gestohlen, wie sie uns unter Tränen erzählt hat. Sie tat mir wirklich leid.

Nach einer gefühlten Ewigkeit waren Phillip und ich an der Reihe, um unsere Aussage zu machen und die Anzeige aufzugeben.

Ein bemitleidenswert übernächtigt aussehender Polizist hat alles aufgeschrieben, unsere Personalien und die Anschrift unseres Hotels in Deauville notiert. Auch unsere Täterbeschreibung, die Beschreibung des Rucksacks und des Inhalts hat er aufgenommen. Zwischendurch hat er uns müde angelächelt und gesagt, dass wir lieber nicht damit rechnen sollten, die Sachen und vor allem das Geld jemals wiederzusehen. Zum Abschluss hat er uns noch gefragt, ob wir körperlich unversehrt wären, was wir zum Glück bestätigen konnten, und ob wir medizinische Hilfe oder die Unterstützung durch die deutsche Botschaft in Paris in Anspruch nehmen wollten. Wir haben auf beides verzichtet. Er hat unsere unterschriebene Anzeige zu den anderen auf einen hohen Stapel geworfen. Dann hat er sich für die unschöne Erfahrung entschuldigt, die wir machen mussten.

„Ist ja nicht Ihre Schuld", hab ich ihm freundlich versichert und mich für seine Mühe bedankt.

Nun stehen wir auf dem schmutzigen Gehweg vor dem Kommissariat und gucken uns unschlüssig an. Es ist inzwischen fast

Mittag. Die blöden Diebe haben uns nicht nur den Rucksack, sondern auch drei Stunden unseres Lebens geklaut.

Ich bin wirklich stinksauer auf die Typen. Außerdem hab ich Hunger. Und ich will endlich was von Paris sehen!

Phillip legt eine Hand auf meine Schulter und sagt: „Hey, lass uns einfach so tun, als wären wir gerade erst angekommen. Vergessen wir, was passiert ist. Wir sollten den Rest des Tages genießen, genau wie du vorhin gesagt hast. Okay?"

„Einverstanden", sage ich lächelnd. „Wir drehen die Uhr zurück und fangen noch mal bei null an."

„Welche Richtung?"

„Keine Ahnung", gebe ich zu. Durch die ziemlich verworrene Suche nach der Polizeiwache habe ich komplett die Orientierung verloren. Aber zum Glück besitzen wir ja einen Stadtplan. Ich ziehe ihn hervor und falte ihn auseinander. Dann marschieren wir endlich los.

Die Wolken haben sich verzogen und einem blassblauen Himmel Platz gemacht. Der Wind hat sich gelegt. Es ist zwar immer noch kühl – ich schätze, so um die 10 Grad –, aber trocken. Das perfekte Wetter für einen ausgedehnten Bummel durch die romantischste Stadt der Welt. Nachdem wir mit einiger Mühe unseren aktuellen Standort auf der Karte ermittelt haben, stellen wir erstaunt fest, dass wir ganz in der Nähe des Triumphbogens sein müssen. Und von dort aus scheint es nicht sehr weit zum Eiffelturm zu sein. Ich kanns kaum fassen.

„Wow, das sind zwei Top-Attraktionen auf einmal! Los, komm. Wir müssen anfangen, unsere Liste abzuhaken."

Aufgeregt laufe ich auf eine Ampel zu.

Phillip trabt grinsend neben mir her.

„Hauptsache, wir kriegen bald irgendwo was zu futtern. Die Schinkenbrötchen sind ja nun leider futsch", meint er.

„Wir kriegen was zu futtern", verspreche ich ihm. „Keine Sorge."

Während der Großstadtverkehr stinkend und lärmend an uns vorbeirauscht und wir darauf warten, dass die Ampel umspringt, stupst Phillip zuerst mich und dann meinen Rucksack an.

„Schleppst du wirklich die ganze Zeit den Inhalt deines Sparschweins mit dir rum?"

„Ja. Ich wollte es nicht im Hotelzimmer lassen."

Die Fußgängerampel zeigt Grün. Ich stapfe los.

Phillip folgt mir mit leichter Verzögerung.

„Du hättest den Portier fragen können", sagt er, als er mich einholt. „Bestimmt gibt's im Hotel einen Safe."

„Ja, kann sein. Daran hab ich gar nicht gedacht." Für mich ist das Thema erledigt. Für Phillip nicht.

„Stell dir mal vor, die Typen hätten deinen Rucksack statt meinen geklaut!" Er runzelt die Stirn.

„Nee, das stell ich mir lieber nicht vor. Und im Nachhinein ist es doch wirklich praktisch, dass ich das Geld dabeihabe. Sonst hätten wir jetzt nur das Klimpergeld aus deiner Jackentasche und ein riesiges Problem. Wir könnten uns nicht mal was zu essen kaufen. Du würdest garantiert innerhalb kürzester Zeit verhungern. Und jetzt hör auf damit."

Phillip sagt nichts mehr. Ich drehe den Stadtplan um, damit die Straßen in die richtige Richtung zeigen, und gehe weiter.

Als uns an einer Kreuzung drei breitschultrige Jungs in Lederjacken, Turnschuhen und ausgebeulten Jeans entgegenkommen, spüre ich, wie mein Körper sich versteift. Die drei unterhalten sich mit einem merkwürdigen, harten Akzent, stoßen sich mit den Ellbogen an und nehmen fast den gesamten Gehweg für sich in Anspruch.

Die sehen nach Ärger aus, denke ich sofort.

Ich erinnere mich an einen Zeitungsartikel, den wir vor Kurzem in der Schule gelesen haben. Darin ging es um die *banlieues*, heruntergekommene Pariser Vororte, in denen Verwahrlosung und Gewalt den Alltag bestimmen. Diese Typen könnten dem Artikel entsprungen sein. Jedenfalls stellt mein Gehirn sofort eine entsprechende Verbindung her, ob ich will oder nicht. Es passiert ganz automatisch.

Ich klemme mir den Faltplan unter den Arm und umfasse die Riemen meines Rucksacks, so fest ich kann. Phillip hält sich dicht neben mir.

Die Jungs schlendern vorbei, ohne uns zu beachten. Der eine tritt sogar zur Seite, um uns vorbeizulassen.

Ich atme erleichtert auf. Gleichzeitig schäme ich mich dafür, dass ich – wenn auch nur kurz – dachte, dass sie mich berauben wollten.

Wird das jetzt immer so sein? Werde ich von nun an ständig Angst haben, sobald mir fremde Typen begegnen? Nur weil sie einem bestimmten Bild entsprechen und damit meine Vorurteile bedienen?

„Hattest du vorhin eigentlich Schiss?“, frage ich Phillip, als wir um die nächste Ecke biegen.

„Du meinst, im Bahnhof? Als es passiert ist?"

Ich registriere, dass er „es" sagt.

„Ja", nicke ich.

„Machst du Witze? Ich hätte mir fast in die Hose gemacht!"

Er lacht auf. Es klingt bitter.

„Ich auch", gestehe ich. „Obwohl alles so schnell ging."

Phillip legt im Gehen seinen Arm um mich. Ich spüre das Gewicht auf meiner Schulter. Es fühlt sich gut an.

„Die Typen hatten es ja nicht auf uns persönlich abgesehen. Die wollten nur den Rucksack und die paar Wertsachen. Wir sehen die nie wieder."

„Hoffentlich", sage ich leise.

Ich beschließe, sämtliche bescheuerten Vorurteile in eine unbenutzte Schublade meines Gehirns zu stopfen und den Schlüssel einfach wegzuwerfen. Ich will nicht für den Rest meines Lebens so blöd reagieren wie gerade eben. Und Angst haben möchte ich auch nicht mehr. Also straffe ich die Schultern, pflanze ein Lächeln in mein Gesicht und schreite weit aus. Sofort fühle ich mich besser.

Wir überqueren eine Kreuzung und erreichen den Boulevard Haussmann. Laut Karte soll diese Straße irgendwann in die Avenue de Friedland übergehen, an deren Ende der Place Charles-de-Gaulle mit dem Arc de Triomphe auftauchen müsste.

Gleich mehrere große Straßen führen sternförmig auf den Triumphbogen zu und in einem Kreisverkehr um ihn herum. Die berühmteste von ihnen ist die Avenue des Champs-Élysées, die auf unserer Liste natürlich ganz weit oben steht.

Ich fühle mich, als wären wir auf der Suche nach dem Topf

Gold am Ende eines Regenbogens. Gibt es das Gold wirklich? Werden wir den Triumphbogen tatsächlich finden, indem wir einfach immer nur geradeaus weitergehen?

Mein Herz klopft aufgeregt vor sich hin.

Bei jedem Schritt machen Phillip und ich uns gegenseitig auf die hübschen Fassaden, die zierlichen schmiedeeisernen Balkone, die Tauben und all die Schornsteine und Kamine auf den Dächern aufmerksam, die so typisch für Paris sind.

Natürlich sind wir nicht die einzigen Touristen hier. Immer wieder stoßen wir auf Gruppen, die einem Reiseleiter folgen, der ihnen Wissenswertes erzählt, oder auf Paare, die genau wie wir mit einem Stadtplan bewaffnet sind und pausenlos fotografieren.

Wir machen auch Fotos, klar. Aber das meiste speichern wir in unseren Köpfen. Phillips Handy-Akku ist zwar noch voll, weil er den vorhin im Zug aufgeladen hat, aber das Ladekabel war in seinem Rucksack. Mein Akku ist fast erschöpft, und es gibt weit und breit keine Steckdose. Also müssen wir uns mit dem Knipsen ein bisschen zurückhalten und benutzen deshalb auch kein Google Maps oder so was. Aber das sind echte Luxusprobleme, finde ich. Hauptsache, Phillip ist bei mir und sieht, was ich sehe. Alles andere ist mir ziemlich egal.

„Ist er das etwa?" Ich bleibe abrupt stehen.

„Wer?"

„Der Triumphbogen!" Ich starre geradeaus.

Phillip folgt meinem Blick.

„Bist du sicher? Den hab ich mir viel größer vorgestellt. Imposanter", meint er. „Triumphaler eben."

Ich fasse es nicht. Wie kann man – wie kann er – von diesem

Anblick nicht beeindruckt sein? Der Arc de Triomphe ist ein weltberühmtes Wahrzeichen! Er ist ein Denkmal für die vielen unbekannten Toten des Ersten Weltkriegs. Unter dem Bogen brennt eine ewige Flamme. Hier wird jedes Jahr des Waffenstillstands von 1918 zwischen Frankreich und Deutschland gedacht. Und hier endet in jedem Sommer die letzte Etappe der Tour de France, und zwar immer an einem Sonntag.

„Du bist so ein Banause!“ Ich ramme Phillip meinen Ellbogen zwischen die Rippen, was er kaum spüren dürfte, weil er einen dicken Parka anhat. Trotzdem stöhnt er auf.

„Wollten wir nicht eigentlich was essen?“, ächzt er. „Oder willst du dich den ganzen Tag von Luft und Liebe ernähren?“

„Nein, danke. Die Luft ist hier bestimmt nicht besonders vitaminhaltig. Wenn dieser Stadtplan stimmt, müssten gleich um die Ecke die Champs-Élysées sein. Da gibt es vermutlich jede Menge Bistros und Cafés.“

Wir machen ein Selfie mit einem Stück Himmel, dem Arc de Triomphe und dem Wahnsinnsverkehr im Hintergrund, der pausenlos um den Place Charles-de-Gaulle herumkreist. Autos, knatternde Motorroller, Touristenbusse … Sie kommen aus allen Himmelsrichtungen, drängeln sich einfach in eine der Spuren und verlassen den Kreisverkehr irgendwann wieder, nicht ohne vorher gehupt zu haben.

Das laute Hupen scheint dazuzugehören, wenn man sich auf den Straßen von Paris fortbewegt. Es ist fast ein Wunder, dass die Fußgänger sich nicht auch gegenseitig antröten.

Warum ist es überall so voll? Wieso haben alle Touristen die gleichen Sehenswürdigkeiten auf ihrem Programmzettel wie wir? Sind die interessantesten Punkte mit verborgenen Magneten ausgestattet, die pausenlos Menschen mit Fotoapparaten und Handys anziehen? Es kommt mir fast so vor.

Nur mit größter Mühe und unter Aufbietung aller Durchsetzungskraft, die wir besitzen, können wir uns zwischen all den japanischen, amerikanischen, deutschen, französischen, dänischen und was-weiß-ich-wo-die-überall-herkommenden Reisegruppen hindurchquetschen. Schließlich haben wir im Gegensatz zu den meisten anderen nicht tagelang Zeit, um uns alles anzugucken. Uns bleiben nur noch wenige Stunden. Ich mag gar nicht daran denken.

Als wir auf der Avenue des Champs-Élysées stehen, müssen wir erst einmal durchatmen. Phillip hält nach einem Burger-Restaurant Ausschau. Was für ein Sakrileg!

„Spinnst du?", blaffe ich ihn an. „Ich bin bestimmt nicht nach Paris gefahren, um einen Hamburger und labberige, versalzene Pommes zu essen! Das kann man nun wirklich überall haben."

„Was willst du denn sonst futtern?"

„Irgendwas Französisches", grummele ich.

Phillip stemmt die Hände in die Hüften und seufzt.

„Wie wär's mit Champagner und Austern? Dazu ein Schälchen Kaviar, die verfettete Leber einer gefolterten Gans und die knusprigen Schenkel eines armen Frosches, der nur wegen dir für den Rest seines Lebens nicht mehr hüpfen kann? Zum Nachtisch vielleicht noch eine kleine krosse Weinbergschnecke mit Kräuterbutter?", fragt er wie ein Kellner, der die Speisekarte runterrattert.

„Bäh! Hör auf, das ist voll eklig!"

„Nee, das sind französische Spezialitäten." Er grinst breit.

„So was meine ich natürlich nicht!", stelle ich klar. „Ich dachte eher an etwas Überbackenes. Eine Zwiebelsuppe vielleicht, ein Baguette mit Camembert, eine knusprige Flûte mit Tomaten und Salat. Es gibt bestimmt Bistros, die so etwas haben."

„Zwiebelsuppe?", wiederholt Phillip mit gekräuselter Stirn. Er starrt mich an, als hätte ich ihn persönlich beleidigt. „Ist nicht dein Ernst!"

„Doch, ist es. Ich liebe Zwiebelsuppe", sage ich lässig. „Aber nun lass uns endlich weiterlaufen, sonst schaffen wir unsere Liste nicht."

„Ich schaffe keine fünfzig Meter mehr, wenn ich nicht bald was zwischen die Zähne kriege!", jault er auf.

Himmel! Jungs können wirklich sehr, sehr theatralisch sein.

Ich öffne meinen Rucksack, fische eine angebrochene Kaugummipackung heraus, deren Mindesthaltbarkeitsdatum schon lange überschritten ist, und reiche ihm zwei Streifen.

„Kauen beruhigt den Magen und gaukelt dem Gehirn vor, dass der Körper satt ist." Ich lächele zuckersüß. „Können wir jetzt weitergehen?"

„Grwmbl", macht Phillip und schiebt sich die beiden Streifen in den Mund. Dann setzen wir uns wieder in Bewegung.

Die Avenue des Champs-Élysées ist eine sehr breite und sehr prachtvolle Chaussee. Links und rechts stehen kahle, würfelförmig beschnittene Bäume. Wenn sie erst mal Blätter tragen und grün sind, sieht das bestimmt hübsch aus.

Der Stadtverkehr rollt in beiden Richtungen und auf mehreren Spuren an uns vorbei. Das heißt, so richtig rollen tut hier eigentlich nichts. Die ganze Avenue ist eher so etwas wie ein einziger riesiger Stau.

So weit man schauen kann – und das ist ziemlich weit –, kommen die Fahrzeuge nur schrittweise voran. Sogar Phillip bewegt sich schneller vorwärts, obwohl er inzwischen leicht torkelt und dabei aussieht wie ein Zombie mit Locken.

Jeden Augenblick wird mein armer Freund einen hungerbedingten Schwächeanfall erleiden – und das nur, weil ich kein Mitleid mit ihm habe. Stattdessen gebe ich ihm alle paar Meter einen motivierenden Schubs, damit er nicht stehen bleibt. Wir sehen bestimmt lustig aus.

Hin und wieder werfe ich einen Blick in die glänzenden Schaufenster teurer Modemarken, Designer und Luxus-Juweliere. Eine Edelboutique reiht sich an die andere. Schuhe, Kleider, mit Diamanten besetzte Uhren, in Blattgold getauchte Schokolade und glitzernder Schmuck, wohin das Auge reicht.

„Wenn wir hier was essen, sind wir pleite", bemerkt Phillip nicht ganz zu Unrecht. Bestimmt ist in dieser Nobel-Allee alles teurer als woanders.

„Es muss schön sein, wenn man reich ist", seufze ich.

Auf der gegenüberliegenden Straßenseite entdecke ich plötzlich das unverkennbare Logo einer weltumspannenden Burger-Restaurantkette. Hätte ich mir ja eigentlich denken können, dass es die hier auch gibt.

Phillip sieht inzwischen so blass und bemitleidenswert aus, dass ich ihn darauf aufmerksam mache, sonst wäre er glatt weitergeschlurft. Aber ich bekomme langsam auch Hunger.

Und ich muss dringend auf die Toilette.

„Okay, du hast gewonnen. Du kriegst deinen Burger“, sage ich und zeige auf das Restaurant.

Phillips Augen leuchten auf, die eingefallenen Wangen nehmen Farbe an. Er jubelt.

„Yeah! Mein Leben hat wieder einen Sinn!“

Ich zeige ihm einen Vogel.

„Dahinten ist eine Ampel. Schaffst du das kleine Stück noch oder soll ich dich tragen?“

„Danke, das schaff ich“, erwidert er tapfer.

Einen halben Liter Cola und zwei doppelte Burger später ist mein Freund kein Zombie mehr. Während er so ziemlich das gesamte Menü rauf und runter bestellt hat, war ich auf der Toilette. Jetzt lade ich mein Handy an einer Steckdose neben unserem Tisch auf – zum Glück hatte ich meinen Universalreisestecker im Rucksack – und beiße dann mit Genuss in einen saftigen Gemüseburger, den Phillip für mich geholt hat. Er schmeckt himmlisch. Fast so gut wie überbackene Zwiebelsuppe. Und die Pommes, die es dazu gibt, sind auch gar nicht labbrig und versalzen, sondern einfach perfekt.

Zwischendurch muss ich immer wieder gähnen. Meine Beine fühlen sich so müde an, als wäre ich dreimal um einen Sportplatz gelaufen. Wie viele Kilometer wir wohl schon zurückgelegt haben? Und wie viele sind es noch, bis wir alles gesehen haben?

„Wohin wollen wir als Nächstes?“, fragt Phillip.

„Lass uns doch mal gucken“, sage ich.

Wir beugen unsere Köpfe über den Stadtplan. Mein Finger folgt der breiten Linie der Champs-Élysées.

„Wenn wir immer weiter geradeaus gehen, kommen wir am Élysée-Palast vorbei. Das ist der Sitz des Präsidenten. Hier ist der Grand Palais, daneben der Petit Palais und das da ist der Place de la Concorde."

„Wow, du bist so klug!", sagt Phillip beeindruckt.

„Danke, du Scherzkeks." Ich nehme einen Schluck Cola. „Das weiß ich nur, weil es hier steht. Hinter dem Place de la Concorde liegt der Jardin des Tuileries und dahinter der Louvre. Vielleicht kann man von da aus Notre-Dame sehen, keine Ahnung. Auf jeden Fall ist das alles viel zu weit. Das schaffen wir niemals." Seufzend schiebe ich mir zwei Fritten zwischen die Zähne.

„Wo steht eigentlich der Eiffelturm?", will Phillip wissen.

„Hier, in entgegengesetzter Richtung, auf der anderen Seite der Seine." Ich tippe mit einer Fritte auf die Karte und seufze noch einmal. „Wir müssen uns aussuchen, was wir uns lieber angucken wollen, den Eiffelturm oder Notre-Dame. Beides geht nicht. Schließlich haben wir auch noch den Rückweg zum Bahnhof vor uns."

„Wir könnten ein Taxi nehmen", schlägt Phillip vor. „Das Geld geb ich dir wieder."

„Bei dem Verkehr überall? Vergiss es! Die Taxis stehen hier doch nur im Stau. Damit verlieren wir höchstens kostbare Zeit. Nein, wir müssen uns wirklich entscheiden. Es geht einfach nicht anders. Ein halber Tag ist viel zu wenig für so eine tolle Stadt!" Ich strecke meine Beine unter dem Tisch aus und gähne schon wieder. Dass Paris so groß, so anstrengend, so schön und gleichzeitig so kompliziert ist, hätte ich niemals gedacht.

„Gibt es hier keine Hop-on-Hop-off-Busse? Du weißt schon,

diese Touristenbusse, die kreuz und quer durch die Stadt fahren und an jeder Sehenswürdigkeit stoppen."

„Meinst du so was wie den Doppeldecker, mit dem wir durch London gefahren sind, als wir da auf Klassenfahrt waren?"

Phillip nickt. Ich richte mich auf.

„Ja, das wär eine Möglichkeit. Ich glaub, ich hab vorhin so einen gesehen. Aber ob sich das für die paar Stunden lohnt, die wir noch hier sind?"

„Nee, wahrscheinlich nicht." Phillip trinkt den letzten Schluck Cola und stellt den Becher auf das Tablett. „Dann also doch zu Fuß weiter?"

„So sieht's aus", antworte ich entschlossen. Ich klappe mein Notizbuch auf und streiche die Punkte Notre-Dame, Louvre und Tuilerien aus der Liste. Mein Herz blutet, aber ich muss es tun. Wir müssen Prioritäten setzen. Es geht wirklich nicht anders. „Lass dir noch zwei Cheeseburger für unterwegs einpacken und bring mir einen Kakao mit", sage ich zu Phillip. „Wir winken dem Präsidenten und Mona Lisa aus der Ferne zu und laufen von hier aus auf kürzestem Weg direkt zum Eiffelturm. Ich kann unmöglich nach Hause fahren, ohne den aus der Nähe gesehen zu haben!"

„Du bist der Boss", erwidert Phillip grinsend.

„Genau das wollte ich hören", gebe ich grinsend zurück.

Ich schiebe ihm einen Geldschein hin, den ich aus meinem Portemonnaie gefischt habe. In diesem Augenblick vibriert das Handy neben mir. Ich zucke leicht zusammen, weil ich keinen Anruf erwartet habe. Nicht hier, in einem Burger-Laden mitten in Paris.

„Hilfe, wenn das meine Eltern sind! Was soll ich ihnen sagen?“, raune ich Phillip zu.

„Dass das Wetter in Frankreich schön ist und dass wir gerade gegessen haben“, meint Phillip. „Aber zuerst solltest du vielleicht mal rangehen.“

„Äh, stimmt.“ Ich ziehe das Ladekabel heraus, nehme das Telefon in die Hand und werfe einen Blick auf das Display. Es sind nicht meine Eltern, sondern Anna.

„Bonjour, ma petite!“, melde ich mich fröhlich und stilvoll. „Tu vas bien?“

„Conni? Bist du das?“, höre ich Anna antworten. Ihre Stimme klingt leise und abgehackt. Die Verbindung ist nicht besonders gut.

„Hi, Anna! Ja, klar bin ich es. Was gibt's? Wie geht's dir?“

„Mir geht's gut. Ich hab gerade deine Nachricht bekommen, das Selfie aus dem Zug. Seid ihr wirklich ganz alleine nach Paris gefahren?“

„Ja, sind wir.“ Ich kichere.

„Oh, das ist so romantisch! Ich beneide dich total! Wie ist es denn?“

„Superschön. Sehr laut, sehr voll und *très* französisch. Phillip wurde der Rucksack geklaut. Wir haben stundenlang auf einem Polizeirevier gehockt.“

„Was? Das gibt's doch nicht!“ Anna schnappt nach Luft.

„Doch, leider. Darauf hätte ich wirklich gut verzichten können. Aber wie sagt man so schön? *C'est la vie!* So ist das Leben.“

Ich nicke Phillip zu, der die Tabletts wegbringen will. Er wedelt mit dem Geldschein. Ich winke mit einer Hand zurück.

Anna und ich plaudern kurz weiter. Sie will wissen, was wir schon alles gesehen haben und noch vorhaben.

„Außer dem Bahnhof und dem Revier haben wir leider noch nicht viel besichtigt", gestehe ich lachend. „Na ja, immerhin den Triumphbogen. Und wir haben gerade einen Bummel über die Champs-Élysées gemacht, einen Burger gegessen und wollen uns jetzt den Eiffelturm angucken."

„Das ist echt der Wahnsinn", sagt sie. „Schick mir unbedingt ein Foto!"

„Klar, mach ich", verspreche ich. „Toll, dass du angerufen hast. Au revoir!"

„Bis bald", höre ich Anna noch antworten. Es rauscht und knackt, dann ist die Leitung stumm.

Lächelnd schiebe ich das Handy in den Rucksack, werfe das Ladekabel hinterher und schlüpfe schnell in meine Jacke.

Phillip steht neben der Tür und wartet auf mich.

„Meinst du, das reicht?" Ich zeige belustigt auf die eingepackten Burger, die er auf einer Hand balanciert. Wenn ich richtig zähle, sind es drei. In der anderen Hand hält er einen Becher Kakao. Er reicht ihn mir. Ich bedanke mich.

„Es gibt auf der anderen Seite der Seine doch auch was zu essen, oder? Falls es nicht reicht?" Er macht ein besorgtes Gesicht.

„Das werden wir gleich herausfinden." Ich schiebe mich an ihm vorbei ins Freie. „Los, komm. Der Eiffelturm wartet auf uns!"

KAPITEL 11

Allein in Paris

Um den Eiffelturm zu finden, brauche ich keinen Stadtplan. Ich habe mir den Weg so gut eingeprägt, dass ich glatt als Fremdenführerin arbeiten könnte. Wer weiß, vielleicht mach ich das später sogar mal. In Paris oder London oder ganz woanders.

Unterwegs halten wir nach einem Telefonladen Ausschau. Nachdem Phillips Handy eindringlich piepsend signalisiert hat, dass der Akku schon wieder aufgeladen werden möchte und andernfalls demnächst seinen Geist aufgeben wird, hat Phillip das Gerät komplett ausgeschaltet. Wir hoffen, mit etwas Glück einen Shop zu finden, der ein passendes Kabel auf Lager hat. Aber alles, was wir sehen, sind Wohnhäuser, ab und zu eine Arztpraxis oder Apotheke, ein Blumengeschäft, ein Antiquariat, ein geschlossenes Café.

Wir traben über uraltes Kopfsteinpflaster, schlängeln uns durch schmale Seitenstraßen und kommen schließlich an eine eher schmucklose Straßenbrücke, die über die Seine führt. Ein Schild verrät uns, dass es die Pont de l'Alma ist. An ihrem Fuß steht eine Nachbildung der Flamme der New Yorker Freiheitsstatue, die *Flamme de la Liberté*. Der Sockel wird von einer

Eisenkette eingerahmt, an der mehrere Liebesschlösser baumeln.

„Schade, dass wir keins dabeihaben", meint Phillip. „Sonst könnten wir's dazuhängen."

„Ein ewiges Liebesschloss an der Seine … Das wäre der absolute Gipfel der Romantik!"

Ich denke an unser altes Liebesschloss an der Brücke über dem Ententeich in Neustadt, das einer brutalen Restaurierungsmaßnahme zum Opfer gefallen ist.

„Nächstes Mal", sagt Phillip, als ich wehmütig seufze.

„Du meinst, wir kommen noch mal her?" Ich schaue ihm in die Augen, versinke kurz darin. Er zwinkert mir zu.

„Wenn du willst?"

„Natürlich will ich!" Ich falle ihm um den Hals. „Aber nur, wenn wir dann länger bleiben. Eine Woche mindestens!"

„Abgemacht", verspricht er und küsst mich.

Jemand hat an der vergoldeten Flamme Blumen abgelegt. Zuerst vermuten wir, dass es vielleicht eine Art Gedenkstätte für die Opfer der Terroranschläge ist. Dann fällt mir ein, dass hier die Zufahrt zu der Straßenunterführung sein muss, in der vor über zwanzig Jahren Prinzessin Diana ums Leben gekommen ist. Die Blumen sind also für sie.

„Das ist ein trauriger Ort", sage ich. „Lass uns weitergehen."

Wir schlendern Hand in Hand über die Brücke, bleiben in der Mitte stehen und schauen auf die Seine, die schmutzig grau unter uns hindurchfließt. Ein Stück weiter flussaufwärts ist die Spitze des Eiffelturms zu sehen. Ich halte den Atem an. Paris, der Eiffelturm, mein Freund und ich … Wow!

Hinter uns rauscht der Verkehr. Autos hupen, Motorroller knattern. Ich achte kaum darauf. Ich habe nur noch Augen für diese wunderschöne Stadt.

Neben mir wühlt Phillip umständlich in seiner Jackentasche. „Wünsch dir was", sagt er, als er gefunden hat, wonach er gesucht hat. Er legt mir ein Centstück in die Hand.

Ich umfasse es mit den Fingern und zähle bis zehn. Dann schließe ich die Augen, werfe die Münze in den Fluss und wünsche mir, dass wir wirklich eines Tages zurückkehren werden, genau hierher.

Auf der anderen Seite der Brücke kommen wir an eine kleine Grünanlage mit Sitzbänken und Sandwegen. Wir folgen dem Hauptweg. Die Eiffelturmspitze hinter den Bäumen dient uns als Orientierungspunkt. Wir müssen einfach nur darauf zugehen.

Je näher wir dem Eiffelturm kommen, desto schneller schlägt mein Herz. Ich fühle mich wie in einem Traum. Jeden Moment kann ich aufwachen und liege zu Hause in meinem Bett.

„Okay, das ist jetzt wirklich spektakulär", sagt Phillip plötzlich. Er bleibt stehen und legt den Kopf in den Nacken.

Ich bin so in Gedanken versunken, dass ich noch zwei Schritte weitergehe, bevor ich mich zu ihm umdrehe.

„Wieso bleibst du stehen?"

„Weil ich das da ziemlich cool finde." Er zeigt schräg nach oben auf einen Punkt irgendwo über meinem Scheitel. Ich werfe einen Blick über die Schulter in die Richtung, in die er schaut.

Oh ja, denke ich. Das ist wirklich ziemlich cool!

Der Eiffelturm ragt wie ein riesiger Koloss vor uns auf. Aus der

Ferne sah er dunkelgrau aus, fast wie ein ordinärer Strommast. Jetzt aus der Nähe haben seine Stahlstreben einen bräunlichen Ockerfarbton. Aber vielleicht verändert sich die Farbe auch, je nach Tageslicht und Blickwinkel. Auf jeden Fall hat Phillip recht: Der Anblick ist eindeutig spektakulär!

Wir laufen weiter, überqueren eine Straße und stehen mit einem Mal direkt davor. Oder soll ich lieber sagen, darunter?

Ich hab mal gelesen, dass der Anstrich des Eiffelturms nach oben hin heller wird, damit er höher wirkt. Keine Ahnung, ob das stimmt. Für mich ist er auch ohne optischen Trick hoch genug.

„Wahnsinn", sage ich leise. Zu mehr bin ich gerade nicht in der Lage. Der Anblick ist buchstäblich atemberaubend.

„Hey, das ist gar nicht so teuer, wie ich dachte!", holt Phillip mich in die Realität zurück. Er hat hinter den Absperrgittern, die überall aufgestellt sind, eine Anzeigetafel mit Eintrittspreisen entdeckt. „Am billigsten ist es, wenn wir zu Fuß gehen."

„Das gilt aber nur bis zur zweiten Etage. Bis ganz nach oben kostet es fast das Dreifache." Ich zeige auf die entsprechende Spalte.

„Dafür können wir dann aber mit dem Aufzug hochfahren", meint Phillip.

Er hat recht, die Preise sind nicht nur nach Altersgruppen gestaffelt, sondern auch danach, wie man auf den Turm kommen möchte. Aber wir sind jung, fit und voll motiviert. Natürlich gehen wir zu Fuß – zumal für den Aufzug bis ganz nach oben auf die Spitze gerade eine Wartezeit von mindestens einer Stunde angezeigt wird. Nein, danke. Erstens bin ich nicht in Paris, um stundenlang mit anderen Touristen auf einen Fahrstuhl zu warten, und zweitens haben wir nicht mehr genug Zeit fürs Schlangestehen. Außerdem ist die erste Etage für mich reizvoll genug. Der Boden wurde dort zum Teil durch dicke Glasplatten ersetzt, über die man laufen kann. Das muss ein irres Gefühl sein.

Es ist inzwischen später Nachmittag. Wenn ich mich nicht täusche, fängt es bereits an zu dämmern. Der Himmel zieht sich mehr und mehr zu. Es fängt leicht zu nieseln an.

Ich ziehe fröstelnd die Schultern hoch. Auch wenn ich nicht daran denken möchte: Unser Besuch neigt sich unaufhaltsam seinem Ende zu. Immerhin müssen wir von hier aus noch kilometerweit durch die Stadt zurücklaufen, um zum Gare Saint-Lazare zu kommen.

„Wann fährt unser Zug noch mal?“, frage ich.

„Um zwanzig nach sieben. Das ist der letzte Zug nach Deauville“, sagt Phillip. „Was meinst du, wie lange wir bis zum Bahnhof brauchen?“

„Keine Ahnung, aber dreißig Minuten bestimmt. Vielleicht auch eine Stunde? Ich weiß es wirklich nicht. Lass uns lieber ein bisschen eher losgehen, falls wir uns verlaufen“, schlage ich vor. Phillip ist einverstanden.

Wir schlängeln uns durch die Gitter und stellen uns vor einem Kassenhäuschen an, um zwei Tickets für die Treppe zu kaufen. Zum Glück ist die Schlange hier nicht ganz so lang. Ich werfe einen kurzen Blick auf mein Handy. Uns bleibt wirklich nicht mehr viel Zeit. Hätten wir nur nicht so lange in dem blöden Burger-Laden gesessen! Jetzt ärgere ich mich darüber. Wir müssen die Treppe im Sprint hochrasen, können einmal um die Plattform und über die Glasfläche laufen, uns Paris und das Marsfeld von oben angucken, und müssen auch schon wieder runter. Ob sich das lohnt?

Doch, klar, beantworte ich mir die Frage selbst. Paris im Schnelldurchlauf ist besser als gar nichts. Trotzdem hätte ich gerne etwas mehr Zeit.

„Wenn wir das nächste Mal herkommen", sage ich zu Phillip, „müssen wir unbedingt im Winter kommen."

„Wieso das?"

„Weil dann vielleicht nicht so viele Touristen hier sind. Außerdem kann man im Winter auf dem Eiffelturm Schlittschuh laufen."

„Ja, sicher. Schlittschuhlaufen auf dem Eiffelturm … Sonst noch was?" Phillip beißt in seinen letzten Burger und guckt mich an, als hätte ich Fieber. Fehlt nur noch, dass er mir die Stirn fühlt.

„Du kannst mir ruhig glauben", erwidere ich lächelnd, während wir uns in der Schlange millimeterweise vorwärtsbewegen. „Im Winter gibt es im ersten Stockwerk eine Eisbahn. Man kann sich Schlittschuhe ausleihen, Glühwein trinken und Weihnachtskuchen essen. Stell dir doch nur mal Paris vor, wenn es schneit! Ich glaub, dann ist die Stadt noch romantischer."

„Ja, das klingt wirklich nicht schlecht."

„Sag ich doch", sage ich grinsend.

Endlich sind wir an der Reihe und nehmen unsere Tickets in Empfang. Wir gehen gleich weiter zum Treppenaufgang. Phillip schaut sich um.

„Gibt es da oben zufällig Toiletten?", raunt er mir zu.

Ich pruste los.

„Woher soll ich das wissen? Ich war noch nie auf dem Eiffelturm. Wieso fragst du? Glaubst, dass es dir einen besonderen Kick gibt, in 60 Meter Höhe auf die Toilette zu gehen?"

„Nein", erwidert er streng. „Mir geht's nicht um einen Höhenkick. Ich muss wirklich dringend."

„Echt jetzt? Oh, Mann …" Ich verkneife mir ein Seufzen und die Frage, warum er so lange gewartet hat. „In dem kleinen Park, durch den wir vorhin gekommen sind, hab ich ein Häuschen gesehen."

Wir treten zur Seite, um einer größeren amerikanischen Touristengruppe Platz zu machen. Der Reiseleiter wedelt mit einem Stars-and-Stripes-Fähnchen. Erst jetzt bemerke ich, dass sich der Platz vor und unter dem Turm mehr und mehr füllt. Anscheinend ist die einsetzende Dämmerung eine beliebte Tageszeit, um sich Paris von oben anzuschauen. Man sieht noch etwas von der Stadt, bevor es zu dunkel wird. Außerdem ist der Turm am Abend und in der Nacht von oben bis unten beleuchtet. Als wäre das noch nicht genug, ist er zusätzlich mit Zigtausend Lämpchen bestückt, die zu jeder vollen Stunde fünf Minuten lang blinken. Ich hoffe wirklich sehr, dass wir von dieser spektakulären Lightshow noch etwas mitbekommen, bevor wir losmüssen.

„Soll ich dir den Weg zeigen?", wende ich mich an Phillip.

Er schüttelt den Kopf.

„Nee, den finde ich allein. Wartest du hier?"

„Denkst du etwa, ich klettere alleine da rauf? Natürlich warte ich auf dich", sage ich und zeige auf ein paar Sitzbänke, die in einiger Entfernung stehen. „Ich hock mich einfach da hin, okay?"

„Lauf nicht weg und lass dich nicht ansprechen", sagt Phillip lächelnd. Er gibt mir einen kleinen Stups und dreht sich um.

„Und du verlauf dich nicht!“, rufe ich ihm noch hinterher. Phillip hebt eine Hand und winkt über die Schulter. Kurz darauf ist er aus meinem Sichtfeld verschwunden.

Ich schlängele mich zwischen den Reisegruppen hindurch und steuere auf eine der Bänke zu, als mein Blick auf einen Imbisswagen fällt, der halb von einem Bein des Eiffelturms verdeckt ist.

Gaufres au sucre, lese ich auf der einen Seite des Wagens. *Gaufres à la vanille* auf der anderen.

Der verlockende Duft von warmen, frisch gebackenen Waffeln, Vanille und Puderzucker steigt mir in die Nase. Ich fühle mich wie von einer unsichtbaren Schnur gezogen. Ein Waffelwagen! Das Paradies auf Erden! Ich fange fast an zu sabbern.

Im Innern des Wagens wirbelt ein junger Mann herum. Er nimmt Bestellungen entgegen, befüllt mehrere Waffeleisen in einer Reihe mit Teig, kontrolliert die fast fertigen Waffeln, nimmt die durchgebackenen heraus, legt sie auf Pappteller und bestreut sie mit Zucker, bevor er sie über den Tresen reicht. Auf Wunsch gibt es einen Klecks Marmelade, Apfelmus, eingelegte Kirschen, Schokocreme oder Schlagsahne dazu. Mir läuft das Wasser im Mund zusammen.

„Deux gaufres au sucre, s'il vous plaît“, sage ich, als ich an der Reihe bin. Eine für mich, eine für Phillip. Wenn er Pech hat und zu spät wiederauftaucht, könnte es sein, dass beide weg sind. Bei frischen Waffeln verliere ich manchmal die Selbstkontrolle.

„Avec plaisir!“, sagt der junge Mann und zwinkert mir zu.

„Merci beaucoup.“ Ich bezahle und nehme im Gegenzug zwei Pappteller und ein paar Servietten in Empfang.

„Bonne soirée, Mademoiselle!“, ruft der Waffelbäcker mir nach.

Ich muss grinsen, während ich die Waffelteller vor mir her balanciere.

Ein fliegender Händler versteht mein freundliches Gesicht falsch und will mir im Vorbeigehen einen Regenschirm andrehen. Ich gerate kurz in Versuchung. Mit Phillip unter einem bunten Parapluie durch die Gassen zu spazieren, weckt sofort romantische Assoziationen. Doch dann denke ich, dass zwanzig Euro für einen rot-weiß gestreiften Taschenschirm, der garantiert beim ersten Windstoß seinen Geist aufgibt, eine Menge Geld ist. Außerdem finde ich Regenschirme ziemlich unpraktisch, weil man sie die ganze Zeit mit sich herumschleppen muss, auch wenn's gar nicht regnet.

„*Non, merci*", sage ich zu dem Monsieur und gehe schnell weiter „Wirklich nicht."

Leider sind die Bänke in der Nähe der Treppe inzwischen besetzt. Von Phillip ist weit und breit nichts zu sehen. Ich gehe ein paar Schritte weiter zur übernächsten Bank und hocke mich dort auf eine Kante. Eine Waffel lege ich neben mich auf die Bank. Die andere ist einfach viel zu verlockend. Ich klappe sie in der Mitte zusammen, schließe die Augen und beiße in den himmlisch süßen, fluffigen Teig.

Als ich wieder auf mein Handy schaue, sind zwölf Minuten vergangen. Meine Finger wandern wie ferngesteuert zu Phillips Waffel und zupfen daran herum. Selbst schuld, wenn er so trödelt. Wie lange kann ein Junge brauchen, um aufs Klo zu gehen? So weit entfernt ist das Toilettenhäuschen nun auch wieder nicht.

Es nieselt immer noch ganz fein und durchdringend. Hätte ich mir vielleicht doch einen Regenschirm kaufen sollen? Zu spät, der Händler ist längst weitergezogen.

Missmutig verkrieche ich mich unter meiner Kapuze und zähle die Regentropfen. Ich fühle mich plötzlich schrecklich allein. Langsam frage ich mich wirklich, wo Phillip bleibt. Er kann mich doch nicht einfach hier so sitzen lassen!

Mir fällt ein, dass ich ja eigentlich immer noch mal mit ihm reden wollte. Darüber, dass ich mich in letzter Zeit ein bisschen vernachlässigt gefühlt habe. Aber das war vor unserer Reise. Hier in Frankreich sind wir uns so nah wie nie zuvor. Wir verbringen die Tage und Nächte zusammen und holen alles nach, was wir versäumt haben. Es gibt keine Missverständnisse zwischen uns, keinen Streit, nur Liebe. Okay, wenn man von dem blöden Geplänkel wegen des geklauten Frühstücks im Hotel absieht vielleicht, aber das ist inzwischen ja auch schon Schnee von gestern. Es muss also wirklich einen triftigen Grund geben, warum er sich jetzt dermaßen verspätet.

Ich stehe auf und fange an, nervös umherzuwandern. Mir fallen die Typen vom Bahnhof ein. Was, wenn die uns den ganzen Tag gefolgt sind? Wenn sie Phillip aufgelauert haben, weil sie sich auch noch den Rest holen wollten? Sein Handy, den Ausweis, das Kleingeld – aus Rache, weil wir sie angezeigt haben? Vielleicht liegt er jetzt irgendwo verletzt herum und braucht meine Hilfe!

Mir wird abwechselnd heiß und kalt. Ich setze mich wieder hin und starre auf die angeknabberte Waffel neben mir. Dann denke ich mit einem Mal an zu Hause. Ich überlege, was meine Eltern wohl gerade machen. Bis eben hatte ich keine Sekunde

Heimweh. Wieso vermisse ich plötzlich Maus weiches Fell und das freche Grinsen meines Bruders?

Der Weltschmerz überkommt mich mit Wucht.

Kein Zweifel, ich bin das einsamste Mädchen der Welt.

Warum ist Phillip nicht hier? Wieso sind meine Eltern nicht bei mir? Warum ist niemand da, der mir sagt: „Mach dir keine Sorgen, Conni. Es wird alles wieder gut"?

Um mich herum stehen tausend fremde Menschen. Sie lachen, haben Spaß, machen Selfies, küssen sich. Und ich bin ganz allein.

Ich greife nach meinem Handy. Ich will Phillip anrufen und ihn fragen, wo er bleibt, als mir einfällt, dass sein Telefon ausgeschaltet ist. Es ist so mausetot, dass ihn nicht mal ein Notruf erreichen würde. Genauso wenig kann er mich erreichen. Mein Herz bleibt stehen.

Eine Million Möglichkeiten fallen mir ein, was ihm zugestoßen sein könnte. Er ist gestolpert und über eine Kaimauer in die Seine gefallen; er wurde entweder angefahren oder brutal überfallen; er liegt in einer Klinik, im Leichenschauhaus …

Was soll ich jetzt machen? Einen Polizisten ansprechen? Oder Julius anrufen? Habe ich seine Nummer überhaupt? Ja, er hat sie mir gegeben. Aber was soll ich ihm sagen? Dass sein Sohn verschwunden ist? Der wird ausrasten!

Plötzlich geht ein lautes Raunen durch die Menge. Ich schaue hoch und sehe den Eiffelturm glitzern. Zigtausend funkelnde Lichter springen von Strebe zu Strebe, hinauf und hinunter, kreuz und quer, hin und her. Es sieht so wunderschön aus, dass ich anfange zu heulen.

Eine junge Frau dreht sich zu mir um. Sie lächelt mitfühlend und fragt mich auf Französisch, ob es mir nicht gut geht und ob ich Hilfe brauche.

„*Non, merci*", schniefe ich und stammele etwas von wegen, dass mein Freund verschwunden ist.

Sie versteht mich komplett falsch.

„*Ah, pauvre fille*", sagt sie. „*L'amour, l'amour … C'est toujours la même rengaine!*"

Sie denkt, dass ich Liebeskummer habe, weil mein Freund mich verlassen hat?

„*Non, non*", sage ich schnell und versuche ihr zu erklären, dass ich nicht aus Kummer heule. Das heißt ein bisschen schon, aber nicht so, wie sie glaubt.

Vielleicht liegt es an meinem miesen Französisch, dass sie mich nicht versteht. Sie tätschelt meine Kapuze, wünscht mir alles Gute für mein weiteres Leben und sagt zum Abschied: „*Au revoir, ma petite. Fais attention à toi!*"

Ich soll auf mich aufpassen? Ja, klar. Mach ich.

Ich zwinge mich zu einem Lächeln. Sie taucht wieder in der Menge unter. Der Eiffelturm hört auf zu funkeln. Die fünf Minuten Glitzerspektakel sind anscheinend vorbei. Jetzt leuchtet er in seinem nicht minder prächtigen goldenen Abendkleid.

Ich wische mir die Tränen mit dem Handrücken ab und schniefe ein letztes Mal. Plötzlich spüre ich, dass mein Handy in der Jackentasche vibriert. Mit zitternden Fingern ziehe ich es heraus. Eine ellenlange fremde Nummer steht auf dem Display. Ich zögere, dann melde ich mich.

„Hallo?"

„Hi, Süße! Ich bins."

„Phillip!“ Ich springe auf. „Wo steckst du? Geht’s dir gut? Sag bitte nicht, dass du im Krankenhaus bist! Was ist das für eine komische Nummer?“

„Ähm, was soll ich im Krankenhaus?“, erkundigt er sich vorsichtig. Ich sehe seinen fragenden Blick und die gekräuselte Stirn direkt vor mir.

„Vielleicht hattest du einen Unfall und brauchtest dringend ärztliche Hilfe und ein Pflaster. Vielleicht bist du überfallen worden, in die Seine gefallen und fast ertrunken. Was weiß ich denn? Erklärs mir einfach! Es gibt tausend gruselige Dinge, die dir passiert sein können. Ich hab mir tierische Sorgen gemacht! Wo bist du? Warum kommst du nicht zurück?“

Ich höre ihn leise kichern. Es klingt ein bisschen verlegen. „Ich bin im Park irgendwo falsch abgebogen“, gesteht er dann. „Ich hab mich verlaufen.“

Ich lasse das Handy sinken, starre es an und zähle im Stillen bis drei, bevor ich es wieder an mein Ohr drücke.

„Phillip!“, sage ich. Ich kann einen gewissen vorwurfsvollen Ton in meiner Stimme nicht ganz vermeiden. Immerhin stand ich gerade kurz vor einem Nervenzusammenbruch und eine fremde französische Frau wollte mich trösten. Ich bin ein bisschen überspannt, das gebe ich zu. „Es ist noch nicht mal ganz dunkel! Der Eiffelturm hat vor ein paar Sekunden wie ein Weihnachtsbaum geglitzert. Seine Spitze ist ein gigantischer Suchscheinwerfer, der sich im Kreis dreht und dabei die ganze Stadt anstrahlt! Und das hast du nicht gesehen?“

„Doch, klar. Gerade eben hab ich’s blitzen sehen. Ich bin jetzt auf dem Weg zu dir. Die Telefonnummer gehört zu einem Handy, das ich mir ausgeliehen hab. Ich erklär's dir gleich. Sitzt du noch auf der Bank?"

„Nein, ich steh daneben", erwidere ich ironisch. Ich bin ja so froh, dass mein Freund nicht blutüberströmt hinter einem Gebüsch oder sonst wo liegt!

„Ich beeil mich", sagt er. „Bis gleich!"

Dann legt er auf.

Ich checke die Uhrzeit. Wenn er nicht wirklich schnell hier ist, können wir unseren Aufstieg auf den Turm vergessen. Die Treppe rauf und wieder runter, der Weg zum Gare Saint-Lazare ... Wie sollen wir das jemals schaffen, wenn die Zeit gegen uns ist?

Warum fährt dieser blöde Zug auch so früh? Und wieso ist er der letzte, der nach Deauville fährt?

Ich nehme die kalte, matschige Waffelhälfte – ich glaube nicht, dass Phillip die noch essen möchte – und lasse sie mit spitzen Fingern in einen Abfallkorb fallen.

Als ich mich umdrehe, steht Phillip vor mir und grinst so breit, als wäre überhaupt nichts geschehen. Ich schreie auf, dann falle ich ihm um den Hals.

„Hey, hast du mich etwa so vermisst?", fragt er belustigt.

„Nein, gar nicht. Ich dachte nur, dass du ertrunken bist oder in irgendeiner Notaufnahme liegst", erwidere ich streng. „Ich hab mir Sorgen gemacht!"

„Sorry, das wollte ich echt nicht." Er macht ein zerknirschtes Gesicht.

„Jetzt bist du ja wieder da." Ich gebe ihm einen Kuss und nehme seine Hand. „Los, komm! Wenn wir uns ein bisschen vordrängeln und die ganzen Schnarchtüten auf der Treppe überholen, schaffen wir es vielleicht noch in die erste Etage und können wenigstens kurz runtergucken!"

„Moment!" Er hält mich lachend fest. „Ich hab einen besseren Plan."

„Phillip! Wir müssen unseren Zug erwischen! Oder willst du etwa auf dem Bahnsteig übernachten?"

Ich ziehe an seinem Arm, aber Phillip rührt sich nicht vom Fleck. Im Gegenteil, er zieht mich zurück.

„Auf dem Bahnsteig nicht, aber vielleicht woanders", sagt er geheimnisvoll lächelnd.

Ich schiebe die Augenbrauen zusammen und schaue ihn prüfend an. Sind seine Pupillen auffällig verändert? Zu groß, zu klein oder starr? Wurde er vielleicht unter Drogen gesetzt, während er verschwunden war, oder warum benimmt er sich so merkwürdig?

Seine Pupillen sind total normal, stelle ich fest. Es scheint eher eine Fehlfunktion des Gehirns zu sein. Möglicherweise ist er gestürzt. Ja, klar! Er ist auf den Hinterkopf gefallen und hat sein Zeitgefühl und den Verstand verloren.

Erst jetzt bemerke ich das junge Pärchen, das hinter ihm steht und uns beobachtet. Haben die beiden ihn gefunden und hierhergebracht?

„Bonsoir!", sagt das Mädchen und wedelt mir mit einer Hand zu. Es ist ziemlich groß und dünn, hat raspelkurz geschnittenes, weißblond gefärbtes Haar und ein Nasenpiercing.

„Hallo", grinst der Junge, der ebenfalls groß und dünn ist und außerdem in einem alten, grauen Wintermantel steckt. Welche

Farbe seine Haare haben, kann ich nicht sagen. Sein Schädel ist komplett kahl geschoren. Hinter dem linken Ohr entdecke ich ein kleines Ankertattoo.

„Das sind Jesper und Amélie. Sie kommen aus Berlin und studieren hier", stellt Phillip die beiden vor. „Jesper hat mir vorhin sein Handy geliehen, damit ich dich anrufen kann."

„Ah, ich kapiere!" Ich wedele nun meinerseits mit der Hand. „Vielen Dank. Ohne euch hätte Phillip den Eiffelturm garantiert nicht wiedergefunden. Wollt ihr auch da rauf?"

Ich zeige nach oben. Jesper schüttelt entsetzt den Kopf. Vielleicht hat er Höhenangst.

„Nee, das ist uns zu touristisch", erklärt Amélie. „Aber tut euch keinen Zwang an. Phil hat erzählt, dass du unbedingt die Treppe rauflaufen willst. Wir warten hier unten auf euch."

„Müsst ihr auch zum Bahnhof?", erkundige ich mich freundlich.

Drei Augenpaare schauen mich an, als wäre ich diejenige mit der Fehlfunktion des Gehirns. Dann lacht Phillip. Wieso lacht er? Hab ich einen Witz verpasst?

„Was würdest du dir wünschen, wenn du einen Wunsch frei hättest?", fragt er mich.

„Hier, auf der Stelle? Jetzt sofort?", frage ich zurück.

Phillip nickt.

Ich muss nicht lange überlegen.

„Dass wir ein bisschen mehr Zeit hätten", sage ich stirnrunzelnd. „Aber die haben wir leider nicht. Wollen wir jetzt endlich auf diesen Turm kraxeln oder lieber gleich zum Bahnhof sprinten?"

„Pling!", macht Amélie. Sie streckt den Zeigefinger aus und stupst mich an, als wäre der Finger ein Zauberstab. „Ich bin eine Fee! Dein Wunsch wurde soeben erfüllt!"

Hilfe, was ist denn mit der los? Ich weiche zurück.

„Amélie und Jesper haben uns eingeladen, bei ihnen zu übernachten", klärt Phillip mich endlich auf. „Wir haben alle Zeit der Welt und können uns morgen sogar noch alles angucken, was wir heute nicht geschafft haben. Julius hat bestimmt nichts dagegen. Ich ruf ihn gleich an und erklärs ihm. Unsere Rückfahrkarte ist eh futsch. Warum nehmen wir also nicht einfach morgen irgendeinen Zug zurück?"

Ich starre ihn an.

Er grinst.

„Falls du irgendwelche Bedenken hast, bei wildfremden Leuten zu pennen …", mischt Jesper sich ein.

Ob ich Bedenken habe? Natürlich hab ich die, und zwar einige!

„Wir sind keine Psychopathen", sagt Amélie und zwinkert mir zu.

Nee, ist klar. Nur ein tätowierter Glatzkopf und seine kleine Fee, denke ich.

„Also, ich weiß nicht …", murmele ich in Phillips Richtung.

„Hey", sagt er. Er beugt seinen Kopf und wendet sich mir zu, sodass Amélie und Jesper ihn nicht hören können. „Die zwei sind echt in Ordnung. Sie studieren Kunst und Design und wohnen schon seit drei Jahren zusammen. Wenn irgendwas nicht stimmt, hauen wir sofort ab."

„Wenn es dann nicht zu spät ist", knurre ich.

„Vertrau mir", sagt Phillip. Er flüstert mir ins Ohr: „Heute geht es nur um dich und mich. Lass uns einfach mal was Verrücktes machen!“

Ich schaue ihm in die braunen Augen. Der Eiffelturm spiegelt sich darin. Mein Herz klopft wie verrückt, als ich schließlich nicke. Ja, wirklich: Ich nicke.

„Okay, einverstanden“, sage ich dann. Ich spüre, wie das Feuerwerk in meinem Innern Funken sprüht und Sterne tanzen lässt. „Lass uns was Verrücktes machen! Worauf warten wir noch?“

Ich nehme seine Hand und wir rennen los.

KAPITEL 12

La vie en rose

Ich glaube, den Zug einfach sausen zu lassen, war eine der mutigsten Entscheidungen meines fast sechzehnjährigen Lebens.

Ich komme mir ja so verwegen vor! Es fehlt nicht viel, und ich hebe ab. Am liebsten würde ich die Eisenstufen bis zur Turmspitze hochstürmen und von ganz oben mit einem knallbunten Fallschirm heruntersegeln, aber leider gibt es einen Rückstau auf der Treppe, weshalb wir nur stufenweise vorwärtskommen. Außerdem gilt unser Ticket nur bis zur zweiten Etage und ich hab keinen Fallschirm dabei.

Phillip und ich küssen uns auf jeder zweiten Stufe. Die Straßen von Paris funkeln. In den Häusern und Geschäften brennt inzwischen fast überall Licht. Auf der Seine tuckern flache Ausflugsboote mit Lampions vorbei. Die ganze Stadt strahlt, als wäre heute ein ganz besonderer Feiertag. Ab und zu weht schwermütige französische Musik zu uns herauf. *La vie en rose* auf dem Akkordeon. Ich summe leise mit.

Die Plattform auf der ersten Etage ist gut besucht. Trotzdem erreichen wir mühelos das Außengitter und genießen die fantastische Aussicht.

Wir posieren auf dem Skywalk, machen Fotos, schlendern einmal rundherum und entdecken, dass es hier oben sogar ein schickes Restaurant, Läden und eine Multimediashow gibt. Dann kraxeln wir weiter.

Phillip zählt die ganze Zeit die Stufen. Bis zur zweiten Etage sind es insgesamt 704. Keine Ahnung, ob das stimmt.

Auch auf der zweiten Plattform gibt es ein Restaurant und Souvenirshops. Ich kann nicht widerstehen und kaufe einen süßen Mini-Eiffelturm für mich, eine kleine Schneekugel mit einem winzigen Triumphbogen für Jakob und zwei Schachteln sauteure französische Schokoladentrüffel. Eine ist für meine Eltern, die andere will ich Julius und Katharina mitbringen.

„Du weißt schon, dass die Preise hier total überteuert sind, oder?", raunt Phillip mir zu, als ich mit vollen Armen vor der Kasse stehe. Ich funkele ihn an.

„Musst du so sein?", frage ich ihn.

„Wie denn?", fragt er zurück.

„Keine Ahnung. So unromantisch und so realistisch." Ich meine es nicht ernst. Höchstens nur ein kleines bisschen. Phillip ist der romantischste Junge, den ich kenne. Immerhin hat er mich hierhergebracht.

Er grinst. Ich auch.

Als ich an der Reihe bin, werfe ich meine Einkäufe auf den Kassentisch, ziehe noch schnell zwei rot-weiße Lollis aus einem Ständer, einen runden und einen in Herzform, und lege sie dazu. Ich liebe alles, was rot und weiß gestreift ist. Phillip liebe ich auch. Deshalb schenke ich ihm den Herz-Lolli, nachdem wir den Laden verlassen haben und wieder im Freien stehen.

„Bitte schön", sage ich, als er erstaunt die Augenbrauen hebt. „Ohne dich wär ich nicht hier."

„Ich ohne dich aber auch nicht", erwidert er und nimmt mir den Lolli aus der Hand.

Wir küssen uns in der schwindelerregenden Höhe von 115 Metern. Das steht jedenfalls auf einer Anzeigetafel über unseren Köpfen. Es ist windig und kalt hier oben. Es regnet. Es ist einfach unglaublich. Wie in einem kitschigen Traum.

Eigentlich fehlt jetzt nur noch ein Feuerwerk, denke ich. Aber das gibt es anscheinend nur zu Silvester. Schade …

Ich stopfe die Einkäufe in meinen Rucksack. Wir machen uns an den Abstieg. Auf Höhe der ersten Etage drehe ich mich zu Phillip um.

„Glaubst du wirklich, dass es eine gute Idee ist, bei Amélie und Jesper zu übernachten?"

„Warum nicht? Die beiden sind in Ordnung, finde ich. Außerdem ist es jetzt ein bisschen zu spät, um darüber nachzudenken. Unser Zug ist weg."

„Ja, ich weiß. Trotzdem …" Ich stapfe weiter. Phillip folgt mir.

„Hey", sagt er. „Wenn du willst, bleib ich die ganze Nacht wach und pass auf dich auf. Obwohl ich megamüde bin!"

„Das würdest du für mich tun?", frage ich über die Schulter.

„Das und noch viel mehr", antwortet er.

So wie er es sagt, glaube ich ihm aufs Wort. Ich hab auch nicht direkt Angst. Es ist eher eine Art seltsames Gefühl in der Magengegend. Wahrscheinlich liegt es an der Aufregung. Der ganze Tag kommt mir im Rückblick total unwirklich vor. Und jetzt auch noch eine Nacht in Paris! Bei einem Paar, das wir nicht kennen! Ich hab so etwas noch nie gemacht.

Meine Eltern würden glatt durchdrehen, wenn sie es wüssten. Der bloße Gedanke, in einer fremden Stadt bei wildfremden Leuten in deren Wohnung zu übernachten, kommt mir plötzlich wie die klassische Steilvorlage für ein Horror-Movie vor. Sind da nicht zuerst auch immer alle nett und total hilfsbereit, bevor sie sich als geistesgestörte Killer, Zombies oder Vampire entpuppen?

Die Idee, wach zu bleiben, ist vielleicht gar nicht so verkehrt.

Die Idee, gar nicht erst mitzugehen, ist möglicherweise sogar noch besser. Aber wo sollen wir dann bleiben?

„Vielleicht gibt es hier irgendwo eine Jugendherberge", überlege ich laut. „Die können wir uns doch bestimmt leisten."

„Klar. Wenn du willst, fragen wir Amélie und Jesper gleich", sagt Phillip. „Ich glaub allerdings, dass wir eine schriftliche Erlaubnis unserer Eltern brauchen, wenn wir uns irgendwo ein Zimmer mieten wollen. Egal ob in einer Jugendherberge oder in einem Hotel. Wir sind noch nicht volljährig. Aber wir können es trotzdem versuchen. Vielleicht lassen sie uns ja rein, wenn wir erzählen, was uns heute passiert ist. Die Erlaubnisschreiben können schließlich in meinem geklauten Rucksack gesteckt haben."

„Ach, ich weiß nicht …", antworte ich, weil ich es wirklich nicht weiß. War ich nicht gerade noch dazu bereit, mich mit einem Fallschirm von der Spitze des Eiffelturms zu stürzen? Wollte ich nicht etwas total Verrücktes machen? Und jetzt will ich mich in einer Jugendherberge verkriechen? Echt? Was Phillip und ich gerade erleben, ist einmalig. Das kommt nie zurück. Sei mutig, Klawitter!

Unten stehen Amélie und Jesper und warten auf uns. Sie futtern Pommes aus einer spitzen Tüte und sehen eigentlich nicht wie ein blutrünstiges Killerpärchen in einem Tarantino-Film aus.

Weil Phillip Julius anrufen will, um ihm zu sagen, dass wir erst morgen zurückkommen, reiche ich ihm mein Handy. Er entfernt sich ein paar Schritte, um in Ruhe zu telefonieren.

„Na, wie war's da oben?", fragt Amélie mich.

„Wirklich toll!", sage ich.

„Das sieht man. Du funkelst richtig! Möchtest du?" Sie hält mir die Pommestüte hin. Ich angele zwei Fritten heraus.

„Danke." Ich entspanne mich etwas.

„Gerne."

Während Phillip telefoniert, quatschen wir ein bisschen. Ich frage sie nach ihrem Studium, sie mich nach der Schule. Verblüfft stellen wir irgendwann fest, dass sie den Geschäftspartner von Lenas Vater kennt.

„Jeder Designstudent hier kennt Roman", sagt sie. „Er war mal Gastdozent hier an der Uni. Schon verrückt, wie klein die Welt ist, oder?"

„Allerdings", bestätige ich.

Jesper hält sich die ganze Zeit lächelnd im Hintergrund. Amélie erzählt mir, dass er kurz vor Abschluss seines Kunststudiums an der weltberühmten Universität Sorbonne steht. Im Gegensatz zu ihr ist er eher der schweigsame Typ. Sie meint, dass wir uns unbedingt seine Bilder ansehen müssen, weil er irgendwann todsicher megaberühmt sein wird.

Ich verspreche ihr, dass ich mir seinen Namen merken werde. Jesper Berg – das ist einfach.

Als Phillip wiederauftaucht, lächele ich, weil ich keine Angst mehr habe. Im Gegenteil, ich fühle mich ganz stark und ziemlich erwachsen. In meinem Herzen spielt ein Akkordeon *La vie en rose* in Endlosschleife.

„Was hat Julius gesagt?", will ich wissen.

Phillip gibt mir das Handy zurück.

„Begeistert war er nicht direkt. Er wollte uns sogar abholen Ich konnte es ihm gerade noch ausreden. Er erwartet, dass wir morgen früh zurückfahren und pünktlich zum Mittagessen im Hotel sind."

„Das klingt gar nicht gut. Ist er sauer auf uns?"

„Nein, das nicht. Ich glaub, er macht sich Sorgen. Schließlich trägt er die Verantwortung für dich." Phillip legt einen Arm um mich. „Ich hab ihm versprochen, dass ich auf dich aufpasse. Das hat ihn dann beruhigt."

„Okay", sage ich, weil mir nichts anderes einfällt.

Wir gucken uns an. Phillip zuckt ratlos mit den Schultern.

„Kommt ihr?", fragt Amélie.

Sie und Jesper gehen voraus. Wir folgen ihnen nachdenklich. Ich bekomme ein schlechtes Gewissen. An Julius hab ich in meinem Überschwang überhaupt nicht gedacht. Natürlich fühlt er sich verantwortlich. Natürlich ist er enttäuscht und macht sich Sorgen. Ob ich das mit einer Schachtel Schokoladentrüffel wieder gutmachen kann?

Meine Eltern müsste ich auch langsam mal anrufen, fällt mir ein. Die warten bestimmt auf ein Lebenszeichen von mir.

Ich seufze leise vor mich hin und habe keine Augen mehr für den Zauber der Stadt.

Phillip scheint es ähnlich zu gehen. Wir sind total erschöpft. Immerhin waren wir den ganzen Tag auf den Beinen.

„Wo wohnt ihr eigentlich?“, frage ich Amélie irgendwann.

Wir haben den Eiffelturm längst hinter uns gelassen, eine breite Brücke überquert und steuern nun geradewegs auf eine Metrostation zu.

„Auf dem Montmartre“, sagt sie, als wäre das total normal.

Na gut, denke ich. Wenn man schon so lange in Paris lebt und den Eiffelturm jeden Tag sieht, ist es das wahrscheinlich auch. Eine total normale Adresse, wie jede andere. Trotzdem bin ich beeindruckt.

„Wow“, sage ich.

Sie lacht. „Das sagen alle!“

Zum Glück müssen wir nur ein paar Stationen mit der U-Bahn fahren. Jesper löst an einem Automaten zwei Einzelfahrscheine für Phillip und mich. Er und Amélie haben Studentenkarten.

Der unterirdische Bahnsteig ist zugig und ungemütlich. Jedes Geräusch hallt von den gekachelten Wänden wider. Als unsere Metro kommt, sind die Waggons schon ziemlich voll, aber wir quetschen uns trotzdem noch hinein. Ich fühle mich total unbehaglich und mache mich so dünn wie möglich. Die Luft ist viel zu stickig, um noch genug Sauerstoff zu enthalten. Die Fahrgäste um uns herum starren vor sich hin. Irgendwo in dem Gedränge schreit ein Baby. Die Bahn fährt ruckelnd an, holpert und quietscht. Ich halte mich an Phillip fest, schließe die Augen und bin froh, als wir wenige Minuten später aussteigen.

Wir laufen durch lange Gänge und schließlich eine Treppe hinauf. Oben bleibe ich stehen und atme tief ein und wieder aus. Es ist kühl, die Luft ist feucht. Der Asphalt glänzt im Schein der Straßenlaternen. Um uns herum braust immer noch der Großstadtverkehr. Lärmende, hupende Autos, LKW, Motorräder. Wie halten die Menschen das nur jeden Tag aus? Für diese Stadt muss man echt geboren sein, glaube ich.

„Wir müssen noch fürs Abendessen einkaufen", meint Amélie. „Habt ihr auf etwas Bestimmtes Appetit? Wir essen abends normalerweise immer Salat und Brot."

„Klingt perfekt", sage ich. Phillip nickt.

Wir betreten einen kleinen Supermarkt. Ich war noch nie in einem *Supermarché*. Langsam gehe ich durch die Gänge, betrachte die Verpackungen, lese die Aufschriften. Phillip folgt mir mit hochgezogenen Schultern, die Hände in den Hosentaschen. Anscheinend findet er es nicht so spannend wie ich, hier herumzubummeln.

Jesper hat sich einen Einkaufskorb genommen, den Amélie zielstrebig mit allen möglichen Sachen für das Abendessen füllt. Tomaten, eine Gurke, Paprika, Rucola, Babyspinat, rote Zwiebeln, kleine Champignons. An der Kasse reiche ich ihr für unseren Anteil an dem Einkauf einen Geldschein, den sie ohne großes Getue annimmt. Im Nu sind wir wieder draußen.

Ich darf ein langes, frisch duftendes Baguette tragen und fühle mich wie eine echte Französin. Phillip grinst über mich und das Meterbrot. Ich beschließe, ihn zu ignorieren.

Nachdem wir die lärmige Hauptstraße verlassen haben und schmalen Nebenstraßen folgen, lässt der Verkehr merklich nach.

Die Häuser sind alt und stehen dicht an dicht. Wir kommen an Bistros, kleinen Geschäften und gemütlichen Cafés vorbei. Trotz des schlechten Wetters stehen vor den Türen runde Tische und Stühle. Die Markisen sind heruntergelassen. Menschen essen, trinken Wein oder Kaffee, unterhalten sich, lachen, rauchen, hören Musik.

Das ist Paris, denke ich und muss lächeln.

„Montmartre war früher mal ein Dorf", erklärt uns Amélie nebenbei. „Wenn man nicht gerade gleichzeitig mit einer halben Million Touristen die Basilika Sacré-Cœur oder den Place du Tertre besucht, spürt man das tatsächlich noch ein bisschen. Am besten ist es ganz früh bei Sonnenaufgang. Dann ist Paris sowieso am allerschönsten. Das solltet ihr morgen unbedingt ausnutzen. Das Wetter soll auch schön werden, hab ich gehört. Der Frühling ist im Anmarsch."

„Wirklich?", frage ich. „Das wäre ja perfekt!"

Amélie lächelt vielsagend.

Ich trage das Baguette vor mir her und denke an die vielen berühmten Künstler, die hier gelebt haben, als sie noch nicht berühmt waren. Maler, Bildhauer, Dichter und Schriftsteller. Renoir, van Gogh, Toulouse-Lautrec, Picasso, Émile Zola … Wir laufen gerade durch die gleichen Gassen und vielleicht sogar über dasselbe alte Straßenpflaster, über das sie auch mal gegangen sind. Ist das nicht der Wahnsinn? Ich bin total beeindruckt.

Phillip und ich gehen die ganze Zeit nebeneinanderher. Ab und zu berühren sich unsere Schultern. Er streckt die Hand aus und streicht mir über die Wange.

„Schade, dass wir morgen keine Zeit mehr haben, uns das alles bei Tageslicht anzugucken", seufze ich. „Wann fährt der erste Zug nach Deauville?"

„Keine Ahnung", erwidert er. „Aber wer sagt denn, dass wir unbedingt den ersten Zug nehmen müssen? Julius möchte, dass wir zum Mittagessen im Hotel sind. Er hat nicht gesagt, wie wir den Vormittag bis dahin verbringen sollen. Wenn wir ganz früh aufstehen, haben wir noch ein paar Stunden für uns."

„Meinst du wirklich, das geht?" Ich bleibe stehen.

„Ja, klar. Wieso nicht? Wir gucken gleich im Internet nach einem passenden Zug. Ich soll Julius sowieso noch mal anrufen und ihm sagen, wann wir losfahren." Phillip grinst mich zufrieden an.

„Juhu!", jubele ich. „Du bist –"

„– der Beste? Schlaueste? Schönste?", schlägt er vor.

Ich verdrehe wortlos die Augen.

Amélie und Jesper warten an der nächsten Ecke auf uns. Wir stapfen hinter ihnen her. Es geht bergauf, was mich nicht überrascht, denn Montmartre liegt bekanntlich auf einem Hügel. Überall gibt es Treppen und steile, kurvige Straßen. Ich frage mich, wie die Autos hier rauf- und runterkommen. Besonders im Winter, bei Schnee und Glatteis. Geht das überhaupt?

Phillip schnauft vor sich hin. Wenn seine Beine nur halb so schwer sind wie meine, müssen sie bleischwer sein. Ich kann kaum noch die Füße heben. Wie viele Schritte wir heute wohl zurückgelegt haben?

Irgendwann macht Amélie vor einer zerschrammten Haustür halt. Jesper zieht einen Schlüsselbund aus der Tasche und schließt auf.

Als wir nacheinander eintreten und in einem stockdunklen Treppenhaus stehen, in dem es nach Eintopf, Bohnerwachs und nassem Hundefell müffelt, spüre ich einen klitzekleinen Anflug von Panik.

Alarmstufe Rot! Vermutlich ist genau jetzt die allerletzte Möglichkeit, um es dir anders zu überlegen und schleunigst zu verschwinden, zischt mir eine vertraute innere Stimme zu, während sie gleichzeitig versucht, meinen Fluchtinstinkt zu aktivieren und meine Füße zum Umkehren zu bewegen. Vergeblich. Ich höre nicht auf sie. Ich bin viel zu müde. Außerdem geht in dieser Sekunde das Deckenlicht an und weder Amélie noch Jesper haben sich in der Zwischenzeit in Monster verwandelt.

Weil der antik anmutende Fahrstuhl momentan außer Betrieb ist, müssen wir zu Fuß in den fünften Stock klettern. Ich bin ganz froh darüber. Der seltsame Käfig in der Mitte des Treppenhauses wirkt nicht besonders vertrauenswürdig. Er sieht sehr alt und sehr gebraucht aus, um nicht zu sagen: klapprig. Genau wie der Rest des Hauses.

Ich denke an die Französische Revolution. Wann war die noch mal? 1789 bis 1799, wenn ich mich nicht irre. Ich könnte mir vorstellen, dass das Gebäude die schon miterlebt hat. Aber gab es damals schon Fahrstühle? Ich weiß es nicht. Es ist mir eigentlich auch ganz egal. Hauptsache, wir sind bald oben.

Während wir Stockwerk um Stockwerk die ausgetretenen, bedenklich knarzenden Stufen erklimmen, geht immer wieder das Licht aus. Irgendwann schaltet Jesper einfach seine Handy-Taschenlampe ein und leuchtet für uns die Treppe aus.

Als es nicht mehr weiter hinaufgeht, zückt er erneut seinen

Schlüsselbund und öffnet eine Wohnungstür, die zum größten Teil aus abgeblätterter roter Farbe und rostigen Beschlägen zu bestehen scheint.

Phillip und ich wechseln einen Blick. Ich schlucke trocken.

Amélie schlüpft geschmeidig wie eine Katze an uns vorbei. Sie drückt auf einen Lichtschalter im Flur und ruft: „*Bienvenue!*"

„*Merci beaucoup*", antworte ich und schaue mich neugierig um.

Der Flur ist schmal wie ein Schlauch. Die Tapete ist vergilbt. Die Holzdielen sind zerschrammt. Es gibt eine Küche, die gerade Platz für das Nötigste bietet, ein winziges Bad und zwei Zimmer. Das eine ist das Schlafzimmer. Das Bett darin reicht fast von Wand zu Wand.

Das andere Zimmer ist eine Art Mehrzweckraum, in dem gewohnt, gegessen und gearbeitet wird. Es ist mit Büchern, Schallplatten, leeren Bilderrahmen und allen möglichen Möbelstücken vollgestopft, die auch mit größtem Wohlwollen nicht zueinander passen. Ich finde das überhaupt nicht schlimm. Im Gegenteil, ich mag so altes Zeug. Lena und ihre Mütter haben sich fast nur mit Sachen von Flohmärkten eingerichtet. Ihre Wohnung ist knallbunt und fröhlich. Diese hier ist allerdings einfach nur dunkel und eng. Dabei weiß ich gar nicht genau, was ich erwartet hatte. Wenn ich bisher an eine Pariser Wohnung gedacht habe, hatte ich immer riesige, lichtdurchflutete Räume vor Augen. Hell und geschmackvoll eingerichtet, wie aus einer Zeitschrift für schönes Wohnen. Vielleicht mit einigen ausgesuchten Antiquitäten. Mit Schiebetüren, hohen Decken und Fenstern, glänzendem Parkettfußboden, einem Balkon – und natürlich mit Blick auf die Seine oder den Eiffelturm. Davon ist hier nichts zu sehen, was aber möglicherweise daran liegen könnte, dass es draußen schon dunkel ist.

Außerdem sind Amélie und Jesper Studenten. Und die Mieten sind in so einer Großstadt garantiert astronomisch hoch. Wer weiß, wie teuer dieses kleine Stück Paris ist?

Und wer weiß, wie das Ganze bei Tageslicht aussieht?

Wenn die Sonne durch die Fenster scheint und man über den Dächern auf die schneeweißen Kuppeln von Sacré-Cœur schaut, während man seinen Morgenkaffee aus einer großen Schale schlürft, ist der Rest doch eigentlich vollkommen egal, oder?

Ich beschließe, mich einfach darauf einzulassen. Allerdings frage ich mich, wo Phillip und ich schlafen sollen. Außer dem Bett gibt es nur ein einziges Sofa, auf dem Berge von Büchern liegen.

„Auf dem Dachboden ist noch ein kleines Atelier, das wir benutzen dürfen“, sagt Amélie. Sie stellt die Einkaufstaschen in die Küche. Ich lege mein Baguette auf den runden Klapptisch. Jesper lümmelt sich im Wohnzimmer in einen Sessel, schnappt sich ein Notebook und stülpt sich riesige Kopfhörer über die Ohren. Auf uns achtet er überhaupt nicht mehr. Ob wir hier sind oder nicht, macht für ihn anscheinend keinen Unterschied.

„Er lebt in seiner eigenen Welt“, erklärt Amélie uns lächelnd. „Aber macht es euch doch gemütlich! Werft die Bücher einfach irgendwohin.“ Sie zeigt auf das Sofa. „Möchtet ihr duschen? Es gibt eine Gemeinschaftsdusche auf halber Treppe. Wir teilen sie uns mit den anderen Mietern.“

„Danke, das ist lieb", sage ich. „Aber wir haben gar nichts mit. Keine Handtücher, keine frischen Klamotten."

„Wir waren ja auch nicht darauf eingestellt, in Paris zu übernachten." Phillip lächelt mich an.

„Stimmt." Ich lächele zurück.

„Wie ihr wollt. Ein Handtuch kann ich euch leihen, falls ihr's euch anders überlegt." Amélie summt vor sich hin. Während sie in der Küche den Spinat und die Tomaten wäscht, nehmen Phillip und ich die Bücher vom Sofa und schichten sie auf dem Boden zu zwei hübschen Türmen auf.

„Kann ich dir helfen?", rufe ich um die Ecke.

„*Non, merci*. Diese Küche ist eindeutig zu klein für zwei", antwortet Amélie und summt weiter.

Phillip und ich gucken uns an.

„Glaubst du, dass es hier WLAN gibt?", flüstert er mir zu.

„Probier's doch einfach aus", flüstere ich zurück. Ich hab keine Ahnung, warum wir flüstern.

Phillip hockt sich auf das Sofa, nimmt mein Handy, aktiviert das mobile Internet und checkt den Empfang. Dann nickt er zufrieden.

„Guck doch gleich mal, wann unser Zug morgen fährt", sage ich in normaler Lautstärke.

„Genau das hab ich vor", meint er. „Wie hieß diese Bahn noch, mit der wir hergekommen sind?"

„*Intercité*." Ich setze mich neben ihn. „Schau mal unter Gare Saint-Lazare nach. Oder unter SNCF. So heißt die französische Eisenbahngesellschaft. Bestimmt haben die eine Website mit Fahrplänen."

Nach kurzer Suche wird er fündig.

„Wenn wir diesen Zug um kurz vor halb zwölf nehmen, sind wir knapp zwei Stunden später in Deauville. Wir müssten allerdings unterwegs umsteigen." Er löst seinen Blick von dem Handydisplay und schaut mich fragend an.

„Macht doch nichts", sage ich sofort. Innerlich jubele ich. Wenn wir uns nur ein paar Stunden Schlaf gönnen und aufstehen, sobald der Morgen dämmert, haben wir noch einen ganzen halben Tag in Paris!

„Es sei denn", überlege ich laut, „dass Julius möchte, dass wir mit einem früheren Zug kommen."

„Ach, das rede ich ihm schon aus", winkt Phillip ab. „Ich ruf ihn sofort an."

„Mach das. Hoffentlich ist er nicht mehr sauer. Sag ihm, dass es uns gut geht und dass er sich keine Sorgen um uns machen soll. Viele Grüße!"

Phillip nickt und wählt die Handynummer seines Vaters.

Einige Minuten später ist alles geklärt. Julius ist einverstanden.

„Der hörte sich total entspannt an", meint Phillip fast ein wenig verwundert.

„Schön für ihn, gut für uns", sage ich fröhlich und nehme ihm das Telefon aus der Hand. „Dann ruf ich jetzt lieber schnell mal meine Eltern an, bevor die einen Notruf absetzen, weil sie so lange nichts von ihrer Tochter gehört haben."

„Die kleinen Spionagesatelliten." Phillip lacht.

Ich klicke die Kurzwahlnummer an und lausche auf das Tuten.

„Hallo, Conni! Endlich meldest du dich. Geht's dir gut?"

„Hi, Mama! Ja, alles prima."

Phillip steht auf und streckt sich. Ich winke ihm zu, während mir meine Mutter tausend Fragen stellt.

Jesper hockt die ganze Zeit mit den Kopfhörern in seinem Sessel in der Zimmerecke. Sein blasses Gesicht wird vom Monitor des Laptops bläulich beleuchtet. Hin und wieder zieht er eine Augenbraue hoch, runzelt die Stirn oder murmelt leise vor sich hin. Der Typ lebt wirklich in seiner eigenen Welt. Möglicherweise stammt er aus einer anderen Galaxie und telefoniert gerade mit seinem Lichtjahre entfernten Heimatplaneten. Genau wie ich.

Meine Mam und ich quatschen ein bisschen. Natürlich will sie ganz genau wissen, wie es mir in Deauville gefällt und wie das Wetter, das Essen und alles andere in Frankreich ist. Als ich eher beiläufig erwähne, dass wir einen Kurztrip nach Paris gemacht haben und ich heute auf dem Eiffelturm gewesen bin, flippt sie vor Begeisterung fast aus. Natürlich denkt sie, dass Julius und Katharina bei uns sind, und natürlich lasse ich sie in diesem Glauben. Alles andere würde sie gnadenlos überfordern. Das bringe ich ihr nach meiner Rückkehr lieber häppchenweise bei.

Nach ein paar Minuten legen wir auf. Nicht nur mein Akku ist erschöpft, ich bin es auch. Außerdem biegt in dieser Sekunde Amélie mit einer riesigen Salatschüssel und dem Baguette um die Ecke.

„À table!", ruft sie laut, was ich ziemlich witzig finde, denn es gibt in dieser Wohnung – außer dem Mini-Klappding in der Küche – keinen einzigen auch nur entfernt tischähnlichen Einrichtungsgegenstand.

Jesper belehrt mich eines Besseren. Kaum ist Amélie aufgetaucht, springt er auf, reißt sich die Ohrhörer vom Kopf und zieht einen kleinen, zusammengefalteten Campingtisch hinter einem Bücherschrank hervor. So viel Temperament hatte ich ihm gar nicht zugetraut. Mit wenigen Handgriffen ist der Essplatz fertig. Ein bisschen wacklig zwar, aber immerhin.

Amélie stellt die Salatschüssel in die Mitte, legt das Baguette daneben und fragt uns, ob wir zum Essen ein Glas Wein trinken möchten. „Wir haben nur roten. Ist das okay?"

„Vielen Dank, aber für mich lieber nur Wasser", sagt Phillip.

Ich nicke schnell. „Für mich auch, bitte."

Wir pflanzen uns auf das Sofa, dessen Samtbezug, wie ich erst jetzt bemerke, mit Trilliarden winziger verblichener Blumen bedruckt ist. Wer weiß, wer hier vor uns schon alles gesessen hat. Der Maler Toulouse-Lautrec vielleicht? Mit einer seiner Musen?

Jesper holt eine angebrochene Flasche Rotwein, eine Flasche Wasser und vier Gläser aus einem Schrank, bevor er einen Stuhl heranzieht und sich setzt. Amélie reicht uns Teller, Besteck und Papierservietten.

Das Ganze hat etwas von Camping – vermutlich liegt es an dem Tisch –, aber gleichzeitig finde ich es ganz gemütlich und irgendwie kreativ. Kein Wunder, schließlich sind wir bei einem Künstlerpaar zu Besuch.

Der Salat ist lecker. Wir brechen das Baguette in Stücke, tunken mit den Brotbrocken das Kräuterdressing auf und wischen die Schüssel und unsere Teller sauber.

Während des Essens unterhalten wir uns. Amélie ist Anfang zwanzig und hat eine französische Großmutter. Jesper ist schon Ende zwanzig. Sie erzählen von ihrem Studium und ihren Zukunftsplänen. Ich finde das alles sehr spannend und interessant, besonders im Vergleich zu Phillips und meinem doch eher langweiligen Schülerleben in einer Kleinstadt.

Als sowohl die Weinflasche als auch die Schüssel leer ist, stehen Amélie und Jesper auf. Sie wollen noch für ein paar Stunden nach oben auf den Dachboden, um zu arbeiten, wie sie sagen. Woran, verraten sie leider nicht. Ich traue mich nicht, zu fragen.

Amélie bringt uns Kissen, Wolldecken und zwei Handtücher.

„Lasst ruhig alles stehen und liegen", meint sie dann. „Wir sind oft die ganze Nacht im Atelier und vergessen die Zeit. Die Uni fängt erst spät an. Wenn ihr morgen früh aufsteht, schlafen wir wahrscheinlich noch. Macht euch einen Kaffee, nehmt aus dem Kühlschrank, was ihr braucht, und zieht einfach die Tür hinter euch zu. *Bonne nuit!*"

„*Bonne nuit*", erwidere ich, ein bisschen verdattert. „Und vielen Dank für alles!"

„*De rien*", murmelt Jesper, was so viel wie gern geschehen heißt.

Das war's. Phillip und ich sind allein.

Wir gucken uns sekundenlang sprachlos an, bevor wir gleichzeitig losprusten und uns kichernd ans Aufräumen machen. Wir bringen das Geschirr in die Küche und spülen es ab. Phillip klappt den Campingtisch zusammen und schiebt ihn zurück hinter das Regal. Dann schauen wir uns ein bisschen in der Wohnung um.

Das Bad ist kanariengelb gestrichen. Über der Toilette hängt ein Poster von Mona Lisa mit dunkler Sonnenbrille.

Über einem winzigen Waschbecken putzen wir uns die Zähne mit den Fingern und etwas Zahnpasta. Anschließend versuchen wir, aus dem Blümchensofa ein einigermaßen akzeptables Nachtlager zu machen. Mit den Kissen und Wolldecken klappt es ganz gut.

Ich knipse das Licht aus und schlüpfe zu Phillip unter die Decke. Wir gähnen gleichzeitig. Ich bin total müde und aufgedreht zugleich. Eine Sprungfeder bohrt sich unsanft zwischen meine Rippen. Gemütlich geht anders. Aber Hauptsache, Phillip ist bei mir.

„Wir sind in Paris …“, flüstere ich. „Ist das nicht einfach unglaublich?“

Phillip antwortet nicht. Sein Brustkorb hebt und senkt sich gleichmäßig. Ich schließe die Augen und lausche auf seine tiefen Atemzüge.

KAPITEL 13

Ganz Paris träumt von der Liebe?

Stimmt nicht. Wenn überhaupt, dann höchstens Paris minus Conni Klawitter. Ich bekomme in dieser Nacht nämlich kaum ein Auge zu. Also kann ich auch nicht träumen. Weder von der Liebe noch von sonst was. Ich liege stocksteif auf dem Blümchensofa, versuche dabei möglichst keine Fasern der kratzigen Wolldecke einzuatmen und starre mikroskopisch kleine Löcher in die Dunkelheit, weil ich nicht schlafen kann.

Ab und zu huscht ein Lichtschein durchs Zimmer und bringt mich zum Grübeln.

Kann das der Eiffelturm sein? Nee, der ist viel zu weit weg.

Gibt es hier Leuchttürme? Blödsinn!

Hat die Kuppel von Sacré-Cœur ein Warnlicht für tief fliegende Hubschrauber? Oder ist es vielleicht nur der schlecht eingestellte Scheinwerfer eines Taxis, der Taschenlampenstrahl eines Nachtwanderers oder eine durch Übermüdung und Reizüberflutung in meinem Gehirn ausgelöste Halluzination?

Ich seufze. Die Heizung gluckert. Das Haus macht komische Geräusche. Mal stöhnt es leise in einer Wand. Dann knarrt der Fußboden oder es knackt und knistert im Gebälk.

Ob es hier Mäuse gibt? Klar, warum nicht.

Neben mir schnarcht Phillip selig vor sich hin. Wenigstens der kann von der Liebe träumen.

Ich wüsste gerne, wie spät es ist. Leider hängt mein Handy samt Reiseadapter zum Aufladen an einer Steckdose in der Küche. Ich hab keine Lust, extra aufzustehen. Außerdem möchte ich Phillip nicht wecken.

Irgendwann muss ich dann doch noch eingeschlafen sein. Als ich das nächste Mal die Augen öffne, ist es fast hell. Graues Licht sickert ins Zimmer. Von Amélie und Jesper ist nichts zu sehen und nichts zu hören. Ob sie noch in ihrem Atelier auf dem Dach sind? Ich bilde mir ein, irgendwann eine Tür und leise Stimmen gehört zu haben, aber ich bin mir nicht sicher.

Ich strecke mich ganz vorsichtig. Phillip fängt sofort an zu knurren. Blitzschnell beiße ich mir auf die Unterlippe, um ja nicht zu kichern, aber er wacht trotzdem auf.

„Guten Morgen“, nuschelt er mit schlafkratziger Brummbärenstimme.

„Bonjour, mon petit chou“, hauche ich ihm ins Ohr.

Er grinst mit geschlossenen Augen und sieht dabei so niedlich aus, dass ich ihm sofort einen Kuss geben muss.

„Wie spät ist es?“, fragt er.

„Weiß ich nicht, aber bestimmt noch ziemlich früh.“

„Hm ...“

„Hey, nicht wieder einschlafen!“ Ich stupse ihn an.

„Wieso nicht?“

„Weil wir heute Vormittag ziemlich viel vorhaben.“

„Was’n?“ Er blinzelt mich fragend an.

„Zuerst suchen wir uns ein schnuckeliges, kleines Café und frühstücken original französisch mit Baguettes, Croissants und viel Café au Lait. Dann spazieren wir zur Sacré-Cœur, besichtigen den Place du Tertre und alles andere“, zähle ich auf. „Wenn wir dann noch Zeit haben, können wir vielleicht noch zu Shakespeare & Company gehen und in alten Büchern stöbern. Oder wir gucken uns Notre-Dame an. Es gibt auch irgendwo diesen berühmten Friedhof, den Cimetière du Père-Lachaise. Da sind richtig viele Promis begraben. Oscar Wilde, Jim Morrison und Gertrude Stein zum Beispiel. Zwischen den Gräbern leben Hunderte Katzen und –“

Phillip unterbricht mich.

„Du willst einen Friedhof besichtigen? Echt jetzt?“ Er starrt mich an, als hätte ich sie nicht mehr alle.

„Warum nicht? Der Père-Lachaise soll wirklich sehenswert sein. Manche Leute kommen extra nur nach Paris, um das Grab von Balzac zu besuchen oder Édith Piaf einen Strauß rote Rosen vorbeizubringen.“

„Nee, ohne mich! Ich latsch bestimmt nicht über einen dämlichen alten Friedhof und guck mir die Gräber von toten Leuten an, die ich überhaupt nicht kenne.“

„Dann eben nicht. Wahrscheinlich ist er sowieso zu weit weg.“ Ich schmolle ein bisschen.

Phillip zupft an meinen Haarspitzen und gähnt.

„Wollen wir dann mal aufstehen?“, fragt er nach einer Weile.

„Ja, okay.“ Ich nicke leicht verschnupft und schäle mich umständlich aus der Wolldecke.

Wenig später stehe ich in dem kanarienvogelgelben Badezimmer und versuche mich unter wildesten Verrenkungen an dem winzigen Waschbecken einigermaßen frisch zu machen. Ich würde wirklich gerne duschen, mir die Haare waschen und hinterher in frische Klamotten schlüpfen. Aber da ich a) keine Lust auf die Gemeinschaftsdusche auf der halben Etage des Hauses verspüre und b) leider keine frischen Sachen herbeizaubern kann, bleibt mir nichts anderes übrig, als aus Top und Unterhose zu steigen und mich mit viel Wasser und Seife zu waschen. Anschließend mopse ich etwas von Amélies Tagescreme und ihrem Deospray, das auf einem Regal steht.

Die ganze Zeit verfolgt mich Mona Lisa mit skeptischem Blick. Jedenfalls kommt es mir so vor. Da sie eine dunkle Sonnenbrille aufhat, kann ich ihre Augen nicht sehen.

Ich strecke ihr die Zunge raus. Es ist wirklich nicht besonders angenehm, vierundzwanzig Stunden dieselben Klamotten anzuhaben, aber es geht nun mal nicht anders. „Was gibt's da zu grinsen?", frage ich Mona streng. „Du steckst schon seit über 500 Jahren in ein und demselben Kleid. Du müsstest eigentlich wissen, wie blöd sich das anfühlt!"

Weil sie nicht antwortet, drehe ich ihr den Rücken zu und putze mir die Zähne, indem ich mir wie am Vorabend etwas Zahnpasta auf den Zeigefinger streiche und damit mein Gebiss abrubbele.

Wir müssen nach dem Frühstück unbedingt irgendwo Zahnputzkaugummi kaufen, notiere ich in Gedanken. Und in Zukunft werde ich immer eine zusammenklappbare Reisezahnbürste, frische Unterwäsche und einen Deoroller mit mir rumschleppen. Das verspreche ich mir hiermit feierlich.

Zum Glück habe ich einen Kamm in meinem Rucksack und finde nach kurzem Wühlen sogar noch ein fast volles Probefläschchen meines Lieblingsparfüms. Ich tupfe mir ein paar Tropfen hinter die Ohrläppchen und fühle mich sofort besser.

„Wenigstens rieche ich jetzt nach Vanille und Kokos“, sage ich zu Mona und werfe ihr zum Abschied eine Kusshand zu.

Nach mir ist Phillip mit seiner Katzenwäsche – oder heißt das bei Jungs Katerwäsche? – an der Reihe. Ich falte währenddessen im Wohnzimmer die Wolldecken zusammen, schüttele die Kopfkissen aus und lege alles fein säuberlich gestapelt aufs Sofa.

Danach schlüpfen wir in unsere Boots und schauen uns noch einmal um. Ich ziehe in der Küche das Ladekabel aus der Steckdose und schiebe es mit meinem Handy und dem Reiseadapter in den Rucksack.

Phillip wirft einen neugierigen Blick in den Kühlschrank.

„Lass das! Wir gehen doch gleich frühstücken“, raune ich ihm zu. Er grinst.

Die Uhr am Herd zeigt blinkend die Zeit an. Es ist zwanzig vor sechs. Vor dem Küchenfenster dämmert der Morgen. Paris erwacht. Mein Herz klopft.

Leise schleichen wir aus der Wohnung und ziehen die Tür hinter uns ins Schloss, genauso wie Amélie es gesagt hat.

„Wir haben uns gar nicht richtig bedankt“, sage ich mit einem Anflug von schlechtem Gewissen.

„Ich glaub nicht, dass die beiden einen Riesendank von uns erwarten“, erwidert Phillip.

Wahrscheinlich hat er recht. Trotzdem ziehe ich schnell mein Notizbuch und einen Stift aus dem Rucksack und schreibe:

Liebe Amélie, lieber Jesper,
es war wirklich toll, Euch kennengelernt zu haben. Vielen Dank, dass Ihr uns geholfen habt! Wir wünschen Euch alles Gute und für Euer Studium viel Glück.
Wenn Ihr mal in Deutschland seid, meldet euch.
Merci pour tout und liebe Grüße
Conni & Phillip

Ich kritzele noch meine Handynummer darunter. Dann reiße ich die Seite heraus, falte sie zusammen und schiebe sie durch den Briefschlitz. „Du bist süß", sagt Phillip.

„Du auch", sage ich lächelnd. „Und jetzt lass uns endlich frühstücken. Ich hab Hunger!"

Wir hüpfen auf Zehenspitzen die Treppe hinunter. Im Haus ist noch alles ruhig. Wir wollen niemanden wecken.

Draußen bleiben wir stehen. Das Kopfsteinpflaster glänzt regenfeucht. Die Luft ist klar und frisch. Auf den Dächern sitzen Tauben mit aufgeplusterten Federn und gurren leise. Es ist dämmrig und grau. Die Nacht geht langsam in den Tag über. An der Ecke brennt noch eine Straßenlaterne. Der Himmel über uns hat einen zarten Hauch von Violett. Ich breite die Arme aus und hole tief Luft.

„Ist das nicht wunderwunderschön?", sage ich.

„Du bist wunderschön", sagt Phillip leise.

Dann laufen wir los.

Die Geschäfte und Bistros, an denen wir vorbeikommen, haben noch geschlossen. Es sind auch nicht besonders viele Menschen unterwegs, aber es ist ja wirklich noch sehr früh.

Vor einem Gemüseladen fegt ein Mann in langer, grüner Schürze den Gehweg. Er schaut kurz auf und wünscht uns einen schönen Tag.

„Bonjour, Monsieur“, grüßen wir zurück und kommen uns sehr französisch vor.

Ich halte den Stadtplan in der Hand, aber wir brauchen ihn eigentlich nur, wenn wir an eine Querstraße kommen und uns nicht sicher sind, in welche Richtung wir gehen müssen. Montmartre ist gut ausgeschildert. Immer wieder stoßen wir auf kleine Hinweisschilder, die uns den Weg zur Basilika Sacré-Cœur zeigen. Wir können uns gar nicht verlaufen. Allerdings fangen langsam unsere Mägen an zu rebellieren. Wir haben inzwischen wirklich Hunger.

„Wie war das mit dem original französischen Frühstück?“, jammert Phillip, als wir an dem dritten verschlossenen Café vorbeikommen. Ich stöhne leise auf. Mir würde ein Stück trockenes Baguette schon genügen. Den Gedanken an ofenwarme, buttrige Croissants, himmlisch süße Konfitüre und Milchkaffee versuche ich zu verdrängen. Es funktioniert nicht wirklich.

Wir gelangen an eine breite, links und rechts mit Bäumen bestandene Straße. Laut Stadtplan müsste es der Boulevard de Clichy sein. Vielleicht sind die Chancen hier größer, wenigstens einen geöffneten Bäckerladen zu finden.

Abseits der schmalen Gassen scheint Paris schon ein bisschen wacher zu sein. Autos, Linienbusse, Motorroller und Lieferwagen rollen an uns vorbei. Wir gehen ein ganzes Stück, bleiben schließlich an der Kreuzung am Place Pigalle stehen und warten darauf, dass die Ampel für uns grün wird.

In der Mitte des Boulevards gibt es Verkehrsinseln mit Reklametafeln und Sitzbänken. Auf jeder Bank, daneben und davor liegt etwas. Zuerst denke ich, dass es Müllsäcke sind. Erst beim zweiten Hinsehen erkenne ich, dass da Menschen liegen. Sie haben sich mit Pappkartons, alten Kleidungsstücken, Regenschirmen und Plastiktüten notdürftig zugedeckt und schlafen. Auf einer der Inseln stehen, halb von einem ungepflegten Gebüsch verborgen, drei geflickte Zelte. Kleine und große Schuhe sind paarweise davor aufgereiht.

„Meine Güte …“, sage ich leise und nehme Phillips Hand.

„Und das mitten in Paris“, sagt er. „Eine der reichsten Städte der Welt.“

Die Ampel wird grün. Wir überqueren den Boulevard und geben uns große Mühe, geradeaus zu schauen, aber es gelingt mir nicht. Der Anblick der Obdachlosen schnürt mir den Magen zu. Ich denke an die Champs-Élysées mit ihren Luxusläden und all dem Glitzerkram. Der Kontrast könnte nicht größer sein. Und wir jammern rum, weil wir noch kein Frühstück hatten? Ich schäme mich.

Schweigend gehen wir weiter. In der Ferne sehe ich die schneeweißen Kuppeln von Sacré-Cœur. Vor wenigen Minuten hätte ich bei diesem Anblick noch laut gejubelt, jetzt schlucke ich nur und senke den Blick auf den grauen, mit alten Kaugummiflecken gesprenkelten Asphalt unter unseren Füßen.

Anscheinend sind wir mitten im Rotlichtviertel gelandet. Moulin Rouge, Pigalle, Nachtklubs, Bars, vergitterte Fenster, heruntergekommene Fassaden … Paris kommt mir plötzlich schmutzig vor. Überall ist Müll. Die Abfallkörbe quellen über.

In den dunklen Hauseingängen liegen zerfledderte Zeitungen neben leeren Schnapsflaschen, Kaffeebechern und aufgerissenen Abfallsäcken. Es stinkt. Und in all diesem Dreck müssen Menschen leben. Vielleicht sind es Flüchtlinge, vielleicht Drogenabhängige, vielleicht haben sie einfach nur das Pech, arm zu sein. Auf jeden Fall haben sie kein Zuhause.

„Hey, wir können die Welt leider nicht retten", raunt Phillip mir zu. „Wir können höchstens versuchen, sie jeden Tag ein bisschen besser zu machen."

„Fragt sich nur, wie", murmele ich. Phillip legt einen Arm um mich. Ich lehne meinen Kopf gegen seine Schulter. Eng umschlungen versuchen wir, den schönen Morgen und unsere Sorglosigkeit wiederzufinden. Aber wie soll das gehen?

„Guck mal, da! Ist das ein Friedhof?" Phillip zeigt auf eine Ansammlung von Steinen und kleinen Häusern unter einer Straßenbrücke. Wir haben das Amüsierviertel mit seinem Elend hinter uns gelassen.

„Das muss der Cimetière de Montmartre sein", sage ich aufgeregt. „Ich weiß, dass du keine Lust hast, fremde Tote zu besuchen, aber lass uns den mal angucken, bitte! Da gibt es auch eine wilde Katzenkolonie. Genau wie auf dem Père-Lachaise."

„Du interessierst dich also gar nicht so sehr für die ollen Gräber, sondern eigentlich nur für die Friedhofskatzen? Okay, damit kann ich leben." Phillip drückt mich an sich.

Und dann entdecken wir an einer Straßenecke plötzlich eine Boulangerie, aus deren weit geöffneter Tür der verführerische Duft von frischen Backwaren strömt. Eine Bäckerei, ein historischer Friedhof und Katzen …

Ich habe das Gefühl, als würde sich mein aufgewühltes Inneres wieder zurechtruckeln, wofür ich sehr dankbar bin.

Wir treten ein und schauen uns neugierig um.

Hinter dem Tresen ist eine junge Frau damit beschäftigt, Brote in die Regale zu legen. Sie dreht sich um und sagt: *„Bonjour! Vous désirez?"*

Was wir wollen? Als ob diese Frage so einfach zu beantworten wäre. Alles sieht so lecker aus!

Nach kurzem Überlegen kaufen wir ein dünnes Baguette, das *Ficelle*, Faden, genannt wird, und eine Tüte Schokocroissants, dazu zwei kleine Pappbecher mit Milchkaffee zum Mitnehmen. Auf die Plastikdeckel verzichten wir. Wir wollen nicht noch mehr Müll produzieren, als es hier eh schon gibt.

Ich bezahle. Phillip klemmt sich das lange Brot unter den Arm und nimmt die beiden Becher. Ich schnappe mir die Tüte mit den Croissants.

„Au revoir!", sage ich im Hinausgehen.

„Bonne journée!", wünscht uns die Mademoiselle lächelnd.

Phillip und ich lächeln auch. Es geht gar nicht anders. Besonders als wir draußen vor dem Laden stehen und feststellen, dass sich die Sonne durch die Wolken schiebt. Um uns herum tschilpen Spatzen und picken Krümel auf.

„Ich hoffe, du willst jetzt kein Friedhofspicknick machen", sagt Phillip.

„Warum nicht?", frage ich zurück.

„Weil das vielleicht ein bisschen respektlos wäre?", meint Phillip.

Wir trinken einen Schluck Kaffee und bummeln weiter.

Der Friedhofseingang liegt auf der anderen Straßenseite.

„Hast du noch nie was vom *Día de los Muertos* gehört?"

Phillip schüttelt den Kopf.

Ich erzähle ihm vom Tag der Toten, der in Mexiko als fröhliches Volksfest gefeiert wird. „Mit Musik an den Gräbern, bunten Blumen, ganz viel Essen und Getränken!"

„Echt wahr?"

Ich nicke.

„Trotzdem …" Er bricht ein Stück von dem Ficelle ab und wirft es den Spatzen hin, die sich wild flatternd darüber hermachen. Ich muss lachen.

„Na, gut. Dann machen wir kein Friedhofspicknick. Da drüben ist eine Mauer. Wie wär's mit der?"

„Solange es keine Friedhofsmauer ist, ist alles gut." Phillip grinst. Ich gebe ihm einen Knuff.

Die Mauer liegt im Sonnenschein. Wir setzen uns auf die angewärmten Steine und brechen das Ficelle in der Mitte durch. Es schmeckt köstlich. Genau wie die Croissants.

„Übrigens liegt da irgendwo Heinrich Heine begraben", sage ich und deute auf den Friedhof. „Und der Filmregisseur François Truffaut auch, glaub ich."

„Was du alles weißt! Ich bin beeindruckt."

„Tja, ich pass in der Schule eben immer gut auf", erwidere ich triumphierend.

Phillip prustet in seinen Kaffeebecher. Ich knuffe ihn noch einmal. Dann schauen wir uns in die Augen und küssen uns. Wir sind in Paris und die Sonne scheint. Mit einem Mal ist der Tag wieder schön.

Nach dem Frühstück beschließen wir, uns zuerst Sacré-Cœur anzuschauen und danach den Friedhof.

„Wenn wir zum Bahnhof laufen, kommen wir sowieso wieder hier vorbei", sage ich und wedele mit meinem Stadtplan, der inzwischen reichlich mitgenommen aussieht. Aber er hat ja auch schon eine ganze Menge mitgemacht. Vielleicht rahme ich ihn ein, wenn ich wieder zu Hause bin, und hänge ihn in meinem Zimmer auf. Dann kann ich immer sehen, wo wir überall in Paris waren. Ich könnte mit einem roten Filzstift die Wege nachzeichnen, die wir zurückgelegt haben, und bunte Stecknadeln besorgen, um all die Orte zu markieren, an denen wir gewesen sind. Ja, die Idee gefällt mir.

Wir überlassen den Spatzen und Tauben die letzten Krümel unseres Frühstücks, versenken die Pappbecher in einer Mülltonne und schlendern langsam durch die Straßen von Montmartre. Wir müssen uns nicht beeilen.

Wir machen Selfies, ich knipse die engen Straßen, das holperige Pflaster, die schiefen Häuser, die französischen Geschäfte, den blauen Himmel und Phillip natürlich. Der ist mein liebstes Fotomodell.

Auf dem Place du Tertre haben tatsächlich schon die ersten Maler und Karikaturisten ihre Staffeleien aufgebaut und warten nun auf die Touristen, um sie zu porträtieren oder ihnen Bilder von Paris zu verkaufen. Das Ganze ist ein Marktplatz für Kunst. Wir schauen uns neugierig um und werden sogar ein paarmal angesprochen, ob wir uns nicht zeichnen lassen wollen.

„Non, merci", sage ich schnell und ziehe Phillip hinter mir her. Er kichert.

„Warum willst du keine Kohlezeichnung von uns? Oder ein kleines Ölgemälde? Ein hübsches Aquarell?“

„Weil wir kein Geld für so was übrig haben“, zische ich ihm zu. „Hast du mal auf die Preise geschaut?“

„Nö.“

Ich achte gar nicht mehr auf ihn, sondern biege stattdessen um eine weitere Ecke und stehe urplötzlich vor der Basilika, die auf jeder zweiten Postkarte von Paris zu sehen ist.

Kein Wunder: Sie ist wirklich wunderschön. Und vor allem ist sie weiß. Nicht ganz so schneeweiß wie auf manchen Fotos, aber nahe dran. Sie scheint regelrecht zu strahlen.

„Ich hab mal gelesen“, sage ich über die Schulter zu Phillip, „dass die weiße Farbe von den Steinen kommt, aus denen sie gebaut worden ist.“

„Das ist Travertin, Kalkstein“, stellt Phillip mit Kennerblick fest und tätschelt einen Mauervorsprung. „Travertin gibt durch die Witterung Calcit ab. Das sieht dann aus wie Kreide.“

Ich starre ihn an. Woher weiß er das?

„Tja“, sagt Phillip nur und hebt grinsend die Schultern.

Wir gehen um das klobige Bauwerk herum, bewundern den Glockenturm und die Wasserspeier und stehen schließlich auf einem Vorplatz. Unzählige Treppenstufen führen hinauf und hinunter. Der Blick auf die Stadt ist atemberaubend!

„Von hier oben sieht man ja ganz Paris!“, staune ich.

„Wow, cool“, sagt Phillip neben mir. Kommt es mir nur so vor oder klingt er tatsächlich nicht besonders euphorisch?

Die Basilika ist schon geöffnet und kostet keinen Eintritt. Nur für den Besuch der Kuppel und der Krypta muss man etwas bezahlen. Uns genügt es vollkommen, den Kirchenraum zu besichtigen und die hohen Pfeiler, die riesige Orgel und das bunte Mosaik im Deckengewölbe zu bewundern.

Ich bin so beeindruckt, dass ich glatt vergesse, Fotos zu machen. Aber vielleicht darf man das auch gar nicht in einer Kirche. Keine Ahnung.

Phillip schlurft mit abnehmender Begeisterung neben mir her. Ich habe den Verdacht, dass sein Bedarf an Sehenswürdigkeiten und Kultur gedeckt ist. Wenn ich ihn nachher noch über einen Friedhof schleppe, muss er sich anschließend wahrscheinlich erst mal drei Wochen von den ganzen Strapazen erholen.

Mute ich ihm vielleicht zu viel zu? Ich glaube, ja.

Es ist wirklich total süß von ihm, dass er das alles mitmacht, ohne zu murren. Welcher Junge macht das schon? Mir fällt kein anderer ein. Aber mir ist auch klar, dass er es eigentlich nur mir zuliebe durchzieht.

„Vielen Dank", sage ich, als wir wieder im Freien stehen und in den knallblauen Himmel über Sacré-Cœur blinzeln.

„Hä? Wofür?" Er legt die Stirn in krause Falten. Ich stelle mich auf die Zehenspitzen und versuche, sie zu glätten.

„Dafür, dass du mit mir nach Paris gefahren bist", erkläre ich ihm.

„Dafür musst du dich doch nicht bedanken", winkt er lächelnd ab.

„Doch, muss ich", beharre ich. „Ich weiß, dass du lieber tausend andere Sachen machen würdest, als mit mir durch Paris zu latschen und dir alte Kirchen, Friedhöfe und Triumphbogen anzugucken."

„Was denn zum Beispiel?“

„Na ja, mit den Jungs zocken, vielleicht. Fußball spielen, für einen Marathon trainieren, vor dem PC hocken und Tetris spielen.“

„Tetris spielen?“, fragt er belustigt.

„Was weiß ich denn, was ihr so zockt“, grinse ich. „Auf jeden Fall finde ich es schön, dass wir zusammen sind und das alles hier erleben.“

„Das finde ich auch. Und wie.“ Er gibt mir einen Stups auf die Nasenspitze.

Wir laufen eine verwinkelte Treppe hinunter und kommen auf einen Platz, in dessen Mitte ein uraltes Karussell steht. Leider ist es nicht in Betrieb. Ich würde zu gerne sehen, wie die Pferde sich im Kreis drehen. Dazu französische Akkordeonmusik …

Wir bauen uns neben einem hübschen Rappen mit buntem Zaumzeug auf und machen ein Selfie mit Sacré-Cœur im Hintergrund.

„Es stimmt übrigens nicht, dass ich lieber mit den Jungs zocken würde, als mit dir hier zu sein“, sagt Phillip. „Wie kommst du darauf?“

„Na ja, in letzter Zeit hast du schon ziemlich viel Zeit mit ihnen verbracht. Oder du warst beim Training, im Fitnessstudio …“, antworte ich vage.

Phillip guckt mich ratlos an.

„Und das stört dich?“, fragt er.

„Es hat mich gestört, ja“, gebe ich zu.

„Du hängst doch auch mit deinen Freundinnen ab, bist bei Anna oder Lena, gehst schwimmen und machst alles Mögliche ohne mich. Das ist doch total normal!" Er fährt sich mit einer Hand durch die Locken. „Wenn wir nicht ständig zusammenhocken, bedeutet das doch nicht, dass wir uns nicht mehr lieben."

„Nein, natürlich nicht!", sage ich erschrocken.

„Aber?", hakt er nach.

„Ich weiß auch nicht …", sage ich. „Ich hab mich irgendwie vernachlässigt gefühlt. Aber das war, bevor wir nach Deauville gefahren sind. Inzwischen weiß ich, dass das eine nichts mit dem anderen zu tun hat."

Ich versuche, ihm die Sache mit den Schmetterlingsgefühlen zu erklären, die ich zwischendurch vermisst habe. Er hört aufmerksam zu.

„Und jetzt sind die Schmetterlinge wieder da?", fragt er.

„Ja." Ich nicke. „Sogar mehr als vorher. Ungefähr eine Million, wenn ich mich nicht verzählt hab."

Er nimmt meine Hand, zieht mich zu sich heran und schaut mir in die Augen. „Weißt du eigentlich, wie sehr ich dich vermisst hab, als ich in Berkeley war? Ich bin mit niemandem lieber zusammen als mit dir!"

„Und ich mit dir", erwidere ich lächelnd.

Von irgendwoher weht leise Musik zu uns herüber.

Jemand singt: *„Sous le ciel de Paris marchent des amoureux …"*

Unter dem Himmel von Paris gehen Verliebte spazieren …

Ich mag dieses Lied sehr. Und natürlich kenne ich den Songtext in- und auswendig, wenn's sein muss, sogar rückwärts. Er passt perfekt.

KAPITEL 14

Au revoir heißt auf Wiedersehen

„Wenn ich bei meiner Liebsten bin, dann geht das Herz mir auf", rezitiert Phillip. Ich starre ihn an.

„Sag nicht, das ist von –"

„Heinrich Heine, genau. Hin und wieder bleibt in der Schule auch bei mir was hängen."

„Wow! Ich bin so stolz auf dich!"

„Danke."

Wir haben Sacré-Cœur verlassen und stehen nun zwischen verwitterten Steinkreuzen und uralten Grüften auf dem Friedhof von Montmartre, wo wir nach Katzen und dem Grab des deutschen Dichters Ausschau halten. Das heißt, eigentlich bin ich gar nicht so wild auf Heine. Eine Katze – oder zwei oder drei – wäre mir eindeutig lieber, aber die schlafen anscheinend noch. Oder sie wittern, dass wir keine Leckerbissen für sie dabeihaben. Aber wo sollen wir hier Katzenfutter hernehmen?

Bei einem fliegenden Händler am Fuß der Basilika haben wir eine Flasche Wasser gekauft, die wir uns teilen, während wir versuchen, Kater Maus Pariser Verwandtschaft anzulocken. Plötzlich sehe ich eine Katze. Eine große, wollige Majestät mit staubigem Fell und wachen Augen thront auf dem Dach eines Mausoleums und betrachtet uns von dort aus.

„Hey, du da! Komm mal runter!“, ruft Phillip ihr zu.

Ich zeige ihm einen Vogel, mache ein Foto von dem hübschen Tier und sage grinsend: „Das ist eine französische Katze.“

„Ja, und?“

„Du musst sie in ihrer Sprache ansprechen, sonst versteht sie dich nicht!“

Phillip prustet los. Die Katze gähnt und wendet sich gelangweilt ab. Ich mache noch ein Foto, weil das Sonnenlicht gerade so schön durch die Bäume auf das Katzenfell fällt. Dann gehen wir weiter.

Der Friedhof ist verwinkelt und viel größer, als ich gedacht hatte. Irgendwann reicht es mir. Mir tun die Füße weh, und ich hab auch keine Lust mehr, Inschriften von verstorbenen Menschen zu lesen, die seit hundert Jahren tot sind und die ich nicht mal kannte.

„Weißt du, was“, sage ich zu Phillip. „Ich glaub, ich hab genug Gräber gesehen. Lass uns lieber noch was Lebendiges angucken.“

Phillip kann seine Freude kaum verbergen.

„Du meinst, keine Friedhöfe und Kirchen mehr? Yeah!“, jubelt er und macht einen Luftsprung, was ich etwas übertrieben finde. So schlimm war unsere Exkursion nun auch wieder nicht.

Wir entdecken einen Ausgang am anderen Ende des Cimetière de Montmartre und finden uns in einer Straße wieder, die ich erst einmal auf dem Stadtplan suchen muss, damit wir uns orientieren können.

„Wenn wir uns auf den Weg zu unserem Zug machen wollen,

müssen wir da lang“, sage ich und zeige grob in die hoffentlich richtige Richtung.

„Wie spät ist es?“ Phillip verrenkt sich fast den Hals, um einen Blick auf mein Handydisplay zu werfen. „Ups, echt jetzt? Wahnsinn, wie schnell die Zeit vergangen ist! Wir sollten wohl wirklich lieber den Bahnhof ansteuern. Wie weit ist es bis da?“

„Mindestens eine halbe Stunde, schätze ich. Aber nur, wenn wir uns nicht verlaufen. Wir müssen auch noch die Tickets kaufen.“ Ich falte die Straßenkarte zusammen.

„Dann mal los“, sagt Phillip und nimmt meine Hand.

Als wir an einem Geschäft vorbeikommen, in dessen Schaufenstern bunte Berge aus Macarons liegen, mache ich eine Vollbremsung.

„Halt! Stopp! Warte mal!“

„Was denn? Hast du eine Katze gesehen, die du unbedingt streicheln möchtest?“ Phillip zieht die Augenbrauen hoch und stöhnt auf, aber er bleibt brav stehen.

„Nein“, sage ich. „Nur Macarons, die ich unbedingt essen möchte!“

Biscuiterie de Montmartre steht in altmodisch verschnörkelten Buchstaben über der Eingangstür des Ladens, der nicht nur von außen wirkt, als wäre er aus der Zeit gefallen. Und er hat tatsächlich geöffnet! Ich kann mein Glück kaum fassen.

Wir treten ein. Über unseren Köpfen bimmelt eine Glocke. Die Inneneinrichtung besteht aus hellem Holz, der Boden ist gefliest. In den Regalen sind Hunderte Schachteln und Keksdosen aufgestapelt. In den Auslagen liegen Macarons fein säuberlich nach Farben sortiert. Das sieht aus wie ein essbarer Regenbogen. Außerdem gibt es Rahmbonbons, zarte Plätzchen, handgeschöpfte Schokolade, Pralinen, Petits Fours, Biscuits, Eclairs und, und, und …

„Ich bin im Himmel", hauche ich. „Ich nehme von allem eine große Tüte!"

Phillip tätschelt meine Schulter und schiebt mich sanft vorwärts.

Ein freundlich aussehender Mann mit rundem Bauch und Nickelbrille begrüßt uns und erkundigt sich nach unseren Wünschen. Ich kaufe eine mittelgroße Schachtel mit verschiedenen Macarons, eine kleine Tüte mit Schokoladenbruch und eine mit Sahnetoffees. Danach bin ich fast pleite. Na gut, nicht wirklich, aber nahe dran. Dafür besitze ich jetzt eine schicke Papiertüte mit dem Aufdruck *La Biscuiterie de Montmartre, 18ème Arrondissement, Paris*, in der ich meine Schätze vor mir hertragen kann und die ich auf ewig in Ehren halten werde. Vielleicht rahme ich sie sogar ein und hänge sie zu Hause neben den Stadtplan von Paris.

Phillip schüttelt den Kopf über so viel Wahnsinn und Gier.

„Sag mal, sind die Dinger etwa vergoldet?", fragt er mich, als wir unseren Weg zum Bahnhof fortsetzen.

„Gut möglich. Ich war nicht ganz bei Sinnen", sage ich und schwenke die kostbare Tüte vor seiner Nase. „Aber die sind bestimmt total lecker! Und aus Paris! Aus dem 18. Arrondissement!"

„Oh, Mann …", sagt er nur und schiebt die Hände in die Hosentaschen.

Wir passieren eine kreisförmige Grünfläche, in deren Mitte

ein Pavillon steht. Davor machen drei asiatisch aussehende Menschen Tai-Chi. Eine Frau joggt an uns vorbei. Vor einem Bistro sitzen zwei alte Männer. Sie trinken schwarzen Kaffee aus winzigen Tassen und blättern in einer Zeitung, die *Le Monde* heißt. Zwischen ihnen steht ein Schachbrett mit Figuren. Unter dem Tisch döst ein weißer Spitz. Er hat die Schnauze auf die Vorderpfoten gelegt und blinzelt uns zu. Ich blinzele zurück und würde am liebsten nicht weitergehen.

Ich will nicht weg.

Ich möchte noch ein bisschen bleiben.

Ich möchte:

» vor einem Bistro Zeitung lesen
» ein Croissant essen
» Milchkaffee mit Zimt trinken
» Phillip küssen
» in einem Park in der Sonne sitzen
» spazieren gehen, joggen, rückwärtslaufen
» Zeit vergeuden und den Tag verbummeln
» freundlichen Hunden zublinzeln
» den Franzosen beim Französischsein zugucken
» Mona Lisa im Louvre besuchen
» eine Münze in die Seine werfen und mir Paris und den unglaublich blauen Himmel anschauen, der sich wie eine Kuppel über der Stadt wölbt.

Es ist halb elf. Wir müssen weiter.

Je näher wir der Innenstadt kommen, desto lauter, voller und unromantischer wird unser Weg. An einer besonders lebhaften Kreuzung verspüre ich den dringenden Wunsch, mir die Ohren zuzuhalten, am besten auch noch die Augen und die Nase.

Als kurz darauf der Bahnhof Saint-Lazare vor uns auftaucht, wird mir ein bisschen übel. Ich ertappe mich dabei, dass ich unwillkürlich nach den beiden Armleuchtern Ausschau halte, die Phillip den Rucksack entrissen haben.

Phillip legt einen Arm um mich. Sein Gesicht, die Muskeln, der ganze Körper – alles an ihm ist total angespannt. Wie bei einem Rennpferd kurz vor dem Start.

„Ist alles okay mit dir?", frage ich vorsichtig.

„Jepp", knurrt er.

Ich will noch etwas sagen, aber ich weiß nicht, was. Mit Jungs ist es ja manchmal echt schwierig. Die geben nicht so gerne zu, wenn sie sich Sorgen machen oder vielleicht sogar Angst haben. Phillip hat normalerweise kein Problem damit, Gefühle zu zeigen. Aber im Moment macht er eindeutig dicht. Als hätte er einen unsichtbaren Schutzwall um sich gezogen.

Zum Glück entdecke ich in dieser Sekunde etwas, das ihn ablenken könnte.

„Guck mal, ein Handyladen!", sage ich so fröhlich, als hätte ich den Osterhasen persönlich vorbeihoppeln sehen.

„M-hm", macht Phillip nur.

Wir stehen an einem Bordstein und müssen auf die andere Straßenseite, um zum Bahnhof zu gelangen, aber das ist gar nicht so einfach. Weit und breit ist keine Ampel in Sicht. Die Einheimischen heben nur lässig die Hand, eine Zeitung, einen Kaffeebecher, ihren Regenschirm oder sonst was und quetschen sich zwischen hupenden Autos, Mopeds und Lastwagen hindurch. Obwohl der Verkehr nur schrittweise vorankommt, trauen wir uns nicht, es ihnen nachzumachen. Erst als sich eine größere Lücke auftut, nehmen wir all unseren Mut zusammen und sprinten rüber.

„Wollen wir nicht mal fragen, ob die ein passendes Ladekabel für dein Handy haben?", komme ich auf das Telefongeschäft zurück. „Wir haben noch Zeit."

„Okay", meint Phillip schulterzuckend.

Ich überlege, ob ich ihm nicht einfach etwas Süßes zwischen die Zähne schieben soll. Zucker beruhigt ja bekanntermaßen die Nerven.

„Möchtest du was naschen?", frage ich und schwenke beiläufig die Tragetasche der *Biscuiterie de Montmartre*. „Oder vielleicht einen Saft? Da drüben gibt es frische Smoothies."

„Ich dachte, wir wollen in den Handyladen?", fragt Phillip irritiert.

„Äh, ja. Aber diese Smoothies sehen echt gut aus. Außerdem haben die jede Menge Vitamine und –"

„Entspann dich mal", unterbricht Phillip mich grinsend.

Momentchen, ich soll mich entspannen? Ich BIN total entspannt!

„Die Wahrscheinlichkeit, am selben Ort noch einmal beklaut zu werden, ist ziemlich gering", spricht Phillip locker weiter, während ich die Augenbrauen zusammenziehe und ihn anstarre. „Die Typen haben sich bestimmt längst andere Opfer ausgeguckt. Oder sie haben den Standort gewechselt und klauen heute an einem anderen Bahnhof. Also, mach dir keine Sorgen. Zuerst kaufen wir jetzt mal ein Ladekabel und danach einen Smoothie. Kannst du mir noch ein bisschen Kohle leihen?“

„Klar“, sage ich, und: „Ich mach mir übrigens keine Sorgen. Aber ich hatte das Gefühl, dass du dir welche machst. Du hast nämlich gerade ausgesehen, als hättest du ein Riesenproblem damit, dich dem Bahnhofsvorplatz zu nähern.“

„Nee, Blödsinn. Ich war nur in Gedanken.“

In Gedanken? Aha …

Ich sag’s ja: Jungs und Gefühle.

Der Handyladen ist winzig klein und eng und bis zur Decke mit allen möglichen elektronischen Sachen vollgestopft, aber wir bekommen tatsächlich ein Ersatzkabel. Zwar ist es kein Markenteil, aber dafür kostet es nicht viel. Die Hauptsache ist ja, dass Phillip sein Telefon schon bald wieder in Betrieb nehmen kann.

Der Ladenbesitzer, ein älterer Inder mit Lachfalten, Bart und Turban, bietet uns an, das Handy blitzschnell aufzuladen, aber so viel Zeit haben wir leider nicht mehr. Schließlich wollen wir noch unsere Smoothies und die Fahrkarten besorgen. An welchem Bahnsteig unser Zug abfährt, müssen wir auch in Erfahrung bringen.

Wir lehnen dankend ab und bezahlen. Der nette indische Monsieur legt beide Handflächen vor der Brust zusammen und nickt uns freundlich zu. Wir nicken zurück.

„Vielleicht gibt es in unserem Zug ja wieder Steckdosen in den Armlehnen, wie auf der Hinfahrt“, sage ich, nachdem wir den

Laden verlassen haben. „Bis wir in Deauville sind, ist dein Akku bestimmt voll."

Phillip stimmt mir zu.

Wir gehen schnell zu dem Saftstand und ordern zwei große Becher zum Mitnehmen, dann überqueren wir den Vorplatz und stürzen uns in das Getümmel im Bahnhof. Auf einer riesigen Anzeigetafel ist unser Zug mit der Bahnsteignummer schon aufgelistet.

„Merk dir mal die Gleisnummer", sage ich zu Phillip. „Wo gibt es hier wohl Tickets?"

„Keine Ahnung, woher soll ich das wissen?" Er hält die Smoothiebecher in den Händen und macht ein ratloses Gesicht. „Willst du die Karten an einem Automaten ziehen oder lieber an einem Schalter kaufen?"

„Wenn's geht, an einem Schalter", antworte ich.

Die Vorstellung, in diesem unübersichtlichen Chaos mein Portemonnaie zücken und einen öffentlichen Fahrkartenautomaten mit Bargeld füttern zu müssen, behagt mir nicht besonders. Der Bahnhof ist wirklich riesig. Ununterbrochen kommen neue Züge an oder fahren ab. Menschen schieben sich achtlos an uns vorbei. Urlauber mit Rollkoffern und Gepäckwagen, Familien mit Kindern, dazwischen Polizisten in schusssicheren Westen, bewaffnete Soldaten, elegante Damen mit winzigen Hunden, finster blickende junge Männer in Gruppen, zu zweit oder allein … Mir schwirrt der Kopf.

Phillip stupst mich an.

„Da drüben ist ein Schalter", sagt er und nickt in die entsprechende Richtung.

„Perfekt!"

Nach knappen zwölf Minuten Schlangestehen haben wir die Fahrkarten und traben im Laufschritt zu dem Bahnsteig ganz am anderen Ende der Halle, wo unser Zug schon zur Abfahrt bereitsteht. Wir haben reservierte Plätze in einem der vorderen Waggons. Die Tür ist offen. Wir wollen gerade einsteigen, als uns eine uniformierte Bahnangestellte zurückhält und nach unseren Fahrkarten fragt.

Ich reiche ihr die Tickets. Sie scannt sie mit einem Handheld, kontrolliert sie noch einmal sehr gründlich von vorne bis hinten und stempelt sie schließlich ab, bevor wir einsteigen und unsere Plätze suchen dürfen.

„*Bon voyage*", brummt sie uns hinterher.

„*Merci beaucoup*", bedanke ich mich extra freundlich.

Neben dem Einstieg stehen zwei Soldaten und schauen sich aufmerksam um. Genau wie bei unserer Ankunft gestern. Ihre Hände ruhen auf den Maschinengewehren, die sie vor sich hertragen. Ihre Gesichter sind ernst. Ich fühle mich total unbehaglich bei diesem Anblick. Ich glaube, ich werde mich nie daran gewöhnen. Ich möchte es auch gar nicht.

Ich möchte nicht in einer Welt erwachsen werden, in der Soldaten und Polizisten Flughäfen, Bahnhöfe und Reisende beschützen müssen. Aber ich weiß auch, dass es eine andere Welt leider nicht mehr gibt.

Ich nehme meinen Rucksack ab, schiebe ihn zusammen mit der Tüte aus der Konditorei in den Fußraum und lasse mich auf einen Fensterplatz fallen, über dem meine Sitznummer steht. Phillip setzt sich mir gegenüber ebenfalls ans Fenster. Er klappt den Tisch zwischen uns herunter, stellt die beiden Becher darauf ab und streckt behaglich seufzend die langen Beine aus.

„Ich find's echt doof, dass wir nicht nebeneinandersitzen", mäkele ich.

„Vielleicht können wir uns ja gleich noch umsetzen", sagt er und schiebt mir einen Smoothie rüber. „Ich glaub nicht, dass der Zug voll wird."

Er irrt sich. Bis zur planmäßigen Abfahrt wird unser Zug noch richtig voll.

Nach und nach schieben sich unglaublich viele Menschen durch den engen Mittelgang an uns vorbei. Sie stopfen ihre Gepäckstücke in die Ablagen und lamentieren die ganze Zeit in verschiedenen Sprachen und unterschiedlichen Lautstärken darüber, wie überfüllt die Waggons sind.

Eine Frau und ihr kleiner Sohn setzen sich zu uns. Sie sprechen italienisch miteinander. Der Junge hockt sich neben Phillip und blickt schüchtern zu ihm auf. Total süß.

„Eigentlich schade, dass wir nicht trampen", meint Phillip, der noch gar nicht bemerkt hat, dass er einen kleinen Bewunderer neben sich sitzen hat.

„Wieso das denn?", will ich wissen. Ich nippe an meinem Getränk, das aus gehäckselten Äpfeln, Orangen, Grünkohl, Blattspinat und Minzblättern bestehen soll. Er schmeckt wie abgemähte Wiese. Oder zumindest so, wie ich mir vorstelle, dass eine abgemähte Wiese schmecken würde. Sehr grün und erdig.

„Vielleicht wär das ein bisschen cooler und entspannter, als mit diesem vollgestopften Zug durch die Botanik zu tuckern", meint Phillip. „Trampen soll in Frankreich total easy sein, hab ich mal gelesen. Es gibt extra markierte Tramperpunkte an den Ausfallstraßen, wo man sich registrieren lassen kann. Das macht es ziemlich sicher. Stell dir mal vor, was wir möglicherweise alles erlebt hätten! Vielleicht hätte uns ein bärtiger Lastwagenfahrer aufgegabelt, der Trüffel, Käse und Champagner transportiert. Der hätte dann während der Fahrt französische Chansons gesungen."

„Ja, klar", lache ich. „Oder ein berühmter Filmstar in einem schicken Cabrio. Oder doch eher eine temperamentvolle Familie mit fünf kleinen Kindern, von denen eins gekotzt und zwei andere die ganze Zeit gequengelt hätten? Nee, danke. Ich bin ganz froh, hier zu sitzen. Es sind doch nur zwei Stunden bis Deauville. Also, stell dich nicht so an!"

„Aber wir müssen umsteigen", wendet Phillip ein.

„Das hätte uns beim Trampen auch passieren können", erwidere ich.

„Stimmt", gibt er zu.

Der kleine Italiener hört uns gebannt zu, ohne ein Wort zu verstehen. Seine Mutter reicht ihm lächelnd eine Banane.

Phillip entwirrt das nagelneue Ladekabel, verbindet es mit seinem toten Handy und versucht anschließend, es in eine Steckdose zu stöpseln, die er neben seinem Sitz entdeckt hat. Ich schaue ihm ein Weilchen belustigt zu, bevor ich meinen Reiseadapter aus dem Rucksack ziehe und ihm wortlos rüberreiche.

„Kein Wunder, dass das mit Europa nichts wird", grummelt er vor sich hin, „wenn wir es nicht mal schaffen, uns auf einheitliche Stecker und Steckdosen zu einigen."

Als er es endlich geschafft hat, das Ladekabel mit seinem

Telefon und meinem Adapter und das Komplettarrangement mit der Zugsteckdose zu verbinden, lehnt er sich zufrieden zurück.

Der Zug fährt ruckelnd an. Ich schaue aus dem Fenster. Ganz langsam rollen wir aus dem riesigen Bahnhof. Die Gleise glänzen im Sonnenlicht. Ich werde kurz geblendet und kneife die Augen zu. Als ich sie wieder öffne, sehe ich die Stadt wie in Zeitlupe an mir vorüberziehen.

Es ist ein wunderschöner Tag und eine wunderschöne Kulisse. Am liebsten würde ich die Notbremse ziehen, aus dem Zug springen und wieder zurücklaufen.

Ich setze mich schnell auf meine Hände, um der Verlockung zu widerstehen.

Sind wir wirklich erst gestern in Paris angekommen?

Waren wir wirklich nur einen Tag und eine Nacht da?

In meinem Herzen fühlt es sich an, als wäre es viel länger gewesen. Aber vielleicht ist das so bei Orten, in die man sich verliebt hat.

„Adieu, Paris …“, murmele ich leise seufzend und werde ein bisschen traurig. Aber ich weiß ja, dass ich irgendwann zurückkehren werde. Das nehme ich mir jedenfalls in dieser Sekunde vor. Dann möchte ich unbedingt auf dem Eiffelturm Schlittschuh laufen, bei Shakespeare & Company nach alten Büchern stöbern, Milchkaffee aus einer Bol schlürfen und die wilden Katzen vom Friedhof Père-Lachaise füttern. Und eine Postkarte mit der geheimnisvoll lächelnden Mona Lisa kaufen. Das haben wir nämlich total vergessen.

Ach, das sind so schöne Träume …

Der französische Philosoph und Romancier Balzac hat angeblich mal gesagt, dass man auf nichts verzichten soll, wenn man träumt. Also werde ich ruhig weiter meinen Träumen und Wünschen folgen und daran arbeiten, dass sie sich eines schönen Tages erfüllen. Ich kann's kaum erwarten.

Phillip trinkt einen Schluck abgemähte Wiese und verzieht das Gesicht zu einer Grimasse.

„Schmeckt's?“, frage ich kichernd.

„Jo, echt lecker!“, antwortet er gequält.

Der Zug nimmt Fahrt auf und wird nun deutlich schneller.

Paris bleibt hinter uns zurück. Wir rauschen durch Vororte. Manche sehen ziemlich heruntergekommen aus, aber nicht alle. Es sind auch ein paar hübsche darunter, mit kleinen französischen Häusern in kleinen französischen Gärten.

Ich lehne meine Schulter gegen das Fenster und spüre, wie die Müdigkeit in mir hochkriecht, während ich hinter vorgehaltener Hand gähne.

Die letzten 24 Stunden waren wirklich nicht gerade unanstrengend. Der Schlafmangel, die Aufregung, all die vielen Eindrücke, die mein Gehirn und ich jetzt erst mal verarbeiten müssen …

Waren Phillip und ich gestern zu Fuß auf dem Eiffelturm?

Sind wir tatsächlich quer durch Paris gelaufen?

Stand ich heute Morgen noch vor Sacré-Cœur?

Oder hab ich das alles nur in meiner Fantasie erlebt?

Es kommt mir fast so vor; wie ein wunderschöner Traum, den ich gerne noch einmal ganz von vorn und in einer Endlosschleife immer wieder abspulen möchte.

Au revoir heißt auf Wiedersehen, denke ich noch.

Dann schlafe ich ein.

*

„Hey, Conni! Der Zug hält gleich an. Ich glaub, wir müssen hier umsteigen."

Jemand rüttelt an meinem Arm, aber ich will nicht aufwachen. Nein, bitte nicht. Ich bin doch so müde.

„Noch ein Viertelstündchen, bitte", brumme ich und versuche mich umzudrehen, was in dem engen Sitz natürlich nicht besonders gut funktioniert.

„Conni!"

Die Stimme kommt mir bekannt vor. Ich glaub, sie gehört meinem Freund. Wie heißt der noch gleich? Es fällt mir gerade nicht ein.

„Was ist denn?", knurre ich und öffne ein Auge. Wenigstens versuche ich es. Zu mehr als einem schmalen Sehschlitz reicht meine Superwomanpower leider nicht aus. Meine Superpowerakkus sind total erschöpft.

„Wir müssen aussteigen!" Phillip steht vor mir und schüttelt mich.

Menno, seit wann ist der so brutal?

„Aussteigen? Sind wir schon da?" Ich aktiviere den zweiten Sehschlitz und gucke mich verwirrt um.

Phillip hält mir die Einkaufstüte mit den Macarons vor die

Nase. Er hat seine Jacke angezogen und das Handy ausgestöpselt. Mein Rucksack baumelt über seiner linken Schulter. Er ist eindeutig zum Aus- und Umsteigen bereit – ganz im Gegensatz zu mir. Mein linker Fuß ist eingeschlafen und kribbelt wie tausend Ameisen. Ich fühle mich wie ein schlaftrunkener Zombie in einer Zwischenwelt gefangen. Doch plötzlich spüre ich, dass der Zug langsamer wird. Ich bin schlagartig hellwach.

„Hilfe! Wo sind wir?"

„Keine Ahnung, wie das Kaff heißt. Lisi-irgendwas", meint Phillip.

Ich rappele mich aus der halb liegenden Position hoch, versuche meinen Fuß wach zu schütteln, schlüpfe mit einem Arm in meinen Anorak und stehe auf, um einen Blick aus dem Fenster zu werfen.

LISIEUX, lese ich im Vorbeirollen auf einem Schild. So heißt der Zwischenhalt, an dem wir umsteigen müssen. Ich bin mir ganz sicher.

Mehr stolpernd als elegant klettere ich über die Beine meiner Sitznachbarin hinweg in den Gang und entschuldige mich vielmals. Sie nickt mir verständnisvoll zu, was ich ausgesprochen nett von ihr finde.

„*Buongiorno* und *au revoir*", sage ich zum Abschied.

„*Arrivederci*", erwidert sie und nickt noch einmal.

Der Zug hält mit quietschenden Bremsen. Ich werde gegen Phillip geworfen. Er fängt mich auf und zieht mich hinter sich her zum Ausstieg.

„Wieso hast du mich nicht früher geweckt?", fauche ich ihn an, als ich neben ihm auf dem Bahnsteig einer wildfremden französischen Stadt irgendwo im Nirgendwo stehe und versuche, mein wild galoppierendes Herz zu besänftigen.

„Hä?“, macht er. „Du fällst ins Klawitterkoma, bist nicht wach zu kriegen und gibst mir die Schuld? Echt jetzt?“

Unser Zug – beziehungsweise der Zug, in dem wir gerade noch gesessen haben – fährt ohne uns weiter.

Wir starren uns an und prusten gleichzeitig los.

„Klawitterkoma?“, wiederhole ich.

„Ein anderes Wort für praktisch-so-gut-wie-scheintot“, sagt Phillip.

Der Bahnhof, auf dem wir stehen, ist betongrau und schmucklos, um nicht zu sagen hässlich. Wir haben nur ein paar Minuten Aufenthalt, bis unser nächster Zug kommt. Eindeutig zu wenig, um uns die Stadt anzuschauen. Dabei könnte die vielleicht ganz hübsch sein. Die Häuser rund um den Bahnhof sind aus hellem Stein. Manche haben Fachwerkmauern und Türmchen. Auf einer Anhöhe steht eine Kirche, die wie eine kleine Schwester von Sacré-Cœur aussieht.

„Ich hab Hunger“, unterbricht Phillip meine Betrachtungen.

„Möchtest du ein Macaron?“, frage ich.

„Gib mir am besten gleich die ganze Schachtel.“

„Das kommt überhaupt nicht in die Tüte!“, sage ich streng.

„Nee, höchstens aus der Tüte“, grinst er.

Mit rollenden Augen angele ich die Macarons aus der Tasche. „Welche Sorte darf’s denn sein, *Monsieur*? Schokolade, Vanille, Pistazie, Walderdbeere, Maracuja oder French Karamell?“

„Von jedem eins“, sagt Phillip.

„Aber dann ist die Packung fast leer!“, jaule ich auf.

Zum Glück ertönt in dieser Sekunde eine Ansage über unseren Köpfen. Sie verkündet die Ankunft unseres Zuges nach Deauville-Trouville und bittet um Vorsicht an der Bahnsteigkante.

„Lass uns erst mal einsteigen", sage ich zu Phillip und versenke die bunten Baisers wieder in meiner Tüte. „Die Macaronfrage klären wir gleich im Zug."

KAPITEL 15

Ey, da müsste Musik sein …

Der Pendlerzug nach Deauville ist fast leer. Wir ignorieren unsere Platznummern, steigen einfach in einen Waggon in der Mitte des Zuges und entern die besten Plätze direkt neben einem Panoramafenster. Die Sitze sind weich, bequem und plüschig.

„Das ist doch bestimmt die erste Klasse, oder?“, frage ich und schaue mich um.

„Nö, ich glaub nicht“, erwidert Phillip. „Ich hab jedenfalls kein Schild gesehen. Was heißt 1. Klasse auf Französisch?“

„Première“, sage ich.

„Falls ein Schaffner kommt und wir in einem falschen Waggon sitzen, wird er es uns schon sagen“, meint Phillip und lehnt sich entspannt zurück. „Krieg ich jetzt endlich ein paar von diesen Macaronendingern oder willst du mich verhungern lassen?“

„So schnell verhungerst du nicht. Aber ich will mal nicht so sein.“ Ich ziehe die Schachtel aus der Tüte und öffne den Deckel. „Such dir eins aus.“

„Nur eins?“ Phillip guckt mich entgeistert an. Sein Gesichtsausdruck ähnelt dem von Mau, wenn der Fressnapf leer ist oder meine Mutter aus Versehen eine falsche Futtersorte eingekauft hat, die er nicht mag.

Ich muss lachen.

„Dann nimm dir von jeder Sorte eins“, sage ich und halte ihm die ganze Packung hin. „Aber erwarte kein Mitleid von mir, wenn dir nachher schlecht ist.“

Phillip nimmt sich ein Schokoladenmacaron und versenkt es komplett in seinem Mund. Er sieht aus wie ein dickes Backenhörnchen, das eine Erdnussplantage geplündert hat.

„Boah, krasch lecker!“, nuschelt er und reckt seinen Daumen nach oben.

Ich wähle ein rosafarbenes mit Walderdbeerfüllung und beiße vorsichtig hinein. In meinem Mund findet eine himmlische Geschmacksexplosion statt, als das knusprige Schaumgebäck mit der fruchtigen Creme verschmilzt. Ich gebe Phillip uneingeschränkt recht: Die Dinger sind wirklich extrem lecker. Und sie machen süchtig!

Phillip nimmt sich als Nächstes ein French-Karamell-Macaron, ich ein grünes mit Pistazie. Danach teilen wir uns eines mit Vanillecreme. Wir versuchen zu bewerten, welches uns am besten schmeckt, aber dazu müssen wir uns mindestens einmal quer durch die ganze Packung futtern.

„Mir ist schlecht“, stöhne ich irgendwann auf.

Phillip grinst.

Wir einigen uns darauf, die restlichen Macarons aufzubewahren und später zu essen, wenn sich unser Blutzuckerspiegel wieder im Normalbereich eingependelt hat.

Die Fahrt nach Deauville-Trouville dauert nur knapp zwanzig

Minuten. Kaum haben wir es uns gemütlich gemacht, müssen wir auch schon wieder aussteigen. Kein Schaffner hat sich blicken lassen, um unsere Tickets zu kontrollieren. Als der Zug in den kleinen Bahnhof einfährt und quietschend hält, stellen wir beim Aussteigen fest, dass wir tatsächlich in der 1. Klasse gefahren sind.

„Mir kamen die Sitze gleich so kuschelig vor", raune ich Phillip zu.

Kichernd laufen wir den Bahnsteig entlang zum Ausgang. Zum Glück scheint auch in Deauville die Sonne. Vielleicht haben wir sie ja aus Paris mitgebracht. Wer weiß? Auf jeden Fall sieht die Stadt plötzlich viel hübscher und einladender aus.

Oder kommt sie mir nur freundlicher vor, weil sie so viel sauberer und heller ist als Paris? Weil die Luft hier viel frischer ist und kein bisschen nach Abgasen stinkt? Weil es hier nicht permanent hupt und knattert, scheppert und lärmt?

„Wie ruhig es hier ist", staunt Phillip.

Ich nicke.

„Himmlisch, oder?", sage ich und atme ganz tief ein.

Die Straßen sind leer. Nicht ein Fitzelchen Müll fliegt herum. Vom Meer weht ein leichter Wind herüber. Am Yachthafen werkeln graubärtige Männer an ihren Booten. Über ihren Köpfen kreisen schneeweiße Riesenmöwen. Die Wanten an den Masten klirren leise. Phillip und ich gehen Hand in Hand und gucken uns immer wieder glücklich an.

Ich glaube, wir trödeln absichtlich. Als ob wir unsere Zweisamkeit noch ein bisschen länger ausschöpfen wollen. Oder wollen wir uns nur vor der Begegnung mit Julius drücken? Vermutlich beides ... Je näher wir dem Hotel kommen, desto bummeliger werden unsere Schritte. Nein, man kann wirklich nicht behaupten, dass wir es besonders eilig haben mit unserer Rückkehr.

„Glaubst du, dass wir Stress kriegen?", frage ich irgendwann.

„Du meinst, mit Julius? Wegen unseres verlängerten Ausflugs?", fragt Phillip zurück. „Nein, ich glaub nicht. Er ist nicht nachtragend."

Ich gebe mich mit der Antwort zufrieden. Selbst wenn Julius uns Vorwürfe machen und uns eine Standpauke halten sollte, kann er uns Paris nicht mehr nehmen. Keiner kann das.

Wir haben die *Promenade des Planches e*rreicht und schlendern über die Holzplanken, denen die prächtige Strandpromenade ihren Namen verdankt. Rechts von uns breiten sich der Strand, das Meer und der blaue Himmel bis zum Horizont aus. Links stehen die Strandbuden mit den Namen berühmter Filmstars. Harrison Ford, Jack Nicholson, Morgan Freeman, Janet Leigh, Lana Turner ...

Ich frage mich, ob die wirklich alle mal hier gewesen sind oder ob die Schriftzüge nur zur Dekoration dienen. Egal, es gefällt mir. Es verleiht der Promenade ein gewisses mondänes Flair. Ich komme mir vor wie in einer verstaubten, altmodischen Filmkulisse. Wahrscheinlich soll es sich genau so anfühlen, wenn man hier entlanggeht.

„Tja, da sind wir", sagt Phillip, als wir fünf Minuten später vor dem Hotel stehen.

„Tja ...", sage ich und seufze leise in mich hinein.

Der Jaguar parkt auf einem Seitenstreifen neben dem Haupthaus. Ob Julius und Katharina sich freigenommen haben, um Phillip und mich in Empfang zu nehmen?

Irgendwie wär's mir fast lieber, sie hätten heute noch einen wichtigen Termin im Rathaus. Oder sie würden einen netten Ausflug machen, sich die Gegend anschauen und erst zum Abendessen gut gelaunt zurückkehren.

Ich kann nicht behaupten, dass ich mich auf die Begegnung freue. Dabei hab ich eigentlich gar kein schlechtes Gewissen. Es ist nur so ein komisches Gefühl. Oder doch Gewissensbisse? Ach, ich weiß es nicht.

Wir betreten das Hotelfoyer durch die Glastür. Der Portier schaut von seinem Computermonitor auf und begrüßt uns mit geschäftsmäßig-neutraler Miene.

Wir nicken ihm zu. Ich murmele ein leises *Bonjour*.

Julius sitzt ganz entspannt in einem der dicken Ledersessel, die im Eingangsbereich stehen, und blättert in einer deutschen Wirtschaftszeitung. Während ich mich noch frage, wo er die wohl herbekommen hat, faltet er sie schon zusammen, wirft sie auf einen Beistelltisch und springt auf.

„Da seid ihr ja!", ruft er und kommt auf uns zu.

Weder seine Stimme noch sein Gesicht lassen irgendwelche Rückschlüsse auf seine Gemütslage zu. Aber Phillips Vater ist eh kein Mensch, dem man immer sofort ansieht, wie er drauf ist. Ich glaube, man nennt das Pokerface. Aber es ist ein durchaus freundliches Pokerface. Immerhin.

„Hi!", grinst Phillip.

„Hallo", sage ich.

„Junge, Junge", brummt Julius und schüttelt den Kopf. „Ihr

macht Sachen!“ Er nimmt zuerst Phillip, dann mich in den Arm und sieht sehr erleichtert aus. „Schön, euch gesund und munter wiederzusehen! Wie war die Fahrt?“

„Alles easy.“ Phillip schiebt die Hände in die Taschen seiner Jeans. Er grinst immer noch.

„Und wie hat euch Paris gefallen?“, wendet sich Julius an mich.

„Es war toll!“, sage ich. „Unbeschreiblich schön!“

„Das dachte ich mir“, erwidert er. „Wahrscheinlich seid ihr deshalb auch ein bisschen länger geblieben, als wir verabredet hatten?“

Weil er den Satz wie eine Frage formuliert hat, nicke ich reflexartig. Julius lächelt.

„Ich bin wirklich froh, dass euch nichts passiert ist. Weder bei dem Überfall noch bei eurem Übernachtungsabenteuer. Ich habe nur eine Bitte an euch.“

„Und welche?“, will Phillip wissen. Ich halte die Luft an.

„Könnt ihr bitte auf eine Wiederholung verzichten? Wenigstens, bis ihr volljährig seid?“, fragt Julius.

Phillip und ich wechseln einen Blick.

„Logo“, sagt Phillip.

„Ja, klar“, schließe ich mich an und atme normal weiter. Julius ist wirklich cool. Er fragt nach dem Überfall, lässt sich jedes kleine Detail schildern und die Kopie unserer Anzeige zeigen. Irgendwann schüttelt er den Kopf.

„Keine Polizei der Welt hat genug Personal, um alle Kleinkriminellen zu fassen“, sagt er. „Kein Gericht der Welt hat genug Zeit, um sie zu bestrafen.“

„Du meinst, die werden nicht weiter verfolgt? Die kommen ungestraft davon?“, fragt Phillip.

Mein Magen zieht sich zusammen.

„Ich fürchte, genauso wird es sein“, erwidert Julius ernst.

Phillip und ich gucken uns betreten an.

Julius wechselt geschickt das Thema.

„Wollen wir vielleicht eine Kleinigkeit essen?“, schlägt er vor und dreht sich um. „Oder habt ihr keinen Hunger?“

Phillip nickt sofort. „Doch, klar. Wo steckt Katharina? Habt ihr heute keine wichtigen Termine mehr?“

„Katharina ist in der Stadt und macht ein paar Besorgungen. Sie kommt sicher gleich.“ Julius geht voraus und hält uns die Tür zum Hotelrestaurant auf. Der große Speisesaal ist anscheinend nur zum Frühstück und Abendessen geöffnet.

„Zu deiner zweiten Frage …“, fährt Julius fort, während ein Kellner uns zu einem Tisch am Fenster führt. „Wir haben alles erledigt, was zu erledigen war. Unsere Recherche ist abgeschlossen. Wir haben alle notwendigen Unterlagen, Unterschriften und Urkunden beisammen. Um den Rest können wir uns von unserer Kanzlei aus kümmern.“

„Was soll das heißen?“, fragt Phillip mit gerunzelter Stirn. Sein Vater legt ihm eine Hand auf die Schulter.

„Dass wir morgen wieder nach Hause fahren“, sagt er dann.

„Was? Morgen schon?“, rutscht es mir heraus.

Julius nickt. „Morgen Abend, um es genau zu sagen. Ihr habt also noch einen ganzen Tag für euch.“

Wir setzen uns hin. Phillip guckt mich an. Ich greife unter dem Tisch nach seiner Hand.

Als der Kellner uns die Speisekarten reicht, schaue ich kaum auf. Ich hab überhaupt keinen Hunger mehr. Die Ankündigung, dass wir schon morgen Abend abreisen, kommt viel zu plötzlich. Ich hatte gehofft, dass wir noch ein, zwei Tage länger bleiben würden.

„Hey", sagt Phillip leise und drückt meine Hand. „Es gibt überbackene Zwiebelsuppe. Die magst du doch so gern, oder?"

„Ja", sage ich. „Und wie!"

Ich muss lächeln. Es geht gar nicht anders. Wir haben noch den Rest von heute, eine Nacht und einen Tag. Das ist eine ganze Menge.

Wir warten mit dem Bestellen, bis Katharina kommt. Als sie endlich auftaucht, begrüßt sie uns stürmisch.

„Ich dachte schon, ihr wärt durchgebrannt!" Sie lacht und zwinkert mir zu.

„Wir mussten Julius versprechen, damit zu warten, bis wir volljährig sind", sagt Phillip trocken.

„Ja, das wäre wirklich besser", knurrt Julius. „Schließlich bin ich nicht mehr der Jüngste. Nehmt ein bisschen Rücksicht."

Ich ziehe eine der schicken Schokoladentrüffelschachteln, die ich auf dem Eiffelturm gekauft habe, aus dem Rucksack und überreiche sie Katharina und Julius.

„Ein kleines Mitbringsel für euch", sage ich verlegen.

Die beiden freuen sich sehr darüber.

Der Kellner kommt. Ich bestelle Zwiebelsuppe, sonst nichts. Die anderen wählen etwas aus der Menükarte.

Während wir essen, erzählen Phillip und ich von Paris. Ich gerate ins Schwärmen und merke plötzlich, wie sehr mir die Stadt ans Herz gewachsen ist. Dabei hatten wir nur so wenig Zeit. Und ich hab noch lange nicht alles gesehen.

„Dich hat's erwischt", stellt Katharina lächelnd fest. „Du hast dich in Paris verliebt."

Ich widerspreche ihr nicht.

Nach dem Mittagessen wollen Katharina und Julius Briefe und Mails schreiben und einige Telefongespräche führen. Phillip und ich gehen hinauf in unsere Zimmer. Ich sehne mich danach, endlich zu duschen und anschließend in frische Klamotten zu schlüpfen. Müde bin ich auch, klar. Aber ich denke nicht daran, meine kostbare Zeit mit einem Mittagsschlaf zu vergeuden. Schlafen kann ich, wenn ich wieder zu Hause bin. Die wenigen Stunden, die ich noch in Frankreich bin, will ich unbedingt hellwach erleben.

Ich raffe schnell ein paar Sachen zusammen, verschwinde im Bad, hüpfe unter die Dusche und lasse mir genüsslich das warme Wasser ins Gesicht prasseln, während ich mich vom Kopf bis zu den Zehenspitzen in duftige Schaumwolken hülle. Durch die dünne Verbindungstür, die zu Phillips Zimmer führt, dringt laute Musik. Ich lausche und grinse. Dann gröle ich mit: *„Mit dir, mit dir passieren alle guten Dinge, alle guten Dinge …"*

Es ist so herrlich, nach dem Duschen frische Unterwäsche anzuziehen, in eine saubere Jeans zu steigen und einen kuscheligen Pullover überzuziehen!

Meine nassen Haare rubbele ich mit einem Handtuch ab und föhne sie anschließend vor einem großen Spiegel trocken, der in meinem Zimmer hängt. Die ganze Zeit summe ich vor mich hin. Nebenan im Badezimmer rauscht die Dusche. Ich gehe jede Wette ein, dass Phillip die genauso genießt wie ich.

Es ist früher Nachmittag. Wir haben noch gar keinen Plan gemacht, was wir mit dem Rest des Tages anstellen wollen. Da das Wetter uns gnädig zu sein scheint, könnten wir noch einmal an den Strand gehen.

Ich schaue aus dem Fenster. Es ist leicht bewölkt, aber davon abgesehen ist der Himmel überwiegend blau und freundlich. Ich hätte Lust auf einen langen Spaziergang am Meer. Vielleicht können wir Muscheln sammeln?

Ich stupse das kleine Exemplar an, das Phillip mir geschenkt hat. Wo es eine gibt, sind bestimmt noch mehr. Wer weiß, was der Sturm neulich alles angespült hat?

Das Wasserrauschen hört plötzlich auf. Ich höre Phillip brummeln und muss kichern. Vielleicht hat er vergessen, sein Handtuch mit ins Bad zu nehmen. Oder er sucht eine Socke. Oder er führt Selbstgespräche. Alles ist möglich.

Ich stelle mich vor den Spiegel und reibe mein Gesicht mit einer zart getönten Tagescreme ein. Dann tusche ich die Wimpern ganz leicht. Phillip steht nicht so auf Make-up. Ich auch nicht, kein bisschen. Aber mit diesen kleinen Tricks sehe ich tatsächlich gleich viel frischer aus, ohne fett geschminkt zu sein. Zum Schluss noch etwas farbloser Lipgloss, ein winziger Spritzer meines Lieblingsdufts – und fertig!

Ich drehe mich vor dem Spiegel hin und her, werfe die Haare über die Schultern, mache ein dämliches Duckface, kriege natürlich prompt einen Lachflash und bin insgesamt sehr zufrieden mit dem, was ich sehe.

Die helle, ausgewaschene Jeans und der marineblaue Rollkragenpulli stehen mir. So viel Eigenlob muss sein.

Weil Phillip anscheinend länger braucht – Jungs brauchen immer länger als Mädchen, alles andere ist ein Märchen! –, grabe ich mein Handy aus den Tiefen meines Rucksacks hervor und checke den Posteingang. Ich habe einen verpassten Anruf von Mama, einen von Dina und zwei ungelesene Kurznachrichten. Eine ist von Lena, die andere von Billi. Neugierig klicke ich sie an und lese. Lena schreibt:

WOW, PARIS?
WIE ISCH DISCH BENEIDE, CHÉRIE!!
ABER HIER IST ES AUCH GANZ SCHÖN.
DIE SONNE
SCHEINT UN-ENT-WEGT, SOGAR NACHTS,
OB DU'S GLAUBST ODER NICHT.
TU NICHTS, WAS ICH NICHT AUCH TUN WÜRDE,
UND PASS AUF DICH AUF!
TOUJOURS L'AMOUR,
LENA ♥

Ich muss lachen. Wo Lena ist, scheint irgendwie immer die Sonne. Keine Ahnung, wie sie das macht. Und ich soll nichts tun, was sie nicht auch tun würde? Was soll das denn heißen? Sie tut einfach alles, wonach ihr gerade der Sinn steht. Immer und überall. Ganz so mutig wie sie bin ich leider nicht, aber wahrscheinlich will sie mir nur zu verstehen geben, dass ich die Zeit genießen soll. Und genau das hab ich vor.

Billis Nachricht ist ein bisschen kürzer. Sie schickt mir liebe Grüße aus Italien und wünscht mir „*BUONE VACANZE!*", was vermutlich so viel wie schöne Ferien heißt.

Ich lasse das Handy sinken und seufze.

Plötzlich vermisse ich meine Freundinnen. Aber zum Glück sehen wir uns ja bald wieder.

Bevor ich noch gefühlsduselig werde, rufe ich schnell meine Mutter an. Dann kann ich ihr auch gleich sagen, dass ich schon bald wieder nach Hause komme. Bestimmt freut sie sich. Ich freu mich auch. Das stelle ich fest, als ich kurz darauf ihre Stimme höre.

„Hallo, Mama!", sage ich, kaum dass sie sich gemeldet hat. „Ich hab gerade gesehen, dass du versucht hast, mich anzurufen. Gibt's was Besonderes?"

„Hallo, Conni! Wie lieb, dass du zurückrufst! Nein, hier gibt es nichts Besonderes. Ich wollte nur mal hören, wie es dir geht."

„Uns geht's gut. Richtig gut!", strahle ich.

Sie berichtet mir, wie das Wetter zu Hause ist (nicht so toll) und was Papa, Jakob und Kater Mau so machen (nicht viel).

Im Gegenzug erzähle ich ihr, wie das Wetter in Deauville ist (anscheinend besser als in Neustadt), von Paris (in homöopathischer Dosis; die Einzelheiten soll sie lieber persönlich erfahren, sonst regt sie sich noch auf), von Phillip, Julius und Katharina. Als ich ihr schließlich sage, dass wir schon morgen Abend heimfahren, wundert sie sich.

„Wolltet ihr nicht vielleicht noch ein bisschen länger bleiben?", fragt sie.

„Das hat sich leider erledigt. Julius und Katharina müssen wieder in ihre Kanzlei“, antworte ich. „Aber wir haben morgen ja noch einen ganzen Tag.“

„Dann unternehmt was Schönes!“, sagt Mama.

„Machen wir“, verspreche ich lächelnd.

Dann verabschieden wir uns voneinander und legen auf. Perfektes Timing. In dieser Sekunde klopft es an der Verbindungstür.

„Herein!“, rufe ich laut, obwohl es kein anderer sein kann als Phillip. Er schiebt seinen Kopf in mein Zimmer und grinst.

„Stör ich?“

„Du störst fast nie“, antworte ich, immer noch lächelnd.

„Fast nie?“, fragt er.

„Ja, fast nie. Nun komm schon rein!“ Ich werfe das Handy aufs Bett. „Bist du endlich fertig? Wieso hat das so lange gedauert? Was wollen wir jetzt machen? Wie wär's mit einem Strandspaziergang? Ich hätte Lust, Muscheln zu sammeln.“

Aus seinem Zimmer kommt Musik. Wincent Weiss singt.

Wenn wir uns verlieben,
wenn das Leben uns umhaut,
wenn wir besoffen vor Glück sind,
müsste da nicht Musik sein?
Ey, da müsste Musik sein,
wo auch immer du bist …

Ich liebe diesen Song! Aber Phillip liebe ich noch viel mehr.

*

Eine halbe Ewigkeit später verlassen wir das Hotel und laufen über die Küstenstraße an den Strand. Die Sonne scheint. Der Wind zerzaust uns die Haare. Wenn es hier am Meer nicht ständig so pusten würde, wäre es vermutlich wärmer, doch leider ist die Luft noch ziemlich frisch, um nicht zu sagen: kalt.

Phillips Augen strahlen. Er nimmt meine Hand.

„Du bist schön", sagt er. Einfach so. Und weißt du, was? Ich glaube ihm. Ich fühle mich nämlich gerade selbst total schön. Ich glaub, es liegt daran, wie er mich ansieht. Unter seinem Blick wird alles schön.

Ich bin so glücklich, dass ich am liebsten die ganze Welt umarmen möchte. Außerdem kann ich den Frühling riechen. Ja, wirklich. Ich bin mir ganz sicher: Es duftet nach Frühling.

Wir laufen über den breiten Strand bis ans Wasser. Immer wieder bleiben wir stehen und bücken uns, um eine Muschel aufzuheben. Die besonders hübschen wandern in unsere Taschen, die anderen werfen wir gleich zurück. Das Meer ist heute ganz ruhig. Überhaupt kein Vergleich zu der aufgewühlten Sturmsee von neulich. Kleine Wellen – kann man die überhaupt so nennen? – schwappen fast schüchtern an das flache Ufer. Hauchzarte Tangbüschel wiegen sich darin. Sie sehen sehr hübsch und grün und anmutig aus. Fast so, als würden sie ein Unterwasserballett tanzen. Hoch über uns kreischt eine Möwe, die uns neugierig beäugt. Vielleicht ist sie auf der Suche nach etwas Essbarem, einem Fisch oder einer leckeren Muschel.

Das Wasser ist so klar, dass man bis auf den hellen Grund sehen kann. Ich bin kurz davor, die Schuhe auszuziehen und hineinzuwaten, aber als Phillip beiläufig erwähnt, dass die Wassertemperatur garantiert bei unter zehn Grad liegt, wenn überhaupt, behalte ich meine Boots und die dicken Wollsocken lieber an.

„Um diese Jahreszeit schwimmen hier nur Polarbären und Pottwale", grinst Phillip.

„Hier gibt's Polarbären? Echt jetzt?", frage ich mit gespieltem Entsetzen.

„Ja, klar", versichert er mir mit Dackelblick. Seine Nase leuchtet rot, was entweder vom Flunkern oder vom Wind kommt, aber auf jeden Fall sehr süß aussieht. Wie bei Rudolf, dem Rentier. Wir bummeln Hand in Hand weiter. Zuerst meilenweit in die eine Richtung und dann, als es wegen einiger Felsbrocken, die über den Strand verteilt sind und bis ins Wasser ragen, nicht weitergeht, zurück in die andere.

„Ob wir hier irgendwo einen heißen Kakao bekommen?", frage ich irgendwann.

„Du meinst, so einen richtig leckeren mit viel Sahne und Schokoraspeln?", fragt Phillip zurück.

Ich nicke.

„Dagegen hätte ich nichts einzuwenden", schnieft Phillip-Rotnasen-Rudi.

Wir stehen am Ende des Strandes an einem Weg, der sich zwischen vernagelten Bretterbuden und einem kleinen Reitstall durchschlängelt, und schauen uns unschlüssig um. Um uns herum wiegt sich Strandhafer, der hier büschelweise aus dem Sand wächst.

„Da drüben kann man im Sommer wahrscheinlich Liegen und Sonnenschirme mieten." Phillip zeigt auf eine der Buden.

„Vielleicht auch Surfbretter", füge ich hinzu. „Und Pommes

essen. Lass uns einfach im Sommer wiederkommen. Dann ist es hier bestimmt richtig schön."

Ich stelle mir Deauville in der Sommerhitze vor. Alles ist ganz träge. Der Sand glüht, das Meer glitzert. Es riecht nach Kokosöl und heißem Asphalt. Braun gebrannte Kinder toben in den Wellen. Gut gelaunte Eisverkäufer ziehen mit ihren Bauchläden umher. Phillip und ich liegen unter einem gestreiften Sonnenschirm und dösen. Von irgendwoher kommt Musik. Ich lasse die feinen Sandkörner durch meine Finger rieseln, blinzele in den hellen Himmel, spüre die Wärme auf meiner Haut …

Ich seufze.

„Okay, abgemacht. Wir fahren mindestens noch zwei Mal nach Frankreich." Phillip baut sich vor mir auf und guckt mir in die Augen. „Einmal im Winter, um in Paris Schlittschuh zu laufen, auf dem Eiffelturm Punsch zu trinken und Mona Lisa zu besuchen. Und das zweite Mal –"

„Und das zweite Mal im Sommer, um im Meer zu schwimmen und barfuß über den Strand von Deauville zu laufen", vollende ich seinen angefangenen Satz. „Oh ja, bitte! Lass uns wieder herkommen!"

„Versprochen", sagt er und gibt mir einen Stups auf die Nasenspitze. „Und jetzt suchen wir ein Café und trinken heiße Schokolade."

„Mit Sahnehäubchen!"

„Unbedingt."

Wir verlassen den Strand, klopfen an einer Mauer den Sand von unseren Boots und folgen dann einfach der Straße in Richtung

Yachthafen, Casino und Bahnhof, die wir neulich schon entlanggegangen sind. Ich bezweifle zwar, dass wir hier irgendwo ein Café finden werden – wo soll das so plötzlich hergekommen sein? –, aber ich sage nichts. Das Wetter ist immer noch schön. Wir haben den ganzen Nachmittag Zeit. Irgendwo werden wir schon einen heißen Kakao bekommen, da bin ich mir sicher.

Je näher wir der Innenstadt kommen, desto mehr fällt uns auf, dass Deauville langsam aus dem Winterschlaf erwacht. Auf der gegenüberliegenden Straßenseite sind Gärtner damit beschäftigt, von einem Lieferwagen Blumenerde in hässliche Betonkübel zu schütten und diese mit bunten Blumen zu bepflanzen.

Hab ich's nicht gesagt? Ich rieche den Frühling!

An einigen Stadthäusern sind die Fensterläden weit geöffnet. Die Wege in den Vorgärten sehen gefegt aus.

Als wir am Yachthafen ankommen, wird dort gerade ein Segelboot ins Wasser gelassen. Es hängt an einem Kran. Ein Mann hält eine Leine in der Hand und dirigiert das Boot damit vorsichtig in die richtige Richtung.

Wir bleiben stehen und schauen eine Weile zu. Ich mache ein Foto von Phillip vor dem Boot. Es sieht aus, als würde es über seinem Kopf schweben. Total witzig, besonders weil er genau in der Sekunde nach oben geschielt hat, als ich auf den Auslöser gedrückt habe.

Weil wir den Bahnhof von Deauville schon in- und auswendig kennen, biegen wir an einer Kreuzung in eine Seitenstraße ab, in der wir noch nicht waren. Die Häuser, die hier stehen, sehen ziemlich alt und ein bisschen wie zu groß geratene Puppenhäuser aus. Die meisten sind aus hellem Backstein gebaut, total gepflegt, mit Türmchen, Erkern und drolligen Zipfelmützendächern, Fachwerk aus dunklem Holz und dazu passenden Fensterläden.

„Willkommen in Schlumpfhausen“, meint Phillip.

„Mir gefällt's“, grinse ich und schieße im Vorbeigehen ein Foto.

Schließlich kommen wir in eine Einkaufsstraße. An den Schaufenstern und Eingangstüren stehen die Namen von berühmten Designern und internationalen Fashionmarken. Handtaschen liegen neben Edelklamotten. Vermutlich sündhaft teure Schmuckstücke werden zwischen High Heels und Parfümflakons präsentiert. Preisschilder gibt es nicht.

„Um hier einkaufen zu können, muss man wahrscheinlich erst mal im Spielcasino den Jackpot knacken“, sagt Phillip und fasst sich an die Stirn.

„Aber um ins Casino gelassen zu werden, musst du vorher erst mal hier shoppen gehen und dich einkleiden“, entgegne ich. „Mit Jeans und sandigen Boots kommt man da nicht rein.“

„Also nix für uns“, meint Phillip.

„Wer will schon ins Casino? Ich bestimmt nicht“, erwidere ich lächelnd.

„Nee, ich weiß. Du willst nur Kakao.“ Phillip schiebt die Stirn in Falten und schaut sich suchend um. „Hier muss es doch irgendwo ein Café geben! Was heißt Café auf Französisch?“

„Äh, meinst du das ernst? Café ist ein französisches Wort. Das heißt hier genauso wie bei uns zu Hause. So ähnlich wie Bistro, Omelette, Raclette, Restaurant.“ Ich pruste los.

„Echt jetzt? Ich spreche französisch? Cool!“ Phillip steppt über das Kopfsteinpflaster.

Ich folge ihm, immer noch prustend.

„Da du so unglaublich sprachbegabt bist, bringe ich dir jetzt ein weiteres wichtiges französisches Wort bei“, sage ich an der nächsten Straßenecke zu ihm. „Es heißt *Pâtisserie* und bedeutet Konditorei.“

„Café, Bistro, Restaurant, Pâtisserie …“, wiederholt Phillip brav. „Das ist irgendwie viel leichter als Latein.“

„Deshalb hab ich's ja auch als zweite Fremdsprache gewählt“, sage ich.

„Wirklich?“

„Nein, weil ich den Klang so mag. Und weil ich glaube, dass ich mit Französisch in meinem Leben weiterkomme als mit Latein. Schließlich hab ich nicht vor, Medizin oder Jura zu studieren.“

„Was deine Mutter und mein Vater vermutlich ziemlich bedauerlich finden“, meint Phillip.

„Ja, wahrscheinlich“, gebe ich zu. „Aber es geht um mein Leben, nicht um ihres. Eine Ärztin in der Familie reicht.“

„Und mir reicht ein Jurist. Obwohl – wenn Julius und Katharina irgendwann mal heiraten, wovon ich fast ausgehe, sind es schon zwei.“

„Du armer Anwaltssohn!“, sage ich spöttisch.

Wir sind stehen geblieben und treten zur Seite, um ein älteres Paar vorbeizulassen. Zufällig werfe ich einen Blick über Phillips Schulter und unterdrücke ein Kichern, indem ich mir blitzschnell die Hand auf den Mund klatsche und nur stumm auf einen Punkt schräg hinter Phillips linkem Ohr zeige. Er runzelt die Stirn.

„Lachst du mich an oder aus? Hey, was ist los?“, fragt er irritiert.

„Guck selbst, dann weißt du's", schlage ich vor.

Er dreht sich um und starrt auf ein schnörkeliges Schild, das über einem Schaufenster hängt. In der Auslage sind roséfarbene Törtchen, Eclairs, Macarons und andere Köstlichkeiten zu kunstvollen Pyramiden aufgeschichtet.

„Ist das eine Pâtisserie?" Phillip strahlt mich an.

„Volltreffer! Hundert Punkte!" Ich ziehe ihn hinter mir her. „Los, komm! Wo es Torten und Liebesknochen gibt, gibt's auch Kakao mit Sahnehäubchen!"

„Liebesknochen … yeah!", jubelt er.

Hand in Hand stürmen wir in den Laden und reißen die Glocke über der Eingangstür um ein Haar aus ihrer Halterung. Es dauert eine Ewigkeit, bis das Bimmeln aufhört. Die Bedienung hinter dem Tresen zuckt zusammen, doch dann lächelt sie und begrüßt uns. Es gibt einen kleinen Gastraum mit Bistrotischen und dazu passenden Stühlen. Wir sind die einzigen Gäste und hocken uns an einen Fenstertisch mit Blick in einen bezaubernden verwilderten Garten. Ich find's ein bisschen schade, dass wir nicht draußen sitzen können – dazu ist es eindeutig noch zu kalt –, aber wenigstens scheint die Sonne auf all die Pflanztöpfe und Kübel, die vor einer brüchigen Mauer aufgereiht stehen. Auch wenn noch nichts blüht, sieht das Ganze sehr malerisch aus. Ich zücke mein Handy und mache das nächste Foto.

Als die junge Frau ihren Platz hinter der Verkaufstheke verlässt, um sich nach unseren Wünschen zu erkundigen, bestelle ich auf Französisch *„Deux chocolats à boire, s'il vous plaît"*.

„*With* viel Sahne!", fügt Phillip grinsend hinzu. *„And two* Liebesknochen, *please*."

„*Avec de la crème*“, übersetze ich. „*Et deux éclairs, s'il vous plaît.*“

„*Merci*“, strahlt Phillip. Er spricht es englisch aus wie *mercy*. Ich breche fast zusammen. Die Kellnerin unterdrückt ein Schmunzeln.

„*Avec plaisir*“, sagt sie und notiert unsere Bestellung, bevor sie verschwindet. Kurz darauf hören wir das Klappern von Geschirr und ein zischendes Geräusch außerhalb unseres Blickfelds. Wahrscheinlich der Sahnesiphon.

Als die junge Frau das nächste Mal auftaucht, stellt sie zwei dickwandige Porzellantassen vor uns auf den Tisch sowie zwei Teller mit den größten Eclairs, die ich jemals gesehen habe. Phillips Augen werden fast genauso groß.

„*Mercy*“, sagt er noch einmal.

Die Kellnerin zwinkert ihm verliebt zu. Oder hab ich mir das nur eingebildet? Egal, sie ist schon wieder weg.

„Ich glaub, ich brauch heute kein Abendbrot mehr“, seufze ich und versenke meinen Löffel in dem kakaobestäubten Sahneberg, der die Trinkschokolade fast vollständig bedeckt. Ich schließe die Augen und grunze vor Wohlbehagen, als die Sahne auf meiner Zunge schmilzt.

„Und ich brauche einen zweiten Magen“, meint Phillip und betrachtet sein Eclair, das ungefähr die Ausmaße eines mittleren Dinosaurieroberschenkelknochens hat.

Ungefähr eine halbe Stunde später sind wir pappsatt und unsere Gelüste komplett befriedigt. Wir stehen auf und bezahlen.

Draußen vor dem Café atme ich tief ein. Es ist später Nachmittag. Die Sonne geht langsam unter. Der Himmel über Deauville hat sich bewölkt und dunkelrosalilapinkorange verfärbt. Es sieht wunderschön aus. Wie ein altes Gemälde.

Ich verzichte darauf, ein Foto zu machen, weil ich weiß, dass die Farben auf einem Bild immer nur halb so spektakulär rüberkommen wie in Wirklichkeit. Nein, dieses Gemälde speichere ich lieber in meinem Herzen als auf einer schnöden SD-Karte.

Eng umschlungen wandern wir zum Hotel zurück.

„Heute war ein schöner Tag", sage ich zu Phillip, zu mir selbst und zum Rest der Welt.

„Er ist noch nicht zu Ende", sagt Phillip mit einem Lächeln.

„Stimmt", antworte ich. „So ein Glück!"

KAPITEL 16

Adieu ist ein traurig-schönes Wort

Am nächsten Morgen werde ich von einem Geräusch geweckt, bei dem ich sogar im Halbschlaf sofort an den Refrain von Zaz' Regenlied denken muss. *Tombe, tombe, tombe, la pluie …*

Ich krabbele aus dem Bett, wanke ans Fenster und schaue durch einen Vorhangspalt hinaus in die Welt, die noch im Tiefschlaf liegt.

Ja, es regnet.

Und heute ist unser letzter Tag.

So ein Mist, alles beides!

„Le ciel est gris", murmele ich.

Der Himmel über Deauville ist wirklich sehr grau. Außerdem ist es kalt und viel zu früh, um aufzustehen. Um diese Uhrzeit gibt es noch nicht mal Frühstück.

Ich schlüpfe schnell zurück unter die Bettdecke und ziehe sie mir hoch bis ans Kinn. Dann schlafe ich wieder ein.

Als ich das nächste Mal wach werde, ist es eine Stunde später. Leider regnet es immer noch. Oder schon wieder, das kann ich nicht so genau sagen. Vielleicht hat es ja zwischendurch mal aufgehört. Dabei war es gestern so schön!

Ich angele mein Handy vom Nachttisch und schaue mir die Fotos an, die ich gemacht habe. Phillip und ich am Strand, die dicke Möwe im Wind, jede Menge Muscheln, der tanzende Seetang im klaren Wasser, das Segelboot am Kran, die Zipfelmützenhäuser …

Will Deauville mir den Abschied leicht machen, indem die Stadt sich heute wieder von ihrer grauen Seite zeigt? Es scheint fast so.

Ich lausche. Nebenan ist noch alles ruhig.

Ich erinnere mich daran, dass ich von Phillip und mir geträumt habe. In meinem Traum standen wir am Meer, um auf den Sonnenuntergang zu warten. Vielleicht war es auch der Sonnenaufgang, das weiß ich nicht mehr so genau. Aber dass der Wind warm war und mit unseren Haaren gespielt hat, dass Phillip meine Hand gehalten hat und wir uns filmreif geküsst haben, das kann ich fast noch spüren.

Ich denke an den Roman, den ich schreiben möchte. An den letzten Satz, der schon in meinem Kopf herumspukt.

Warum schreibe ich nicht über Frankreich? Über Deauville und Paris, über Macarons und Regentropfen, die Tage und Nächte, die wir zusammen verbracht haben?

Ja, ich glaube, das werde ich tun. Sobald ich wieder zu Hause bin, fange ich an. Auch wenn ich möglicherweise der einzige Mensch auf der Welt bin, der die Geschichte lesen wird. Ich möchte erzählen, dass Phillip und ich uns so nahgekommen sind wie nie zuvor. Dass unsere Liebe noch stärker geworden ist. Dass es keine Zweifel mehr gibt, falls es jemals Zweifel gab. Dass ich diesen Jungen liebe. Sein Lachen, seine Augen, sein Herz, einfach alles.

Ich strecke mich aus, gähne und fühle mich pudelwohl. Es ist mir egal, dass heute unser letzter Tag ist. Es wird noch viele Tage geben. Und einer wird schöner sein als der andere.

Ein paar Minuten später springe ich aus dem Bett und schleiche mich ins Bad, um zu duschen. Es ist immer noch früh, aber ich bin so wach und energiegeladen, dass ich nicht noch mehr kostbare Lebenszeit vertrödeln möchte. Kurz darauf bin ich fix und fertig angezogen und schaue unternehmungslustig hinaus.

Im Efeu unter meinem Fenster tschilpt ein Spatz. Ein anderer antwortet ihm. Der Himmel ist wolkenverhangen, aber wenigstens bekommt er von mir auf einer Farbskala von dunklem Grafit bis Hellgrau einen Platz im oberen Drittel. Aus dem Regen ist feines Nieseln geworden. Der Morgen hat Potenzial. Vielleicht wird ja doch noch ein schöner Tag aus ihm?

Am liebsten würde ich Phillip ein Frühstückstablett mit allen Schikanen ans Bett bringen, aber ich traue mich nicht, an der Rezeption zu fragen, ob das möglich ist. Ich könnte mich auch in den Frühstücksraum schleichen und heimlich ein Glas Orangensaft und ein paar Croissants nach oben schmuggeln.

Guter Plan, Klawitter. Nur leider zu spät.

Phillip ist aufgewacht. Ich höre ihn durch die Verbindungstür rumoren. Zuerst gähnt er, dann knarrt sein Bett. Irgendwas rumpelt. Er brummt, tappt herum, zieht den Vorhang auf, öffnet eine Schranktür, macht sie wieder zu.

Ich gehe ins Bad, lausche und halte mir die Hand vor den Mund, um nicht zu lachen.

Als Phillip plötzlich die Badezimmertür auf seiner Seite aufreißt, springe ich erschrocken zurück. Er auch. Wir starren uns an.

„Äh, guten Morgen?", sagt er verwirrt und mit einem großen Fragezeichen. „Stehst du schon länger hier rum?"

„Um ehrlich zu sein, ja", grinse ich. „Ich konnte nicht mehr schlafen und –"

„Du bist schon angezogen? Wahnsinn …", brummelt er. „Gib mir fünf Minuten."

„Von mir aus auch zehn", sage ich großzügig. „Aber nicht länger!"

Er guckt mich kurz an, als würde er überlegen, woher er mich kennt. Dann scheucht er mich aus dem Bad und verschwindet unter der Dusche.

Julius und Katharina sind schon beim Frühstück, als wir in den Speisesaal kommen. Weil heute unser Abreisetag ist, haben wir verabredet, zusammen zu frühstücken und die letzten Stunden in Frankreich gemeinsam zu verbringen.

Ich muss gestehen, dass ich eigentlich viel lieber mit Phillip allein wäre, aber ich will nicht undankbar sein. Ich glaube, Julius und Katharina freuen sich schon auf den Tag mit uns. Wir wollen uns das benachbarte Trouville anschauen und mit dem Auto weiterfahren nach Honfleur.

Phillip und ich holen Brötchen, Marmelade, Käse und Obstsalat vom Büfett und setzen uns.

Julius schaut von seiner Zeitung auf.

„Bonjour", begrüßen Katharina und er uns gleichzeitig.

„Bonjour", erwidere ich lächelnd.

„Morgen“, brummt Phillip und unterdrückt ein Gähnen.

Wir mümmeln schweigsam vor uns hin. Julius studiert die Börsenkurse, Katharina wischt auf ihrem Smartphone herum. Irgendwie kann sich keiner von uns dazu aufraffen, ein Gespräch anzufangen. Die Stimmung ist fast so, als wären wir in Gedanken schon auf der Heimreise. Kein Wunder, in ein paar Stunden heißt es: *Adieu, Deauville!*

Adieu, France!

Ich werde traurig, als ich daran denke. Und großartig Lust, darüber zu sprechen, habe ich auch nicht. Also beiße ich in mein Croissant und halte die Klappe.

Als Katharina uns fragt, ob wir schon gepackt haben, zucke ich zusammen.

„Ähm, nein. Aber bei den paar Sachen, die ich mithabe, geht das ganz schnell“, antworte ich.

„Dito“, meint Phillip.

„Fein.“ Julius lässt die Zeitung sinken. „Dann erledigt das am besten gleich nach dem Frühstück, damit wir auschecken können.“

„Wir kommen heute nicht wieder zurück ins Hotel?“, fragt Phillip mit gerunzelter Stirn.

„Nein, wir geben die Schlüssel gleich ab“, sagt sein Vater.

„Ist gut“, versichere ich schnell. „Überhaupt kein Problem.“

Ich trinke einen Schluck Orangensaft, um den Kloß herunterzuspülen, der sich plötzlich in meiner Kehle gebildet hat.

Phillip und ich wechseln einen Blick. Ich glaube, wir sehen beide nicht sehr glücklich aus. Aber wir können nichts daran ändern. Bald stecken wir wieder im Alltag fest. Mist.

Mir fällt ein Spruch ein, den ich irgendwo gelesen habe.

Er lautet ungefähr so: *„Es geht nicht darum, dem Leben mehr Tage zu geben, sondern den Tagen mehr Leben.“*

Ja, da ist was dran, denke ich und beschließe, in diesen Tag so viel Liebe, Lust und Leben zu packen, wie nur möglich ist. Hoffentlich klappt's!

Nein, es klappt nicht. Das merke ich schon, als Phillip und ich uns nach dem Frühstück die Treppe hochschleppen, um unsere Sachen zu packen und die Zimmer aufzuräumen.

Wenig später prallen wir im Badezimmer zusammen und greifen gleichzeitig nach der Zahnpastatube, die wir uns in den letzten Tagen geteilt haben.

„War das deine oder meine?“, fragt Phillip.

„Unsere“, sage ich.

Wir gucken uns betreten an.

„Stimmt“, meint Phillip. Er schraubt den Deckel von der Tube, drückt einen Strang Zahnpasta heraus und malt ein dickes, rotweiß gestreiftes Herz an den Spiegel über dem Waschbecken. Es sieht total schön aus.

Ich nehme ihm die Tube aus der Hand und schreibe „C + P“ darunter. Jetzt sieht es noch schöner aus, auch wenn das arme Zimmermädchen vermutlich eine Krise kriegt, wenn sie es nachher sieht. Aber vielleicht gefällt es ihr ja auch, wer weiß. Auf jeden Fall ist es romantisch.

Wir lassen die Zahnpastatube auf dem Waschbeckenrand liegen, weil keiner von uns sich entschließen kann, sie mitzunehmen. Mit dem restlichen Kram, unseren Zahnbürsten, dem

Waschzeug, Shampoo, Duschgel und so weiter, ist es irgendwie einfacher.

Wir verschwinden in unseren Zimmern – ich in meinem, Phillip in seinem – und werfen unsere Klamotten in die Reisetaschen. Die Verbindungstür lassen wir offen, damit wir uns hören können.

Irgendwann ist alles eingepackt. Ich stopfe noch mein Handy und das Ladekabel in den Rucksack. Die violette Muschel, die Phillip mir geschenkt hat, verpacke ich in drei Lagen Klopapier und schiebe sie anschließend vorsichtig in eine gepolsterte Seitentasche.

Zum Schluss schaue ich mich noch einmal um. Das Zimmer ist mir ans Herz gewachsen. Ich werde es schrecklich vermissen. Aber nicht nur das kleine Hotelzimmer wird mir fehlen. Dass nur eine schmale Tür, eine dünne Wand zwischen Phillip und mir war, dass wir uns jederzeit sehen konnten, wenn wir wollten, dass wir uns eine Zahnpastatube geteilt haben … Ich kann gar nicht beschreiben, wie schön es war, ihm so nah zu sein.

Zehn Minuten später checken wir an der Rezeption aus und geben unsere Zimmerschlüssel ab. Der Jaguar steht schon vor der Tür. Wir packen die Taschen in den Kofferraum, rutschen auf die Rückbank und schnallen uns an.

Julius sitzt am Steuer. Katharina neben ihm. Beide lächeln und sind gut gelaunt. Anscheinend haben sie überhaupt kein Problem damit, dass wir abreisen. Aber vielleicht ist das normal, wenn man erwachsen ist. Vielleicht gewöhnt man sich im Laufe der Zeit daran, immer wieder Abschied zu nehmen und abzureisen.

Kommt ja schließlich öfter vor, wenn man älter ist. Trotzdem finde ich es blöd.

Als wir losfahren, nehme ich Phillips Hand und schaue nicht zurück.

Wir rollen langsam durch Deauville, kommen am Yachthafen und am Bahnhof vorbei. Es nieselt immer noch. Der graue Himmel passt ziemlich gut zu meiner Stimmung.

Julius zeigt auf ein schickes, großes Gebäude.

„Das ist das alte Spielcasino", sagt er.

Katharina guckt interessiert. Phillip und ich nicht so.

„Wer will schon ins Casino?", flüstert Phillip mir zu.

„Ich nicht", flüstere ich grinsend zurück.

„Ich weiß. Du willst nur Kakao."

„Genau."

In Trouville finden wir problemlos einen Parkplatz und steigen aus, um uns den Ort anzuschauen. Phillip und ich stülpen unsere Kapuzen über. Julius und Katharina teilen sich einen Regenschirm.

Auf den ersten Blick sieht die Stadt fast genauso aus wie Deauville. Alte Häuser, prächtige Villen, ein paar Läden, Hotels und Restaurants, ein Fischerhafen, ein flacher Strand und dahinter das Meer.

„Total toll", murmelt Phillip spöttisch.

Ich unterdrücke ein Seufzen, während wir hinter Julius und Katharina herstolpern, die die Architektur der Jahrhundertwende bewundern und nach einer Villa namens *Les Muriers* Ausschau halten, die angeblich Gérard Depardieu gehören soll.

„Hey, weißt du zufällig, wann der nächste Zug nach Paris fährt?", raunt Phillip mir plötzlich zu.

„Ich glaub, der fährt jede Stunde. Wieso fragst du?"

„Weil ich mit dir durchbrennen will!"

„Nach Paris?"

„Klar. Oder hast du einen besseren Vorschlag?" Phillip grinst mich an.

„Mit dir würde ich überallhin durchbrennen", sage ich lachend. „Aber Paris klingt fürs Erste ganz gut. Sehr gut sogar. Ich bin dabei!"

Phillip legt seinen Arm um meine Schulter. Wir stapfen weiter. Für Trouville haben wir keinen Blick mehr. Wir sind viel zu sehr damit beschäftigt, uns auszumalen, wohin unsere Flucht uns führen wird.

Irgendwann steigen wir wieder ins Auto und fahren weiter nach Honfleur. Phillip und ich benehmen uns wie artige Kinder und murren nicht. Hauptsache, wir können noch ein paar Stunden zusammen sein. Alles andere ist egal. Auch die Städte, die wir uns angucken.

Dabei ist Honfleur wirklich hübsch, stelle ich fest, als wir dort ankommen. Besonders der Hafen sieht sehr malerisch aus. Dann reißt plötzlich der Himmel auf, es hört auf zu nieseln und die Sonne kommt zum Vorschein. Es wird richtig schön. Ich hab's ja geahnt, dass dieser Tag Potenzial hat!

Ich knipse die bunten Häuser und die engen Gassen. Und immer wieder Phillip, obwohl ich von ihm schon Zigtausend Fotos habe. Er ist und bleibt mein liebstes Motiv.

Katharina und Julius besuchen eine Kunstausstellung in einem

Museum. Phillip und ich schlendern währenddessen durch die Stadt und trödeln herum.

Irgendwann essen wir Mittag und fahren danach noch ein Stück weiter die Küste hinauf.

So verbummeln wir unseren letzten Tag in Frankreich und packen ganz viel Leben und Liebe hinein, bis es Zeit wird, Abschied zu nehmen.

Es ist schon später Nachmittag, als wir uns wieder ins Auto setzen und die Sicherheitsgurte anlegen. Ich bin müde und glücklich und freue mich auf meine Familie.

Julius lenkt den Jaguar auf eine Schnellstraße. Katharina legt eine CD mit Liedern von Klee ein und singt leise mit:

„Sag Adieu. Adieu, adieu, adieu. Das traurig schönste Wort von allen …“

Ich lehne mich in meinem Sitz zurück und schaue auf die vorbeifliegende Landschaft. Der Himmel verfärbt sich orangeviolett. Ich muss gähnen.

„Wann geht zu Hause die Sonne auf?“, frage ich Phillip.

„Noch lange nicht“, antwortet er lächelnd. „Ich sag dir rechtzeitig Bescheid. Okay?“

„Okay.“ Ich nicke.

Wir rauschen durch die Dämmerung. Mein Herz klopft ganz gleichmäßig und ruhig. Ich denke an die vergangenen Tage und muss lächeln.

„Adieu, adieu“, wiederhole ich den traurig-schönen Refrain.

Phillip streichelt meine Fingerknöchel. Ich lege meinen Kopf gegen seine Schulter und schließe die Augen.

„Weißt du, was am allerschönsten ist?“, frage ich ihn.

„Was denn?“

„Dass wir irgendwann wieder herkommen.“

„Ja, klar. Wir haben schließlich eine Verabredung zum Schlittschuhlaufen auf dem Eiffelturm und zum Schwimmen im Meer.“ Phillip lacht.

Ich kuschele mich noch ein bisschen enger an ihn und fange an zu schnurren, weil mir so behaglich ist.

Kurz bevor ich einschlafe, fällt mir plötzlich ein, dass ich schon bald Geburtstag habe.

Ich werde sechzehn, wow. Wie das wohl ist?

Es hat mir gut gefallen, fünfzehn zu sein. Es war spannend, lustig, nervig, aufregend. Manchmal traurig, aber meistens schön. Jetzt bin ich gespannt darauf, wie es sich anfühlt, sechzehn zu sein. Ein ganzes Jahr älter …

Ob ich einen Unterschied spüren werde?

Ich habe keinen Schimmer, aber auf jeden Fall freue ich mich darauf, es herauszufinden. Sehr sogar.

Wo ich nächstes Jahr um diese Zeit wohl bin?

Vielleicht auf dem Eiffelturm?

Oder am Meer?

Oder ganz woanders?

Ich weiß es nicht.

Nur eins weiß ich genau:

Phillip wird bei mir sein. Das steht fest.

*

Wie wird es weitergehen?
Wir freuen uns auf Band 5.

Wie alles begann?
Hier kommt eine Leseprobe aus Band 1:
Mein Leben, die Liebe und der ganze Rest

Ich bin fünfzehn.

Seit genau einer Sekunde.

Mein Herz schlägt einen Salto.

„Herzlichen Glückwunsch zum Geburtstag!“, flüstere ich in die Dunkelheit.

Der jaulende Klang einer elektrischen Gitarre bringt mich etwas aus dem Konzept. Obwohl ich nicht geschlafen habe (ich war viel zu aufgeregt, um überhaupt ein Auge zuzubekommen), zucke ich zusammen und würge den Klingelton meines Uralthandys schnell ab. Das Gitarrensolo ist ein bisschen zu laut um diese Uhrzeit. Nebenan schlafen meine Eltern, Jakob schnarcht gegenüber leise vor sich hin. Muss nicht sein, dass sie mitbekommen, dass ich mitten in der Nacht telefoniere.

„Halloo?“, melde ich mich unschuldig und halte die Luft an. Natürlich weiß ich, wer dran ist. Es leuchtet mir in Großbuchstaben vom Display entgegen und ist nicht mal im Dunkeln zu übersehen: PHILLIP.

„Happy birthday to you, happy birthday to you …“, singt er leise.

Seine Stimme klingt verschlafen und ein bisschen kratzig. Im Gegensatz zu mir hat er bestimmt schon geratzt. Er muss sich extra den Wecker gestellt haben, um mir als Erster zum Geburtstag zu gratulieren. Der süßeste Junge der Welt hat zu meinem Geburtstag gesungen!

Neben mir streckt sich Mau und schmatzt. Ich kraule ihn mit einer Hand, während ich Phillips Geburtstagsständchen lausche, das sich langsam in Richtung Finale bewegt. Mau sabbert begeistert.

„Alles Liebe zum Geburtstag“, sagt Phillip feierlich. „Du hast einen Wunsch frei!“

„Danke.“ Mein Herzschlag beruhigt sich etwas und macht einem äußerst wohligen Gefühl Platz. Ich kuschele mich tiefer in mein Kissen und presse das Handy ans Ohr.

„Und?“, fragt Phillip. „Wie fühlst du dich? Anders als gestern?“

Ich schüttele den Kopf. „Kein bisschen.“

„Das kommt noch“, verspricht er. „Wart’s ab.“

„Na, hoffentlich“, seufze ich.

Phillip muss es wissen. Er ist schließlich ein ganzes Jahr älter als ich.

Mau springt vom Bett auf die Fensterbank, schiebt seinen Kopf durch einen Spalt im Vorhang und späht hinaus in die Nacht. Sein Schwanz zuckt hin und her. Was er wohl sieht?

Ich unterdrücke ein Gähnen und frage Phillip, was er mir schenkt. Immerhin ist seit ein paar Minuten offiziell mein Geburtstag. Da wird man sich doch wohl nach den Geschenken erkundigen dürfen, oder? Schließlich möchte ich wissen, worauf ich mich freuen kann. Aber Phillip bleibt stur.

„Sei nicht so neugierig“, sagt er, sosehr ich auch bettele. „Lass dich einfach überraschen.“

Wir reden ein bisschen hin und her, über den Vormittag in der

Schule, der uns in wenigen Stunden bevorsteht und von dem wir nicht wissen, wie wir ihn überleben sollen, und über meine Geburtstagsparty, die am Abend steigen soll. Mit meinem Geburtstermin hätten meine Eltern sich ruhig ein bisschen mehr Mühe geben können, finde ich. Ich meine, wer hat schon freiwillig am 30. April Geburtstag? In unseren Breitengraden liegt da manchmal noch Schnee. Oder es regnet in Strömen. Echt super für Gartenpartys und Grillfeste. Der einzige Vorteil ist, dass morgen der 1.-Mai-Feiertag ist, denn das bedeutet – bingo! – schulfrei. Juhu!

Bevor wir uns verabschieden, versuche ich es noch einmal: „Wann krieg ich mein Geschenk? Doch nicht etwa erst heute Nachmittag, oder? Das halt ich nicht aus!"

„Soll ich's dir lieber in der Schule geben? Vor allen anderen? Ist nicht dein Ernst, oder?"

Ich kann geradezu spüren, wie Phillips dunkle Augen tief in meine blicken. Blicken würden, meine ich. Wenn er jetzt hier wäre. Neben mir. In meinem Zimmer. Äh, wo waren wir gerade?

„Nee, nicht wirklich", gebe ich zu. „Aber vielleicht vorher?"

Phillip lacht, aber dann sagt er: „Okay. Wir treffen uns vor der Schule im Park. Halb acht an der Entenbrücke?"

„Yes!", jubele ich.

„Freu dich nicht zu früh", dämpft er meine Erwartungen. „Du weißt schließlich noch nicht, was es ist!"

„Egal, ich freu mich trotzdem!" Und das meine ich genau so, wie ich es sage. „Bis dann!"

*

Carlsen-Bücher gibt es überall im Buchhandel und auf carlsen.de

Umschlag- und Innengestaltung: Gunta Lauck

Abbildungen: Macarons, Eiffelturm: © Gunta Lauck

Sand: istock © LoveTheWind

Muschel: istock © fotona

Kakaotasse: istock © joingate

Kakaoschaum: istock © amstockphoto

Lolli Herz: fotolia © Elnur

Lolli rund: fotolia © amawasri

alte Postkarten: lizenzfrei von © commons.wikimedia

Lektorat: Susanne Schürmann

ISBN 978-3-551-26004-8

Printed in Germany

Connis Soundtrack: Zaz, George Michael & Mary J. Blige, „Music from Gilmore Girls" (div. Interpreten), Andreas Bourani, Tim Bendzko, Mark Forster, Naughty Boy feat. Sam Smith, Charli XCX, Jonas Monar, Édith Piaf, Wincent Weiss, Klee

MIX
Papier aus verantwortungsvollen Quellen
FSC® C083411
FSC www.fsc.org